白先勇作品

想象另一种可能

理
想
国
imaginist

白先勇 著

台北人

九州出版社
JIUZHOUPRESS

图书在版编目(CIP)数据

台北人 / 白先勇著. -- 北京：九州出版社，2024.12. -- ISBN 978-7-5225-3417-6

Ⅰ.I247.7

中国国家版本馆CIP数据核字第2024NU9239号

台北人

作　　者	白先勇　著
责任编辑	周　春
出版发行	九州出版社
地　　址	北京市西城区阜外大街甲35号（100037）
发行电话	（010）68992190/3/5/6
网　　址	www.jiuzhoupress.com
印　　刷	山东韵杰文化科技有限公司
开　　本	850毫米×1168毫米　32开
印　　张	10.25
字　　数	180千
版　　次	2024年12月第1版
印　　次	2024年12月第1次印刷
书　　号	ISBN 978-7-5225-3417-6
定　　价	78.00元

★ 版权所有　侵权必究 ★

于台北办《现代文学》时留影

一九六〇年创办《现代文学》时合影：第一排左起陈若曦、欧阳子、刘绍铭、白先勇、张先绪，第二排左起戴天、方蔚华、林耀福、李欧梵、叶维廉、王文兴、陈次云

一九六二年《现代文学》同仁在碧潭野餐留影

爱荷华大学留影

二十世纪六十年代在伯克利写作《游园惊梦》时留影

在圣芭芭拉写作《台北人》时留影

二十世纪八十年代台北合影：前排左起白先勇、胡金铨；后排左起沈登恩、蒋勋、陈映真、陈丽娜

二十世纪八十年代《金大班的最后一夜》开拍,与导演白景瑞(右一)等人合影

二十世纪八十年代与《游园惊梦》女主角卢燕合影

北京新闻发布会上与《金大班的最后一夜》女主角刘晓庆合影

晚年留影（柯锡杰摄影）

纪念 先父母 以及他们那个忧患重重的时代

目 录

1　只是当时已惘然 / 白先勇
　　五十周年版新序

9　永远的尹雪艳

27　一把青

49　岁　除

66　金大班的最后一夜

83　那片血一般红的杜鹃花

98　思旧赋

108　梁父吟

123　孤恋花

139　花桥荣记

156　秋　思

164　满天里亮晶晶的星星

172　游园惊梦

202 冬 夜

222 国 葬

附录

235 白先勇的小说世界 / 欧阳子
《台北人》之主题探讨

259 世纪性的文化乡愁 / 余秋雨
《台北人》出版二十年重新评价

277 世界性的口语 / 乔志高 撰 黄碧端 译
《台北人》英译本编者序

287 《台北人》印第安纳版序 / 韩南（Patrick Hanan）撰
廖彦博 译

291 翻译苦、翻译乐 / 白先勇
《台北人》中英对照本的来龙去脉

只是当时已惘然

五十周年版新序

白先勇

今年是《台北人》出版五十周年，五十年间如反掌，半个世纪的岁月就这样匆匆过去了。隔着这么遥远的时光，回头再去翻阅自己的旧作，不禁惊诧，《台北人》这部书竟承载着浓浓如许的愁绪，满纸沧桑，不知道是从哪里来的。细细回想，恐怕须得从我童年、少年的经历讲起。

我出生于民国二十六年，七七抗战爆发的那一年，可谓生于忧患。在山清水秀有如仙境的桂林城市，度过六载不知忧愁的童年。那时我们刚搬进风洞山下东正路的新家，一片大花园接着山脚一溜岩洞，那是我们家的防空洞，日机来轰炸桂林时，我们全家人便躲进风洞山的岩洞里去。花园里遍植桂花树，都是黄澄澄的金桂，秋天来时，满园子飘着桂花香。

在我的童年印象里：桂林是碧湛湛清可见底的漓江，漓江两岸那些绵绵不断、此起彼落、嶔奇秀拔的山峦，象鼻山、马鞍山、老人山各具形状，还有月牙山，山上尼姑庵的老豆腐，山下是花桥，桥头米粉店里的马肉米粉，漓江艇仔上的田鸡粥，这些桂林美食，小时候吃过再也不会忘记。

民国三十三年，日军发动"一号作战"，这是抗战后期日军对中国最猛烈的一次攻击。桂林机场有美国陆军航空队，日军担心美机利用桂林机场直接轰炸日本本土，因此制定"一号作战"计划之初，便锁定桂林为头号攻占目标。是年秋季，日军二十万部队攻打桂林城，桂林全城燃烧，一片火海，我们风洞山下的花园洋房也毁之一炬，把我童年对桂林的美好记忆烧得精光。母亲领着白、马两家亲戚眷属八十余口，仓皇赶上最后一班火车，逃出桂林城，加入了湘桂大撤退，抗战最大逃亡潮之一。火车上，挤满难民，火车顶上也坐满了人。火车穿过许多岩洞，火车顶上的难民一不小心，便被岩石刮下山去，死于非命。火车过载，蹒跚而行，日军天天追在我们后面，大家紧张万分。经过千山万水，历尽千辛万苦，我们终于抵达重庆，逃难中，祖母九十高龄，小弟先敬尚在襁褓中，母亲所受的压力太大，一到重庆，便病倒，从此患上高血压症。日军攻打广西，广西受了重创，四分之三的县市沦陷敌手十一个月，桂林五万七千多家房屋烧得只剩下四百七十余户。桂林守军壮烈牺牲，第一三一师师长阚维雍与城共存亡，举枪自戕。最后八百多官兵退入普陀山七星岩中，负隅抵抗，被日军施放瓦斯毒气，以及喷火，全数殉难，是为广西版的"八百壮士"。多年抗战，广西军民死亡二百一十万。

抗战艰苦的日子终于走到了尽头。民国三十四年八月十五日，晚上我跟家人正在家中院子里乘凉吃西瓜，重庆街上开始此起彼落有一两下炮竹声，接着愈来愈大，整个重庆的炮竹冲天而起，全城劈劈啪啪，好像炸了锅似的，炮竹响了一整晚，收音机里的播音员声音都哽咽了，宣布：日本投降了，抗战胜利！我们全家都跳了起来，欣喜若狂。就像杜甫的诗所写的：

剑外忽传收蓟北，初闻涕泪满衣裳。
却看妻子愁何在，漫卷诗书喜欲狂。
白日放歌须纵酒，青春作伴好还乡。
即从巴峡穿巫峡，便下襄阳向洛阳。

战后我们全家便欢欢喜喜由重庆飞往南京，这座千年古城，中华民国的国都，多年抗战，南京是受伤最严重的，南京人民经历过惨烈无比的大屠杀，三十万军民死于日军的刀枪下。如今抗战胜利，政府还都南京，南京人民欣喜与兴奋之情，难以形容。那时南京城中充满了胜利的喜悦气氛。我们从重庆这座黄泥斑斑的山城来到六朝金粉的古都，到处都是名胜古迹，令人目不暇给。在明孝陵，我爬上那些巨大的石马、石象上照相，在雨花台，我挖到一枚半透明晕红起螺纹的彩石，那枚彩石日后变成了我纪念南京的信物。父亲带领我们全家到中山陵谒陵，告慰国父孙中山在天之灵抗战胜利。我在桂林中山小学念一年级，我们的校歌头一句便是：我敬中山先生。那时年纪虽幼，可是也明白爬上中山陵那三百多级石阶是一项隆重的仪式。在秦淮河畔的百年清真老店马祥兴，我尝到南京著名的盐水鸭。我在南京居住的时间很短，但南京的印象却深深刻在我的记忆里，因为那时南京是我们的国都，而我看到的南京是抗战胜利后的南京。那一刻，是国民政府在国内外声誉最高的时光。

抗战期间，上海除了八一三保卫战受了一些损伤，并未遭到兵祸的破坏，战后的上海仍然是中国第一繁荣的国际大城。我在上海住了两年多，看到了旧上海最后一瞥的华丽。国际饭店十四楼的摩天厅、永安公司第七层楼的七重天、大光明戏院楼梯上厚厚的红绒地毯、美琪大戏院金发碧眼的洋妞带位员。我在美琪看到梅兰芳和俞振飞合演的昆曲《游园惊梦》，也在百乐门舞厅门口看过婀娜多姿的舞小姐，姗姗步上石阶。还有汇中饭店的嫩羊排，五芳斋的蟹黄面，我一双童年眼睛好像照相机一样，把这些上海风情画一张张咔嚓咔嚓都拍了下来，收在记忆库里。

可是好景不长，没有多时，渔阳鼙鼓动地而来。民国三十七年底，徐蚌会战开打。上海突然变得紧张起来，一夕间，上海繁华落尽，市面一片萧条，经济崩溃，通货膨胀，人们彻夜排长龙到银行挤兑，到处疯狂抢购物资。街上闹学潮，在我就读南阳模范小学时，我亲眼看到对面交通大学的学生，一卡车一卡车被抓走。十二月，我们全家又开始打包准备逃难了。我因生肺病被隔离，一个人住在法租界毕勋路一间法式洋房里。那天，大门一关，我便离开了，在车上只看见我收养的那一头流浪狗——狼犬来西，一直追在车后，不停地狂吠，好像它知道，它的主人这一去，恐怕再也不会回来了。

我们从上海到南京，从南京的中山码头坐船沿长江直下武汉，武汉已进入寒冬，大雪纷飞，我们在父亲的华中司令部住了一阵子，司令部树上的老鹰都被冻得掉下地来。徐蚌会战，国民党军队大败，武汉震动，母亲领着我们乘上粤汉铁路的火车，摇摇晃晃，一直奔向广州。广州到处都是北边逃来的难民，本来我们以为在广州可以待一段时间，家人还打算把我送到东山培正小学去借读，才上了两个礼拜的课，没想到军队南下这么快，广州也不稳了。于是我们又急急忙忙坐船，逃往香港，我在船上睡了一晚，睁开眼睛，已到了香港的油麻地码头，这一离开中国大陆，再要回去已是三十九年后的事了。

我离开大陆时十二岁，在我童年、少年时期，经历了抗战、内战，可以说是成长于战乱之中，我曾目睹战争对于中国那片土地所造成的灾难。一瞬间，山清水秀的桂林城焚烧成一片焦土。经历过仓促上道、逃离的彷徨慌张。当然，我也曾见证抗战胜利后，南京、上海暂短的荣景，当时还误以为歌舞升平的太平日子会永远继续下去。在我童年、少年的记忆中，充满了桂林、南京、上海这些城市兴与衰的画面，在我的认知里，民国三十八年那场天翻地覆天崩地裂的历史大变动，总隐隐地埋着一股无法释怀之痛。这股哀痛，有意无意间也就渗透到《台北人》这部书里了。《台北人》是以文学来写历史的沧桑。

我的故友柯庆明教授在一篇短文中如此描述我的作品：

> 它们大半是以华美流利之笔触，写《黍离》《麦秀》的当代幽思：寄孤臣孽子去国离家的深情于放浪形骸云雨悲欢的感官际遇。整体说来是一部宣叙不尽、追怀中华古典文化的现代《哀江南赋》长卷；或者竟是本本以"魂兮归来，哀江南！"作结的当今《桃花扇》传奇。真的是点血作桃花，谁解其中味？

庆明说得很好，《台北人》的确是我的《哀江南》。

二〇二一年九月十二日于台北

乌衣巷

刘禹锡

朱雀桥边野草花
乌衣巷口夕阳斜
旧时王谢堂前燕
飞入寻常百姓家

永远的尹雪艳

1

尹雪艳总也不老。十几年前那一班在上海百乐门舞厅替她捧场的五陵年少,有些头上开了顶,有些两鬓添了霜;有些来台湾降成了铁厂、水泥厂、人造纤维厂的闲顾问,但也有少数却升成了银行的董事长、机关里的大主管。不管人事怎么变迁,尹雪艳永远是尹雪艳,在台北仍旧穿着她那一身蝉翼纱的素白旗袍,一径那么浅浅地笑着,连眼角儿也不肯皱一下。

尹雪艳着实迷人。但谁也没能道出她真正迷人的地方。尹雪艳从来不爱搽胭抹粉,有时最多在嘴唇上点着些似有似无的蜜丝佛陀;尹雪艳也不爱穿红戴绿,天时炎热,一个夏天,她都浑身银白,净扮得了不得。不错,尹雪艳是有一身雪白的肌肤，细挑的身材，容长的脸蛋儿配着一副俏丽恬静的眉眼子，但是这些都不是尹雪艳出奇的地方。见过尹雪艳的人都这么说，也不知是何道理，无论尹雪艳一举手、一投足，总有一份世人不及的风情。别人伸个腰、蹙一下眉，难看，但是尹雪艳做起来，却又别有一番妩媚了。尹雪艳也不多言、不多语，紧要的场合插上几句苏州腔的上海话，又中听、又熨帖。有些荷包不足的舞客，攀不上叫尹雪艳的台子，但是他们却去百乐门坐坐，观观尹雪艳的风采，听她讲几句吴侬软语，心里也是舒服的。尹雪艳在舞池子里，微仰着头，轻摆着腰，一径是那么不慌不忙地起舞着；即使跳着快狐步，尹雪艳从来也没有失过分寸，仍旧显得那么从容，那么轻盈，像一球随风飘荡的柳絮，脚下没有扎根似的。尹雪艳有她自己的旋律。尹雪艳有她自己的拍子。绝不因外界的迁异，影响到她的均衡。

尹雪艳迷人的地方实在讲不清、数不尽。但是有一点却大大增加了她的神秘。尹雪艳名气大了，难免招忌，她同行的姊妹淘醋心重的就到处嘈起说：尹雪艳的八字带着重煞，犯了白虎，沾上的人，轻者家败，重者人亡。谁知道就是为着尹雪艳享了重煞的令誉，上海洋场的男士们都对她增加了十分的兴味。生活悠闲了，家当丰沃了，就不免想冒险，去闯闯这颗红遍了黄浦滩的煞星儿。上海棉纱财阀王家的少老板王贵生就是其中探险者之一。天天开着崭新的开德拉克，在百乐门门口候着尹雪艳转完台子，两人一同上国际饭店十四楼摩天厅去共进华美的消夜。望着天上的月亮及灿烂的星斗，王贵生说，如果用他家的金条儿能够搭成一道天梯，他愿意爬上天空去把那弯月牙儿掐下来，插在尹雪艳的云鬓上。尹雪艳吟吟地笑着，总也不出声，伸出她那兰花般细巧的手，慢条斯理地将一枚枚涂着俄国乌鱼子的小月牙儿饼拈到嘴里去。

王贵生拼命地投资，不择手段地赚钱，想把原来的财富堆成三倍、四倍，将尹雪艳身边那批富有的逐鹿者一一击倒，然后用钻石玛瑙串成一根链子，套在尹雪艳的脖子上，把她牵回家去。当王贵生犯上官商勾结的重罪，下狱枪毙的那一天，尹雪艳在百乐门停了一宵，算是对王贵生致了哀。

最后赢得尹雪艳的却是上海金融界一位热可炙手的洪处长。洪处长休掉了前妻，抛弃了三个儿女，答应了尹雪艳十条条件。于是尹雪艳变成了洪夫人，住在上海法租界一栋从日本人接收过来华贵的花园洋房里。两三个月的工夫，尹雪艳便像一株晚开的玉梨花，在上海上流社会的场合中以压倒群芳的姿态绽发起来。

尹雪艳着实有压场的本领。每当盛宴华筵，无论在场的贵人名媛，穿着紫貂，围着火狸，当尹雪艳披着她那件翻领束腰的银狐大氅，像一阵三月的微风，轻盈盈地闪进来时，全场的人都好像给这阵风熏中了一般，总是情不自禁地向她迎过来。尹雪艳在人堆子里，像个冰雪化成的精灵，冷艳逼人，踏着风一般的步子，看得那些绅士以及仕女们的眼睛都一起冒出火来，这就是尹雪艳；在兆丰夜总会的舞厅里、在兰心剧院的过道上，以及在霞飞路上一栋栋侯门官府的客堂中，一身银白，歪靠在沙发椅上，嘴角一径挂着那流吟吟浅笑，把场合中许多银行界的经理、协理，纱厂的老板及小开，以及一些新贵和他们的夫人们都拘到跟前来。

可是洪处长的八字到底软了些，没能抵得住尹雪艳的重煞。一年丢官，两年破产，到了台北来连个闲职也没捞上。尹雪艳离开洪处长时还算有良心，除了自己的家当外，只带走一个从上海跟来的名厨司及两个苏州娘姨。

2

尹雪艳的新公馆坐落在仁爱路四段的高级住宅区里，是一栋崭新的西式洋房，有个十分宽敞的客厅，容得下两三桌酒席。尹雪艳对她的新公馆倒是刻意经营过一番。客厅的家具是一色桃花心红木桌椅，几张老式大靠背的沙发，塞满了黑丝面子鸳鸯戏水的湘绣靠枕，人一坐下去就陷进了一半，倚在柔软的丝枕上，十分舒适。到过尹公馆的人，都称赞尹雪艳的客厅布置妥帖，教人坐着不肯动身。打麻将有特别设备的麻将间，麻将桌、麻将灯都设计得十分精巧。有些客人喜欢挖花，尹雪艳还特别腾出一间有隔音设备的房间，挖花的客人可以关在里面恣意唱和。冬天有暖炉，夏天有冷气，坐在尹公馆里，很容易忘记外面台北市的阴寒及溽暑。客厅案头的古玩花瓶，四时都供着鲜花。尹雪艳对于花道十分讲究，中山北路的玫瑰花店长年都送来上选的鲜货。整个夏天，尹雪艳的客厅中都细细地透着一股又甜又腻的晚香玉。

尹雪艳的新公馆很快地便成为她旧雨新知的聚会所。老朋友来到时，谈谈老话，大家都有一腔怀古的幽情，想一会儿当年，在尹雪艳面前发发牢骚，好像尹雪艳便是上海百乐门时代永恒的象征，京沪繁华的佐证一般。

"阿囡，看看干爹的头发都白光喽！侬还像枝万年青一式，愈来愈年轻！"

吴经理在上海当过银行的总经理，是百乐门的座上常客，来到台北赋闲，在一家铁工厂挂个顾问的名义。见到尹雪艳，他总爱拉着她半开玩笑而又不免带点自怜的口吻这样说。吴经理的头发确实全白了，而且患着严重的风湿，走起路来，十分蹒跚，眼睛又害沙眼，眼毛倒插，长年淌着眼泪，眼圈已经开始溃烂，露出粉红的肉来。冬天时候，尹雪艳总把客厅里那架电暖炉移到吴经理的脚跟前，亲自奉上一盅铁观音，笑吟吟地说道：

"哪里的话，干爹才是老当益壮呢！"

吴经理心中熨帖了,恢复了不少自信,眨着他那烂掉了睫毛的老花眼,在尹公馆里,当众票了一出《坐宫》,以苍凉沙哑的嗓子唱出:

　　我好比浅水龙,
　　被困在沙滩。

尹雪艳有迷男人的功夫,也有迷女人的功夫。跟尹雪艳结交的那班太太们,打从上海起,就背地数落她。当尹雪艳平步青云时,这起太太们气不忿,说道:凭你怎么爬,左不过是个货腰娘。当尹雪艳的靠山相好遭到厄运的时候,她们就叹气道:命是逃不过的,煞气重的娘儿们到底沾惹不得。可是十几年来这起太太们一个也舍不得离开尹雪艳,到了台北都一窝蜂似的聚到尹雪艳的公馆里,她们不得不承认尹雪艳实在有她惊动人的地方。尹雪艳在台北的鸿翔绸缎庄打得出七五折,在小花园里挑得出最登样的绣花鞋儿,红楼的绍兴戏码,尹雪艳最在行,吴燕丽唱《孟丽君》的时候,尹雪艳可以拿到免费的前座戏票,论起西门町的京沪小吃,尹雪艳又是无一不精了。于是这起太太们,由尹雪艳领队,逛西门町、看绍兴戏,坐在三六九里吃桂花汤团,往往把十几年来不如意的事儿一股脑儿抛掉,好像尹雪艳周身都透着上海大千世界荣华的麝香一般,熏得这起往事沧桑的中年妇人都进入半醉的状态，而不由自主都津津乐道起上海五香斋的蟹黄面来。这起太太们常常容易闹情绪。尹雪艳对于她们都一一施以广泛的同情，她总耐心地聆听她们的怨艾及委屈，必要时说几句安抚的话，把她们焦躁的脾气一一熨平。

"输呀，输得精光才好呢！反正家里有老牛马垫背，我不输，也有旁人替我输！"

每逢宋太太搓麻将输了钱时就向尹雪艳带着酸意地抱怨道。宋太太在台湾得了妇女更年期的痴肥症，体重暴增到一百八十多磅，形态十分臃肿，走多了路，会犯气喘。宋太太的心酸话较多，因为她先生宋协理有了外遇，对她颇为冷落，而且对方又是一个身段苗条的小酒女。十几年前宋太太在上海的社交场合出过一阵风头，因此她对以往的日子特别向往。尹雪艳自然是宋太太倾诉衷肠的适当人选，因为只有她才能体会宋太太那种今昔之感。有时讲到伤心处，宋太太会禁不住掩面而泣。

"宋家阿姊，'人无千日好，花无百日红'，谁又能保得住一辈子享荣华，受富贵呢？"

于是尹雪艳便递过热毛巾给宋太太揩面，怜悯地劝说道。宋太太不肯认命，总要抽抽搭搭地怨怼一番：

"我就不信我的命又要比别人差些！像侬吧，尹家妹妹，侬一辈子是不必发愁的，自然有人会来帮衬侬。"

3

尹雪艳确实不必发愁，尹公馆门前的车马从来也未曾断过。老朋友固然把尹公馆当作世外桃源，一般新知也在尹公馆找到别处稀有的吸引力。尹雪艳公馆一向维持它的气派。尹雪艳从来不肯把它降低于上海霞飞路的排场。出入的人士，纵然有些是过了时的，但是他们有他们的身份，有他们的派头，因此一进到尹公馆，大家都觉得自己重要，即使是十几年前作废了的头衔，经过尹雪艳娇声亲切地称呼起来，也如同受过诰封一般，心理上恢复了不少的优越感。至于一般新知，尹公馆更是建立社交的好所在了。

当然，最吸引人的，还是尹雪艳本身。尹雪艳是一个最称职的主人。每一位客人，不分尊卑老幼，她都招呼得妥妥帖帖。一进到尹公馆，坐在客厅中那些铺满黑丝面椅垫的沙发上，大家都有一种宾至如归、乐不思蜀的亲切之感，因此，做会总在尹公馆开标，请生日酒总在尹公馆开席，即使没有名堂的日子，大家也立一个名目，凑到尹公馆成一个牌局。一年里，倒有大半的日子，尹公馆里总是高朋满座。

尹雪艳本人极少下场，逢到这些日期，她总预先替客人们安排好牌局；有时两桌，有时三桌。她对每位客人的牌品及癖性都摸得清清楚楚，因此牌搭子总配得十分理想，从来没有伤过和气。尹雪艳本人督导着两个头干脸净的苏州娘姨在旁边招呼着。午点是宁波年糕或者湖州粽子。晚饭是尹公馆上海名厨的京沪小菜：金银腿、贵妃鸡、炝虾、醉蟹——尹雪艳亲自设计了一个转动的菜牌，天天转出一桌桌精致的筵席来。到了下半夜，两个娘姨便捧上雪白喷了明星花露水的冰面巾，让大战方酣的客人们揩面醒脑，然后便是一碗鸡汤银丝面作了消夜。客人们掷下的桌面十分慷慨，每次总上两三千。赢了钱的客人固然值得兴奋，即使输了钱的客人也是心甘情愿。在尹公馆里吃了、玩了，末了还由尹雪艳差人叫好计程车，一一送回家去。

当牌局进展激烈的当儿，尹雪艳便换上轻装，周旋在几个牌桌之间，踏着她那风一般的步子，轻盈盈地来回巡视着，像个通身银白的女祭司，替那些作战的人们祈祷和祭祀。

"阿囡，干爹又快输脱底喽！"

每到败北阶段，吴经理就眨着他那烂掉了睫毛的眼睛，向尹雪艳发出讨救的哀号。

"还早呢，干爹，下四圈就该你摸清一色了。"

尹雪艳把个黑丝椅垫枕到吴经理害了风湿症的背脊上，怜恤地安慰着这个命运乖谬的老人。

"尹小姐，你是看到的。今晚我可没打错一张牌，手气就那么背！"

女客人那边也经常向尹雪艳发出乞怜的呼吁，有时宋太太输急了，也顾不得身份，就抓起两颗骰子啐道：

"呸！呸！呸！勿要面孔的东西，看你楣到啥个辰光！"

尹雪艳也照例过去，用着充满同情的语调，安抚她们一番。这个时候，尹雪艳的话就如同神谕一般令人敬畏。在麻将桌上，一个人的命运往往不受控制，客人们都讨尹雪艳的口彩来恢复信心及加强斗志。尹雪艳站在一旁，叼着金嘴子的三个九，徐徐地喷着烟圈，以悲天悯人的眼光看着她这一群得意的、失意的、老年的、壮年的、曾经叱咤风云的、曾经风华绝代的客人们，狂热地互相厮杀、互相宰割。

4

新来的客人中，有一位叫徐壮图的中年男士，是上海交通大学的毕业生；生得品貌堂堂，高高的个儿，结实的身体，穿着剪裁合度的西装，显得分外英挺。徐壮图是个台北市新兴的实业巨子，随着台北市的工业化，许多大企业应运而生，徐壮图头脑灵活，具有丰富的现代化工商管理的知识，才是四十出头，便出任一家大水泥公司的经理。徐壮图有位贤惠的太太及两个可爱的孩子。家庭美满，事业充满前途，徐壮图成为一个雄心勃勃的企业家。

徐壮图第一次进入尹公馆是在一个庆生酒会上。尹雪艳替吴经理做六十大寿，徐壮图是吴经理的外甥，也就随着吴经理来到尹雪艳的公馆。

那天尹雪艳着实装饰了一番,穿着一袭月白短袖的织锦旗袍,襟上一排香妃色的大盘扣;脚上也是月白缎子的软底绣花鞋,鞋尖却点着两瓣肉色的海棠叶儿。为了讨喜气,尹雪艳破例地在右鬓簪上一朵酒杯大血红的郁金香,而耳朵上却吊着一对寸把长的银坠子。客厅里的寿堂也布置得喜气洋洋,案上全换上才铰下的晚香玉。徐壮图一踏进去,就嗅中一阵沁人脑肺的甜香。

"阿囡,干爹替侬带来顶顶体面的一位人客。"吴经理穿着一身崭新的纺绸长衫,佝着背,笑呵呵地把徐壮图介绍给尹雪艳道,然后指着尹雪艳说:

"我这位干小姐呀,实在孝顺不过。我这个老朽三灾五难的还要赶着替我做生。我忖忖:我现在又不在职,又不问世,这把老骨头天天还要给触霉头的风湿症来折磨。管他折福也罢,今朝我且大模大样地生受了干小姐这场寿酒再讲。我这位外甥,年轻有为,难得放纵一回,今朝也来跟我们这群老朽一道开心开心。阿囡是个最妥当的主人家,我把壮图交把侬,侬好好地招待招待他吧。"

"徐先生是稀客,又是干爹的令戚,自然要跟别人不同一点。"尹雪艳笑吟吟地答道,发上那朵血红的郁金香颤巍巍地抖动着。

徐壮图果然受到尹雪艳特别的款待。在席上,尹雪艳坐在徐壮图旁边一径殷勤地向他劝酒让菜，然后歪向他低声说道：

"徐先生，这道是我们大师傅的拿手，你尝尝，比外面馆子做得如何？"

用完席后，尹雪艳亲自盛上一碗冰冻杏仁豆腐捧给徐壮图，上面却放着两颗鲜红的樱桃。用完席成上牌局的时候，尹雪艳走到徐壮图背后看他打牌。徐壮图的牌张不熟，时常发错张子，才是八圈，已经输掉一半筹码。有一轮，徐壮图正当发出一张梅花五筒的时候，突然尹雪艳从后面欠过身伸出她那细巧的手把徐壮图的手背按住说道：

"徐先生，这张牌是打不得的。"

那一盘徐壮图便和了一副"满园花"，一下子就把输出去的筹码赢回了大半。客人中有一个开玩笑抗议道：

"尹小姐，你怎么不来替我也点点张子，瞧瞧我也输光啦。"

"人家徐先生头一趟到我们家，当然不好意思让他吃了亏回去的喽。"徐壮图回头看到尹雪艳正朝着他满面堆着笑容，一对银耳坠子吊在她乌黑的发脚下来回地浪荡着。

客厅中的晚香玉到了半夜，吐出一蓬蓬的浓香来。席间徐壮图喝了不少热花雕，加上牌桌上和了那盘"满园花"的亢奋，临走时他已经有些微醺的感觉了。

"尹小姐，全得你的指教，要不然今晚的麻将一定全盘败北了。"

尹雪艳送徐壮图出大门时，徐壮图感激地对尹雪艳说道。尹雪艳站在门框里，一身白色的衣衫，双手合抱在胸前，像一尊观世音，朝着徐壮图笑吟吟地答道：

"哪里的话，隔日徐先生来白相，我们再一道研究研究麻将经。"

隔了两日，果然徐壮图又来到了尹公馆，向尹雪艳讨教麻将的诀窍。

5

徐壮图太太坐在家中的藤椅上，呆望着大门，两腮一天天削瘦，眼睛凹成了两个深坑。

当徐太太的干妈吴家阿婆来探望她的时候，她牵着徐太太的手失惊叫道：

"嗳呀，我的干小姐，才是个把月没见着，怎么你就瘦脱了形？"

吴家阿婆是一个六十来岁的妇人，硕壮的身材，没有半根白发，一双放大的小脚，仍旧行走如飞。吴家阿婆曾经上四川青城山去听过道，拜了上面白云观里一位道行高深的法师做师父。这位老法师因为看上吴家阿婆天生异禀，飞升时便把衣钵传了给她。吴家阿婆在台北家中设了一个法堂，中央供着她老师父的神像。神像下面悬着八尺见方黄绫一幅。据吴家阿婆说,她老师父常在这幅黄绫上显灵,向她授予机宜,因此吴家阿婆可以预卜凶吉,消灾除祸。吴家阿婆的信徒颇众,大多是中年妇女,有些颇有社会地位。经济环境不虞匮乏,这些太太们的心灵难免感到空虚。于是每月初一、十五,她们便停止一天麻将,或者标会的聚会,成群结队来到吴家阿婆的法堂上,虔诚地念经叩拜,布施散财,救济贫困,以求自身或家人的安宁。有些有疑难大症,有些有家庭纠纷,吴家阿婆一律慷慨施以许诺,答应在老法师灵前替她们祈求神助。

"我的太太,我看你的气色竟是不好呢!"吴家阿婆仔细端详了徐太太一番,摇头叹息。徐太太低首俯面忍不住伤心哭泣,向吴家阿婆道出了许多衷肠话来。

"亲妈,你老人家是看到的,"徐太太流着泪断断续续地诉说道,"我们徐先生和我结婚这么久,别说破脸,连句重话都向来没有过。我们徐先生是个争强好胜的人,他一向都这么说:'男人的心五分倒有三分应该放在事业上。'来台湾熬了这十来年,好不容易盼着他们水泥公司发达起来,他才出了头,我看他每天为公事在外面忙着应酬,我心里只有暗暗着急。事业不事业倒在其次,求祈他身体康宁,我们母子再苦些也是情愿的。谁知道打上月起,我们徐先生竟好像变了一个人似的,经常两晚、三晚不回家。我问一声,他就摔碗砸筷，脾气暴得了不得。前天连两个孩子都挨了一顿狠打。有人传话给我听，说是我们徐先生外面有了人，而且人家还是个有头有脸的人物。亲妈，我这个本本分分的人哪里经过这些事情？人还撑得住不走样？"

"干小姐，"吴家阿婆拍了一下巴掌说道，"你不提呢，我也就不说了。你晓得我是最怕兜揽是非的人。你叫了我声亲妈，我当然也就向着你些。你知道那个胖婆儿宋太太呀，她先生宋协理搞上个什么'五月花'的小酒女。她跑到我那里一把鼻涕一把眼泪要我替她求求老师父。我拿她先生的八字来一算，果然冲犯了东西。宋太太在老师父灵前许了重愿，我替她念了十二本经。现在她男人不是乖乖地回去了？后来我就劝宋太太：'整天少和那些狐狸精似的女人穷混，念经做善事要紧！'宋太太就一五一十地把你们徐先生的事情原原本本数了给我听。那个尹雪艳呀，你以为她是个什么好东西？她没有两下，就能笼得住这些人？连你们徐先生那么正人君子她都有本事抓得牢。这种事情历史上是有的：褒姒、妲己、飞燕、太真——这起祸水！你以为都是真人吗？妖孽！凡是到了乱世，这些妖孽都纷纷下凡，扰乱人间。那个尹雪艳还不知道是个什么东西变的呢！我看你呀，总得变个法儿替你们徐先生消了这场灾难才好。"

"亲妈，"徐太太忍不住又哭了起来，"你晓得我们徐先生不是那种没有良心的男人。每次他在外面逗留了回来，他嘴里虽然不说,我晓得他心里是过意不去的。有时他一个人闷坐着猛抽烟,头筋叠暴起来,样子真唬人。我又不敢去劝解他,只有干着急。这几天他更是着了魔一般,回来嚷着说公司里人人都寻他晦气。他和那些工人也使脾气,昨天还把人家开除了几个。我劝他说犯不着和那些粗人计较,他连我也喝斥了一顿。他的行径反常得很,看着不像,真不由得不教人担心哪!"

"就是说呀!"吴家阿婆点头说道,"怕是你们徐先生也犯着了什么吧?你且把他的八字递给我,回去我替他测一测。"

徐太太把徐壮图的八字抄给了吴家阿婆说道:

"亲妈,全托你老人家的福了。"

"放心,"吴家阿婆临走时说道,"我们老师父最是法力无边,能够替人排难解厄的。"

然而老师父的法力并没有能够拯救徐壮图。有一天,正当徐壮图向一个工人拍起桌子喝骂的时候,那个工人突然发了狂,一把扁钻从徐壮图前胸刺穿到后胸。

6

徐壮图的治丧委员会吴经理当了总干事。因为连日奔忙,风湿又弄翻了,他在极乐殡仪馆穿出穿进的时候,一径挂着拐杖，十分蹒跚。开吊的那一天，灵堂就设在殡仪馆里。一时亲朋友好的花圈丧幛白簇簇的一直排到殡仪馆的门口来。水泥公司同仁挽的却是"痛失英才"四个大字。来祭吊的人从早上九点钟起开始络绎不绝。徐太太早已哭成了痴人，一身麻衣丧服带着两个孩子，跪在灵前答谢。吴家阿婆却率领了十二个道士，身着法衣，手执拂尘，在灵堂后面的法坛打解冤洗业醮。此外并有僧尼十数人在念经超度，拜大悲忏。

正午的时候，来祭吊的人早挤满了一堂，正当众人熙攘之际，突然人群里起了一阵骚动，接着全堂静寂下来，一片肃穆。原来尹雪艳不知什么时候却像一阵风一般地闪了进来。尹雪艳仍旧一身素白打扮，脸上未施脂粉，轻盈盈地走到管事台前，不慌不忙地提起毛笔，在签名簿上一挥而就地签上了名，然后款款地走到灵堂中央，客人们都候地分开两边，让尹雪艳走到灵台跟前，尹雪艳凝着神、敛着容，朝着徐壮图的遗像深深地鞠了三鞠躬。这时在场的亲友大家都呆如木鸡。有些显得惊讶，有些却是忿愤，也有些满脸惶惑，可是大家都好似被一股潜力镇住了，未敢轻举妄动。这次徐壮图的惨死，徐太太那一边有些亲戚迁怒于尹雪艳，他们都没有料到尹雪艳居然有这个胆识闯进徐家的灵堂来。场合过分紧张突兀，一时大家都有点手足无措。尹雪艳行完礼后，却走到徐太太面前，伸出手抚摸了一下两个孩子的头，然后庄重地和徐太太握了一握手。正当众人面面相觑的当儿，尹雪艳却踏着她那轻盈盈的步子走出了极乐殡仪馆。一时灵堂里一阵大乱，徐太太突然跪倒在地，昏厥了过去，吴家阿婆赶紧丢掉拂尘，抢身过去，将徐太太抱到后堂去。

当晚，尹雪艳的公馆里又成上了牌局，有些牌搭子是白天在徐壮图祭悼会后约好的。吴经理又带了两位新客人来。一位是南国纺织厂新上任的余经理；另一位是大华企业公司的周董事长。这晚吴经理的手气却出了奇迹，一连串地在和满贯。吴经理不停地笑着叫着，眼泪从他烂掉了睫毛的血红眼圈一滴滴淌落下来。到了第二十圈，有一盘吴经理突然双手乱舞大叫起来：

"阿囡，快来！快来！'四喜临门'！这真是百年难见的怪牌。东、南、西、北——全齐了，外带自摸双！人家说和了大四喜，兆头不祥。我倒楣了一辈子，和了这副怪牌，从此否极泰来。阿囡，阿囡，侬看看这副牌可爱不可爱？有趣不有趣？"

吴经理喊着笑着把麻将撒满了一桌子。尹雪艳站到吴经理身边，轻轻地按着吴经理的肩膀，笑吟吟地说道：

"干爹，快打起精神多和两盘。回头赢了余经理及周董事长他们的钱，我来吃你的红！"

一九六五年春于美爱荷华城

一把青

上

抗日胜利，还都南京的那一年，我们住在大方巷的仁爱东村，一个中下级的空军眷属区里。在四川那种闭塞的地方，煎熬了那些年数，骤然回返那六朝金粉的京都，到处的古迹，到处的繁华，一派帝王气象，把我们的眼睛都看花了。

那时伟成正担任十一大队的大队长。他手下有两个小队刚从美国受训回来，他那队飞行员颇受重视，职务也就格外繁忙。遇到紧要差使，常由他亲自率队出马。一个礼拜，倒有三四天，连他的背影儿我也见不着。每次出差，他总带着郭轸一起去。郭轸是他的得意门生，郭轸在四川灌县航校当学生的时候，伟成就常对我说：郭轸这个小伙子灵跳过人，将来必定大有出息。果然不出几年，郭轸便蹿了上去，爬成小队长留美去了。

郭轸是空军的遗族。他父亲是伟成的同事，老早摔了机，母亲也跟着病殁了。在航校的时候，逢年过节，我总叫他到我们家来吃餐团圆饭。伟成和我膝下无子，看着郭轸孤单，也常照顾他些。那时他还剃着青亮的头皮，穿了一身土黄布的学生装，举止虽然处处露着聪明，可是口角到底嫩稚，还是个未经世的后生娃仔。当他从美国回来，跑到我南京的家来，冲着我倏地敬个军礼，叫我一声师娘时，我着实吃他唬了一跳。郭轸全身都是美式凡立丁的空军制服，上身罩了一件翻领镶毛的皮夹克，腰身勒得紧峭，裤带上却系着一个Ray-Ban 太阳眼镜盒儿。一顶崭新高耸的军帽帽檐正压在眉毛上；头发也蓄长了，渗黑油亮的发脚子紧贴在两鬓旁。才是一两年工夫，没料到郭轸竟出挑得英气勃勃了。

"怎么了，小伙子？这次回来，该有些苗头了吧？"我笑着向他说道。

"别的没什么，师娘，倒是在外国攒了几百块美金回来。"郭轸说道。

"够讨老婆了！"我笑了起来。

"是呀，师娘，正在找呢。"郭轸也朝着我龇了牙齿笑道。

战后的南京，简直成了我们那些小飞行员的天下。无论走到哪里，街头巷尾，总碰到个把趾高气扬的小空军，手上挽了个衣着入时的小姐，潇潇洒洒，摇曳而过。谈恋爱——

个个单身的飞行员都在谈恋爱。一个月我总收得到几张伟成学生送来的结婚喜帖。可是郭轸从美国回来了年把，却一直还没有他的喜讯。他也带过几位摩登小姐到我家来吃我做的豆瓣鲤鱼。事后我问起他，他总是摇摇头笑着说：

"没有的事，师娘，玩玩罢了。"

可是有一天，他却跑来告诉我：这次他认了真了。他爱上了一个在金陵女中念书叫朱青的女孩儿。

"师娘，"他一股劲地对我说道，"你一定会喜欢她！我要带她来见你。师娘，我从来没想到会对一个女孩子这样认真过。"

郭轸那个人的性格，我倒摸得着一二。心性极为高强，年纪轻、发迹早，不免有点自负。平常谈起来，他曾对我说，他必得要选中一个称心如意的女孩儿，才肯结婚。他带来见我的那些小姐，个个容貌不凡，他都没有中意，我私度这个朱青大概是天仙一流的人物，才会使得郭轸如此动心。

当我见到朱青的时候，却大大地出了意料之外。那天郭轸带她来见我，在我家吃午饭。原来朱青却是一个十八九岁颇为单瘦的黄花闺女，来做客还穿着一身半新旧直统子的蓝布长衫，襟上掖了一块白绸子手绢儿。头发也没有烫，抿得整整齐齐地垂在耳后。脚上穿了一双带绊的黑皮鞋，一双白色的短统袜子倒是干干净净的。我打量了她一下，发觉她的身段还未出挑得周全，略略扁平，面皮还泛着些青白。可是她的眉眼间却蕴着一脉令人见之忘俗的水秀,见了我一径半低着头,腼腼腆腆,很有一股教人疼怜的怯态。一顿饭下来,我怎么逗她,她都不大答得上腔来,一味含糊地应着。倒是郭轸在一旁却着了忙,一忽儿替她拈菜,一忽儿替她斟茶,直怂着她跟我聊天。

"她这个人就是这么别扭,"郭轸到了后来急躁地指着朱青说道,"她跟我还有话说,见了人却成了哑巴。师娘这儿又不是外人,也这么出不得众。"

郭轸的话说得暴躁了些,朱青扭过头去,羞得满面通红。

"算了,"我看着有点不过意,忙止住郭轸道,"朱小姐头一次来,自然有点拘泥,你不要去戳她。吃完饭还是你们两人去游玄武湖去吧,那儿的荷花开得正盛呢。"

郭轸是骑了他那辆十分招摇的新摩托车来的。吃完饭,他们离开的时候,郭轸把朱青扶上了后车座,帮着她系上她那块黑丝头巾,然后跳上车,轻快地发动了火,向我得意洋洋地挥了挥手,倏地一下,便把朱青带走了。朱青偎在郭轸身后,头上那块丝巾吹得高高扬起。看着郭轸对朱青那副形容,我知道他这次果然认了真了。

有一次,伟成回来,脸色沉得很难看,一进门便对我说道:

"郭轸那小伙子愈来愈不像话!我倒没料到,他竟是这样一个人。"

"怎么了?"我十分诧异,我从来没有听见伟成说过郭轸一句难听的话。

"你还问得出呢！你不是知道他在追一个金陵女中的学生吗？我看他这个人谈恋爱谈昏了头！经常闯进人家学校里去，也不管人家在上课，就去引逗那个女学生出来。这还不算，他在练机的时候，竟然飞到金陵女中的上空，在那儿打转子，惹得那些女学生都从课室里伸头出来看热闹。人家校长告到我们总部来了，成个什么体统？一个飞行员这么轻狂，我要重重地处罚他！"

郭轸被记了过，革除了小队长的职务。当我见到郭轸时，他却对我解说道：

"师娘，不是我故意犯规，惹老师生气，是朱青把我的心拿走了。真的，师娘，我在天上飞，我的心都在地上跟着她呢。朱青是个规规矩矩的好女孩，就是有点怕生，不大会交际罢了。现在学校把她开除了，她老子娘从重庆打电报来逼她回去。她死也不肯，和他们也闹翻了。她说她这一辈子跟定了我，现在她一个人住在一间小客栈里还没有着落呢。"

"傻子，"我摇头叹道，没想到聪明人谈起恋爱来，也会变得这般糊涂，"既是这么痴，两人结婚算了。"

"师娘，我就是要来和你商量这件事，要请你和老师做我们的主婚人呢。"郭轸满面光彩对我说道。

郭轸和朱青结婚以后，也住在我们仁爱东村里。郭轸有两个礼拜的婚假，本来他和朱青打算到杭州去度蜜月的，可是还没有去成，猛然间国内的战事便爆发了。伟成他们那个大队被调到东北去。临走的那天早上，才曚曚亮，郭轸便钻进我的厨房里来，我正在生火替伟成煮泡饭。郭轸披着件军外套，头发蓬乱，两眼全是红丝，胡须也没剃，一把攥住我手，嗓子嘎哑，对我说道：

"师娘，这次无论如何要拜托你老人家了——"

"晓得了，"我打断他的话道，"你不在，自然是我来照顾你老婆啦。"

"师娘——"郭轸还在叮咛，"朱青还不大懂事，我们空军的许多规矩，她不甚明了，你要当她自己人，多多教导她才好。"

"是了，"我笑道，"你师娘跟着你老师在空军里混了这十来年，什么还没见过？不知多少人从我这里学了乖去呢。朱青又不笨，你等我来慢慢开导她。"

伟成和郭轸他们离去后，我收拾了一下屋子便走到朱青家去探望她。公家配给郭轸他们的宿舍是一栋小巧的木板平房。他们搬进去以前，郭轸特别着人粉刷油漆过一轮，挂上些新的门帘窗幔，相当起眼。我进到他们的房子里，看见客厅里还是新房般的打扮。桌子、椅子上堆满了红红绿绿的贺礼，有些包裹尚未拆封。桌子跟下却围着一转花篮，那些玫瑰剑兰的花苞儿开得十分新鲜，连凤尾草也是碧绿的。墙上那些喜幛也没有收去，郭轸同学送给他的一块乌木烫金的喜匾却悬在厅的中央，写着"白头偕老"。

朱青在她房里，我走进去她也没有听见。她歪倒在床上，脸埋在被窝里，抽抽搭搭地哭泣着。她身上仍旧穿着新婚的艳色丝旗袍，新烫的头发揉乱了，发尾子枝桠般生硬地张着。一床绣满五彩鸳鸯的丝被面教她搓得全是皱纹。在她脸旁被面上，却浸着一块碗大的湿印子。她听见我的脚步惊坐了起来，只叫出一声"师娘"，便只有哽咽的份儿了。朱青满面青黄，眼睛肿得眯了起来，看着愈加瘦弱了。我走过去替她捋了一下头发，绞了一把热手巾递给她。朱青接过手巾，把脸捂住，重新又哭泣起来。房子外头不断地还有大卡车和吉普车在拖拉行李，铁链铁条撞击的声音，非常刺耳，村子里的人正陆续启程上任，时而女人尖叫，时而小孩啼哭，显得十分惶乱。我等朱青哭过了，才拍拍她的肩膀说道：

"头一次，乍然分离，总是这样的——今晚不要开伙，到我那儿吃夜饭，给我做个伴儿。"

伟成和郭轸他们一去便了无踪迹。忽而听见他们调到华北，忽而又来信飞到华中去了，几个月来一次也没回过家。这期间，朱青常常和我在一起。有时我教她做菜，有时我教她织毛衣，也有时我却教她玩几张麻将牌。

"这个玩意儿是万灵药，"我对她笑着说道，"有心事，坐上桌子，红中白板一混，什么都忘了。"

朱青结婚后，放得开多了，可是仍旧腼腆怯生，除掉我这儿，村子里别家她一概没有来往。村子里那些人的身世我都知晓，渐渐儿地，我也拣了一些告诉她听，让她熟悉一下我们村里那些人的生活。

"你别错看了这些人，"我对她说，"她们背后都经过了一番历练的呢。像你后头那个周太太吧，她已经嫁了四次了。她现在这个丈夫和她前头那三个原来都是一个小队里的人。一个死了托一个，这么轮下来的。她那些丈夫原先又都是好朋友，对她也算周到了。还有你对过那个徐太太，她先生原是她小叔，徐家两兄弟都是十三大队里的。哥哥殁了，弟弟顶替。原有的几个孩子，又是叔叔又是爸爸，好久还叫不清楚呢。"

"可是她们看着还有说有笑的。"朱青望着我满面疑惑。

"我的姑娘，"我笑道，"不笑难道叫她们哭不成？要哭，也不等到现在了。"

郭轸离开后，朱青一步远门也不肯出，天天守在村子里。有时我们大伙儿上夫子庙去听那些姑娘们清唱，朱青也不肯跟我们去。她说她怕错过总部打电话传来郭轸的消息。一天日里，总部带信来说，伟成那一队经过上海，有一天多好停留，可能赶到南京来。朱青一早便跳出跳进，忙着出去买了满满两篮子菜回来。下午我经过她门口，看见她穿了一身蓝布衣裤，头上系了一块旧头巾，站在凳子上洗窗户。她人又矮小，踮起脚还够不着，手里却揪住一块大抹布挥来挥去，全身的劲都使出来了似的。

"朱青,那上头的灰尘,郭轸看不见的。"我笑着叫道。

朱青回头看见我,红了脸,讪讪地说道:

"不知怎的,才几个月,这间房子便旧了,洗也洗不干净。"

傍晚的时分,朱青过来邀了我一块儿到村口搁军用电话的那间门房里去等候消息。总部那边的人答应六七点钟给我们打电话通消息。朱青梳洗过了,换上一件杏黄色的薄绸长衫,头上还绾了一根苹果绿的丝带,嘴上也抹了一些口红,看着十分清新可喜。起初朱青还非常开心,跟我有说有笑,到了六点多钟的光景,她便渐渐紧张起来了,脸也绷了,声也噤了,她一边织着毛线却不时地抬头去看桌上那架电话机。我们左等右等,直到九点多钟,电话铃才响了起来。朱青倏地跳起来,怀里的绒线球滚得一地,急忙向电话奔去,可是到了桌子边却回过头来向着我声音颤抖地说道:

"师娘——电话来了。"

我去接过电话,总部里的人说,伟成他们在上海只停留了两小时,下午五点钟已经起飞到苏北了。我把这个消息告诉朱青,朱青的脸色一下子变得非常难看,她呆站着,半晌没有出声,脸上的肌肉却微微地在抽搐。

"我们回去吧。"我向她说道。

我们走回村子里,朱青一直默默跟在我后面,走到我门口时,我对她说:

"莫难过了,他们的事情很没准的。"

朱青扭过头去,用袖子去擂眼睛,嗓子哽咽得很厉害。

"别的没有什么,只是今天又空等一天——"

我把她的肩膀搂过来说道:

"朱青,师娘有几句话想跟你讲,不知你要不要听。飞将军的太太,不容易当。二十四小时,那颗心都挂在天上。哪怕你眼睛朝天空望出血来,那天上的人未必知晓。他们就像那些铁鸟儿,忽而飞到东,忽而飞到西,你抓也抓不住。你嫁进了我们这个村子里,朱青,莫怪我讲句老实话,你就得狠起心肠来,才担得住日后的风险呢。"

朱青泪眼模糊地瞅着我,似懂非懂地点着头儿。我扳起她的下巴颏,笑着叹道:

"回去吧,今夜早点上床。"

民国三十七年的冬天,我们这边的战事已经处处失利了,北边一天天吃紧的当儿,我们东村里好几家人都遭了凶讯。有些眷属天天到庙里去求神拜菩萨,算命的算命,摸骨的摸骨。我向来不信这些神神鬼鬼,伟成久不来信,我便邀隔壁邻舍来成桌牌局,熬个通宵,定定神儿。有一晚,我跟几个邻居正在斗牌儿,住在朱青对过的那个徐太太跑来一把将我拖了出去,上气不接下气地告诉我说总部刚来通知,郭轸在徐州出了事,飞机和人都跌得粉碎。我赶到朱青那儿,里面已经黑压压挤满了一屋子的人。朱青歪倒在一张靠椅上,左右一边一个女人揪住她的膀子，把她紧紧按住，她的头上扎了一条白毛巾，毛巾上红殷殷地沁着巴掌大一块血迹。我一进去，里面的人便七嘴八舌告诉我：朱青刚才一得到消息，便抱了郭轸一套制服，往村外跑去，一边跑一边嚎哭，口口声声要去找郭轸。有人拦她，她便乱踢乱打，刚跑出村口，便一头撞在一根铁电线杆上，额头上碰了一个大洞，刚才抬回来，连声音都没有了。

我走到朱青跟前，从别人手里接过一碗姜汤，用铜匙羹撬开朱青的牙关，扎实地灌了几口。她的一张脸像是划破了的鱼肚皮，一块白、一块红，血汗斑斑。她的眼睁得老大，目光却是散涣的。她没有哭泣，可是两片发青的嘴唇却一直开合着，喉头不断发出一阵阵尖细的声音，好像一只瞎耗子被人踩得发出吱吱的惨叫来一般。我把那碗姜汤灌完了，她才渐渐地收住目光，有了几分知觉。

朱青在床上病了许久。我把她挪到我屋子里。日夜守住她，有时连我打牌的时候，也把她放在跟前。我怕走了眼，她又去寻短见。朱青整天睡在床上，也不说话，也不吃东西。每天都由我强灌她一点汤水。几个礼拜，朱青便瘦得只剩下了一把骨头，面皮死灰，眼睛凹成了两个大窟窿。有一天我喂完她，便坐在她床沿上，对她说道：

"朱青，若说你是为了郭轸，你就不该这般作践自己。就是郭轸在地下，知道了也不能心安哪。"

朱青听了我的话，突然颤巍巍地挣扎着坐了起来，朝我点了两下头，冷笑道：

"他知道什么？他跌得粉身碎骨哪里还有知觉？他倒好，轰的一下便没了——我也死了，可是我却还有知觉呢。"

朱青说着，面上似哭似笑地扭曲起来，非常难看。

守了朱青个把月，自己都差不多累倒了。幸而她老子娘却从重庆赶了来。她老子看见她一句话都没有说，她娘却狠狠地啐了一口：

"该呀！该呀！我要她莫嫁空军，不听话，落得这种下场！"

说着便把朱青蓬头垢面地从床上扛下来，用板车连铺盖一起拖走了。朱青才走几天，我们也开始逃难，离开了南京。

下

来到台北这些年，我一直都住在长春路，我们这个眷属区碰巧又叫做仁爱东村，可是和我在南京住的那个却毫不相干，里面的人四面八方迁来的都有，以前我认识的那些都不知分散到哪里去了。幸好这些年来，日子太平，容易打发，而我们空军里的康乐活动，却并不输于在南京时那么频繁，今天平剧，明天舞蹈，逢着节目新鲜，我也常去那些晚会去凑个热闹。

有一年新年,空军新生社举行游艺晚会。有人说历年来就算这次最具规模。有人送来两张门票,我便带了隔壁李家念中学那个女儿一同去参加。我们到了新生社的时候,晚会已经开始好一会儿了。有些人挤做一堆在抢着摸彩,可是新生厅里却是音乐悠扬跳舞开始了。整个新生社塞得寸步难移,男男女女,泰半是年轻人,大家嘻嘻哈哈的,热闹得了不得。厅里飘满了红红绿绿的气球,有几个穿了蓝色制服的小空军,拿了烟头烧得那些气球砰砰嘭嘭乱炸一顿,于是一些女人便趁势尖叫起来。夹在那些混叫混闹的小伙子中间,我的头都发了晕,好不容易才和李家女儿挤进了新生厅里,我们倚在一根厅柱旁边,观看那些人跳舞。那晚他们弄来空军里一个大乐队,总有二十来人。乐队的歌手也不少,一个个上来,衣履风流,唱了几个流行歌,却下到舞池和她们相识的跳舞去了。正当乐队里那些人敲打得十分卖劲的当儿,有一个衣着分外妖娆的女人走了上来,她一站上去,底下便是一阵轰雷般的喝彩,她的锋头好像又比众人不同一些。那个女人站在台上,笑吟吟地没有半点儿羞态,不慌不忙把麦克风调了一下,回头向乐队一示意,便唱了起来。

"秦婆婆,这首歌是什么名字?"李家女儿问道,她对流行歌还没我在行。我的收音机,一向早上开了,睡觉才关的。

"《东山一把青》。"我答道。

这首歌,我熟得很,收音机里常收得到白光灌的唱片。倒是难为那个女人却也唱得出白光那股懒洋洋的浪荡劲儿。她一只手拈住麦克风,一只手却一径满不在乎地挑弄她那一头蓬得像只大鸟窝似的头发。她翘起下巴颏儿,一字一句,清清楚楚地唱着:

东山哪,一把青。
西山哪,一把青。
郎有心来姊有心,
郎呀,咱俩儿好成亲哪——

她的身子微微倾向后面,晃过来、晃过去,然后突地一股劲儿,好像心窝里迸了出来似的唱道:

嗳呀嗳嗳呀,
郎呀,咱俩儿好成亲哪——

唱到过门的当儿,她便放下麦克风,走过去从一个乐师手里拿过一双铁锤般的敲打器,吱吱嚓嚓地敲打起来,一面却在台上踏着伦巴舞步,颠颠倒倒,扭得颇为孟浪。她穿了一身透明紫纱洒金片的旗袍,一双高跟鞋足有三寸高,一扭,全身的金锁片便闪闪发光起来。一曲唱完,下面喝彩声,足有半刻时辰,于是她又随意唱了一个才走下台来,即刻便有一群小空军迎上去把她拥走了。我还想站着听几个歌,李家女儿却吵着要到另外一个厅去摸彩去。正当我们挤出人堆离开舞池的当儿,突然有人在我身后抓住了我的膀子叫了一声:

"师娘!"

我一回头,看见叫我的人,赫然是刚才在台上唱《东山一把青》的那个女人。来到台北后,没有人再叫我"师娘"了,个个都叫我秦老太,许久没有听到这个称呼,蓦然间,异常耳生。

"师娘,我是朱青。"那个女人笑吟吟地望着我说道。

我朝她上下打量了半天,还没得及回话,一群小空军便跑来,吵嚷着要把她挟去跳舞。她把他们摔开,凑到我耳根下说道:

"你把地址给我,师娘,过两天我接你到我家去打牌,现在我的牌张也练高了。"

她转身时又笑吟吟地悄声对我说道:

"师娘,刚才我也是老半天才把你老人家认出来呢。"

从前看京戏,伍子胥过昭关一夜便急白了头发,那时我只道戏里那样做罢了,人的模样儿哪里就变得那么厉害。那晚回家,洗脸的当儿,往镜子里一端详,才猛然发觉原来自己也洒了一头霜,难怪连朱青也认不出我来了。从前逃难的时候,只顾逃命,什么事都懵懵懂懂的,也不知黑天白日。

我们撤退到海南岛的时候，伟成便病殁了。可笑他在天上飞了一辈子，没有出事，坐在船上，却硬生生地病故了。他染了痢疾，船上害病的人多，不够药，我看着他屙痢屙得脸发了黑。他一断气，船上水手便把他用麻包袋套起来，和其他几个病死的人，一齐丢到了海里去，我只听得"嘭"一下，人便没了。打我嫁给伟成那天起，我心里已经盘算好以后怎样去收他的尸骨了。我早知道像伟成他们那种人，是活不过我的。倒是没料到末了连他尸骨也没收着。来到台湾，天天忙着过活，大陆上的事情，竟逐渐淡忘了。老实说，要不是在新生社又碰见朱青，我是不会想起她来了的。

过了两天，朱青果然差了一辆计程车带张条子来接我去吃晚饭。原来朱青就住在信义路四段，另外一个空军眷属区里。那晚她还有其他的客人，是三个空军小伙子，大概周末从桃园基地来台北度假的，他们也顺着朱青乱叫我师娘起来，朱青指着一个白白胖胖，像个面包似的矮子向我说道：

"这是刘骚包，师娘，回头你瞧他打牌时，那副狂骨头的样儿就知道了。"

那个姓刘的便凑到朱青跟前嬉皮笑脸地嚷道：

"大姊，难道今天我又撞着你什么了？到现在还没有半句好话呢。"

朱青只管吃吃地笑着，也不去理他，又指着另外一个瘦黑瘦黑的男人说道：

"他是开小儿科医院的,师娘只管叫他王小儿科就对了。他和我们打了这么久的麻将,就没和出一副体面的牌来。他是我们这里有名的鸡和大王。"

那个姓王的笑歪了嘴,说道:

"大姊的话先别说绝了,回头上了桌子,我和老刘上下手把大姊夹起来,看大姊再赌厉害。"

朱青把面一扬,冷笑道:

"别说你们这对宝器,再换两个厉害的来,我一样有本事教你们输得当了裤子才准离开这儿呢。"

朱青穿了一身布袋装,肩上披着件红毛衣,袖管子甩荡甩荡的,两筒膀子却露在外面。她的腰身竟变得异常丰圆起来,皮色也细致多了,脸上画得十分入时,本来生就一双水盈盈的眼睛,此刻顾盼间,露着许多风情似的。接着朱青又替我介绍了一个二十来岁叫小顾的年轻男人。小顾长得比先头那两个体面得多,茁壮的身材,浓眉高鼻,人也厚实,不像那两个那么嘴滑。朱青在招呼客人的时候,小顾一径跟在她身后,替她搬挪桌椅,听她指挥,做些重事。

不一会,我们入了席,朱青便端上了头一道菜来,是一盆清蒸全鸡,一个琥珀色的大瓷碗里盛着热气腾腾的一只大肥母鸡,朱青一放下碗,那个姓刘的便跳起来走到小顾身后,直推着他嚷道:

"小顾,快点多吃些,你们大姊炖鸡来补你了。"

说着他便跟那个姓王的笑得发出了怪声来。小顾也跟着笑了起来,脸上却十分尴尬。朱青抓起了茶几上一顶船形军帽,迎着姓刘的兜头便打,姓刘的便抱了头绕着桌子窜逃起来。那个姓王的拿起匙羹舀了一瓢鸡汤送到口里,然后舐唇咂嘴地叹道:

"小顾来了,到底不同,大姊的鸡汤都炖得下了蜜糖似的。"

朱青丢了帽子,笑得弯了腰,向那姓刘的和姓王的指点了一顿,咬着牙齿恨道:

"两个小挨刀的,诓了大姊的鸡汤,居然还吃起大姊的豆腐来!"

"大姊的豆腐自然是留给我们吃的了。"姓刘的和姓王的齐声笑道。

"今天要不是师娘在这里,我就要说出好话来了,"朱青走到我身边,一只手扶在我肩上笑着说道,"师娘,你老人家莫见怪。我原是召了这群小弟弟来侍候你老人家八圈的;哪晓得几个小鬼头平日被我惯坏了,嘴里没上没下混说起来。"

朱青用手戳了一下那个姓刘的额头,说道:

"就是你这个骚包最讨人嫌!"

说着便走进厨房里去了。小顾也跟了进去帮朱青端菜出来。那餐饭我们吃了多久,姓刘的和姓王的便和朱青说了多久的风话。

自那次以后,隔一两个礼拜,朱青总要来接我到她家去一趟。可是见了她那些回数，过去的事情，她却一句也没有提过。我们见了面总是忙着搓麻将。朱青告诉我说，小顾什么都不爱，唯独喜爱这几张。他一放了假，从桃园到台北来，朱青就四处去替他兜搭子，常常连她巷子口那家杂货店一品香老板娘也拉了来凑脚。小顾和我们打牌的当儿，朱青便不入局，她总端张椅子，挨着小顾身后坐下，替小顾点张子。她跷着脚，手肘子搭在小顾肩上，嘴里却不停地哼着歌儿，又是什么《叹十声》，又是什么《怕黄昏》，唱出各式各样的名堂来。有时我们打多久的牌，朱青便在旁边哼多久的歌儿。

"你几时学得这么会唱歌了，朱青？"有一次我忍不住问她道，我记起她以前讲话时，声音都怕抬高些的。

"还不是刚来台湾找不到事，在空军康乐队里混了这么些年学会的。"朱青笑着答道。

"秦老太，你还不知道呀，"一品香老板娘笑道，"我们这里都管朱小姐叫'赛白光'呢。"

"老板娘又拿我来开胃了，"朱青说道，"快点用心打牌吧，回头输脱了底，又该你来闹着熬通宵了。"

遇见朱青才是三四个月的光景，有一天，我在信义路东门市场买卤味，碰见一品香的老板娘在那儿办货，她一见了我就一把抓住我的膀子叫道：

"秦老太，你听见没有？朱小姐那个小顾上礼拜六出了事啦！他们说就在桃园的飞机场上，才起飞几分钟，就掉了下来。"

"我并不知道呀。"我说。

一品香老板娘叫了一辆三轮车便和我一同往朱青家去看她去。一路上一品香老板娘自说自话叨登了半天：

"这是怎么说呢，好好的一个人一下子就没了。那个小顾呀，在朱小姐家里出入怕总有两年多了。初时朱小姐说小顾是她干弟弟，可是两个人那么眉来眼去，看着又不像。我们巷子里的人都说朱小姐爱吃'童子鸡'，专喜欢空军里的小伙子。谁能怪她呀？像小顾那种性格的男人，对朱小姐真是百依百顺，到哪儿去找？我替朱小姐难过！"

我们到了朱青家，按了半天铃，没有人来开门，不一会儿，却听见朱青隔着窗子向我们叫道：

"师娘、老板娘，你们进来呀，门没有闩上呢。"

我们推开门，走上她客厅里，却看见原来朱青正坐在窗台上，穿了一身粉红色的绸睡衣，捞起了裤管跷起脚，在脚趾甲上涂蔻丹，一头的发卷子也没有卸下来。她见了我们抬起头笑道：

"我早就看见你们两个了，指甲油没干，不好穿鞋子走出去开门，教你们好等——你们来得正好，晌午我才炖了一大锅糖醋蹄子，正愁没人来吃。回头对门余奶奶来还毛线针，我们四个人正好凑一桌麻将。"

正说着余奶奶便走了进来。朱青慌忙从窗台上跳下来，收了指甲油，对一品香老板娘说道：

"老板娘，烦你替我摆摆桌子，我进去厨房端菜来。今天都是太太们，手脚快，吃完饭起码还有二十四圈好搓。"

朱青进去厨房，我也跟了进去帮个忙儿。朱青把锅里的糖醋蹄子倒了出来，又架上锅头炒了一味豆腐。我站在她身旁端着盘子等着替她盛菜。

"小顾出了事，师娘该听到了？"朱青一边炒菜，头也没有回，便对我说道。

"刚才一品香老板娘告诉我了。"我说。

"小顾这里没有亲人。他的后事由我和他几个同学料理清楚了。昨天下午，我才把他的骨灰运到碧潭公墓下了葬。"

我站在朱青身后，瞅着她，没有说话，朱青脸上没有施脂粉，可是看着还是异样的年轻朗爽，全不像个三十来岁的妇人，大概她的双颊丰腴了，肌肤也紧滑了，岁月在她的脸上好像刻不下痕迹来了似的。我觉得虽然我比朱青还大了一大把年纪，可是我已经找不出什么话来可以开导她的了。朱青利落地把豆腐两翻便起了锅，然后舀了一瓢，送到我嘴里，笑着说道：

"师娘尝尝我的'麻婆豆腐'，可够味了没有？"

我们吃过饭，朱青便摆下麻将桌子，把她待客用的那副苏州竹子牌拿了出来。我们一坐下去，头一盘，朱青便摺下一副大三元来。

"朱小姐",一品香老板娘嚷道,"你的运气这么好,该去买'爱国奖券'了!"

"你们且试着吧,"朱青笑道,"今天我的风头又要来了。"

八圈上头,便成了三归一的局面,朱青面前的筹码堆到鼻尖上去了。朱青不停地笑着,嘴里翻来滚去嚷着她常爱唱的那首《东山一把青》。隔不了一会儿,她便哼出两句:

嗳呀嗳嗳呀,
郎呀,采花儿要趁早哪——

岁　除

除夕这一天，寒流突然袭到了台北市，才近黄昏，天色已经沉暗下来，各家的灯火，都提早亮了起来，好像在把这一刻残剩的岁月加紧催走，预备去迎接另一个新年似的。

长春路底的信义东村里，那些军眷宿舍的矮房屋，一家家的烟囱都冒起了炊烟；锅铲声、油爆声，夹着一阵阵断续的人语喧笑，一直洋溢到街上来。除夕夜已渐渐进入高潮——吃团圆饭——的时分了。

信义东村五号刘营长家里的灯火这晚烧得分外光明。原来刘家厅堂里的窗台上，正点着一双尺把高、有小儿臂粗的红蜡烛，火焰子冒得熊熊的，把那间简陋的客厅，照亮了许多。

"赖大哥，你老远跑来我们这里过个年，偏偏还要花大钱——又是酒，又是鸡，还有那对大蜡烛，亏你怎么扛来的。"

刘营长太太端着一只烧得炭火爆跳的铜火锅进到厅堂

来，一面对坐在圆饭桌上首的一位男客笑着说道。刘太太是一个四十上下的中年妇人，穿了一身黑缎子起紫团花的新旗袍，胸前系着一块蓝布裙，头上梳了一个油光的发髻，脸上没有施脂粉，可是却描了一双细挑的眉毛。她的一口四川话，一个个字滚出来，好像不黏牙齿似的。

"不瞒你弟妹说，"那位姓赖的男客拍了一下大腿说道，"这对蜡烛确实费了我一番手脚呢，台南车站今天简直挤得抢命。幸亏我个子高，把那对蜡烛举在头上，才没给人碰砸了。一年难得上来看你们一次，这个年三十夜定规要和你们守个岁。回头熬通宵，点起蜡烛来，也添几分喜气。"说着他便呵呵地笑了起来。他那一头寸把长的短发，已经花到了顶盖，可是却像钢刷一般，根根倒竖；黧黑的面皮上，密密麻麻，尽是苍斑，笑起来时，一脸的皱纹水波似的一圈压着一圈。他的骨架特大，坐着也比旁人高出一个头来，一双巨掌，手指节节瘤瘤，十枝树根子似的。他身上穿了一套磨得见了线路的藏青哔叽中山装，里面一件草绿毛线衣，袖口露了出来，已经脱了线，口子岔开了。他说话时嗓门异常粗大，带着浓浊的川腔。

"大哥，你的话正合了我们韵华的意思。她连牌搭子都和你找好了。"

刘营长接口道。刘营长还穿着一身军服，瘦长个子，一双削腮，古铜色的面皮绷得紧紧的，被烈日海风磨得发了亮。

他的鬓角子也起了花。说话时和那个姓赖的客人一模一样，也是一口的四川乡音。

"我知道赖大哥好这两张，才特地把这一对留了下来。"

刘营长太太把那只火锅搁在饭桌中央，指着坐在桌上两个青年男女说道。

"骊珠表妹和俞欣也是难得。骊珠下午还在陆总医院值班呢。俞欣也是今天才从凤山赶来的，大概两个人早就约好夜晚出去谈心了，给我硬押了下来，等下子陪赖大哥一起'逛花园'。"

"'逛花园'——我赖鸣升最在行！"赖鸣升叫道，"不到天亮，今夜谁也不准下桌子。骊珠姑娘，你要和这位俞老弟谈情说爱，你们在牌桌上只管谈，就当我们不在面前好了。"

骊珠红着脸笑了起来，俞欣也稍显局促地赔笑着。骊珠是个娇小的女孩子，鲜红的圆脸上一双精光滴溜的黑眼睛，看上去才不过十六七，可是她已经在陆总当了两年护士了。俞欣坐在她身旁，腰杆子挺得直直的。他穿了一套刚浆洗过，熨得棱角笔挺的浅泥色美式军礼服，领上别了一副擦得金亮的官校学生领章，系着一条黑领带，十分年轻的脸上，修剃得整整齐齐，显得容光焕发，刚理过的头发，一根根吹得服服帖帖地压在头上。

"我也要守夜。"刘营长十岁大的儿子刘英也在桌上插嘴道。

"你吃完饭就乖乖地给我滚到床上去。还要守夜呢!"刘太太对刘英喝道。

"赖伯伯答应十二点钟带我到街上去放爆仗的。"刘英望着赖鸣升焦急地抗辩道。

"好小子!"赖鸣升伸出他那个巨掌在刘英剃得青亮的头皮上拍了一巴掌笑道:

"你赖伯伯最会放爆仗。等下子放给你看:电光炮抓在手里爆!"

"弟妹,"赖鸣升转向刘太太说道,"你莫小看了这个娃儿,将来恐怕还是个将才呢!"

"将才?"刘太太冷嗤了一下,"这个世界能保住不饿饭就算本事,我才不稀罕他做官呢。"

"将来你想干什么,小子?"赖鸣升询问刘英道。

"陆军总司令!"刘英把面一扬,严肃地答道。

桌子上的人都大笑了起来,连刘太太也撑不住笑了,赖鸣升笑得一脸皱纹,一把将刘英拖到怀里。

"好大的口气!小子要得。你赖伯伯像你那么大,心眼比你还要高呢。"

刘太太又进去端出了几盆火锅菜来:一盆毛肚、一盆腰花、两盆羊肉片子,还有五六碟加了红油的各色四川泡菜。刘太太特地把一碟送酒的油炸花生米搁在赖鸣升面前,便开始替各人斟酒。

"这几瓶金门高粱也是赖大哥拿来的。"刘太太向大家宣布道,"大哥带两瓶来意思一下就算了,竟买了一打!我们这里哪有这么些酒桶子?"

"我也没有特别去买,"赖鸣升指着茶几上那几瓶金门高粱说道,"是我从前一个老部下——在金门当排附,回到台南,带去送给我的。亏他还记得我这个老长官,我倒把他忘掉了。"

"大哥,你也是我的老长官,我先敬你一杯。"刘营长站了起来,端着一杯满满的高粱酒,走到赖鸣升跟前,双手举起酒杯向赖鸣升敬酒。

"老弟台,"赖鸣升霍然立起,把刘营长按到椅子上,粗着嗓门说道,"这杯酒大哥是要和你喝的。但是要看怎么喝法。论到我们哥儿俩的情分,大哥今晚受你十杯也不为过。要是你老弟台把大哥拿来上供,还当老长官一般来敬酒,大哥一滴也不能喝!一来你大哥已经退了下来了。二来你老弟正在做官。一个营长说大不大,说小不小,手下也有好几百人。你大哥呢,现在不过是荣民医院厨房里的买办。这种人军队里叫什么?伙夫头!"

赖鸣升说着先自哈哈大笑起来,刘英也跟着他笑得发出了尖叫声。赖鸣升又在刘英青亮的头皮上拍了一巴掌说道:

"你笑什么,小子?你莫错看了伙夫头。你赖伯伯从前就是当伙夫头当起官来的呢!所以我说,老弟,你堂堂一个营长,赶着个伙夫头叫老长官,人家听着也不像。"

刘营长被赖鸣升按在椅子上，一直摇手抗辩。刘太太自己却端了一杯酒走到赖鸣升跟前笑道：

"大哥的话说差了，莫说你们哥儿原是患难弟兄，你赖大哥当官的时候，他还不晓得在哪里呢。"

"我吗？大哥在四川当连长，我正是大哥连里的勤务兵呢。"刘营长赶忙补充道。

"所以说呀！大哥还不肯认是老长官吗？别说他该敬大哥酒，我也来敬大哥这个老长官一杯。"

刘太太说着先自干了半杯酒，桌上的人个个都立了起来，一起赶着赖鸣升叫"老长官"，要敬他的酒。赖鸣升胡乱推让了一阵，笑着一仰头也就把一杯金门高粱饮尽了，然后坐下来，咂咂嘴，涮了一撮毛肚过酒。于是刘太太又开始替众人添酒了。

"怎么，俞老弟，你没有干杯呀？"刘太太正要替俞欣斟酒的当儿，赖鸣升忽然瞧见那个年轻的军校学生，酒杯里还剩了半杯高粱，他好像给冒犯了似的，立刻指着俞欣喝道。俞欣赶忙立了起来，满脸窘困地辩说道：

"老前辈，我实在不大会喝酒——"

"什么话！"赖鸣升打断了俞欣的话，"太太小姐们还罢了。军人喝酒，杯子里还能剩东西吗？俞老弟，我像你那点年纪的时候，三花、茅台——直用水碗子装！头一晚醉得倒下马来，第二天照样冲锋陷阵。不能喝酒，还能当军人吗？

干掉,干掉。"

俞欣只得端起杯子将剩酒喝尽,年轻的脸上,一下子便红到了眼盖。赖鸣升连忙又把刘太太手里的酒瓶一把夺了过去,直往俞欣的杯子里筛酒,俞欣讪笑道,却不敢搭腔。

骊珠坐在旁边,望着赖鸣升赔笑道:

"赖大哥,他真的不会喝,前些日子喝了点清酒,便发得一身的风疹子。"

"骊珠姑娘,你莫心疼。几杯高粱,一个小伙子哪里就灌坏了?老实说,今晚看见你们两个年轻人,郎才女貌,心里实在爱不过,定规要和你们喝个双杯。"

赖鸣升替自己也斟上了两杯高粱,擎在手中,走到俞欣和骊珠眼前,慌得骊珠也赶忙立起身来。

"俞老弟,我赖鸣升倚老卖老,和你说句老实话。军人天职当然是尽忠报国,可是婚姻大事也不可耽误了。你看看你们刘营长这一对,是不是教人眼红?"

"罢呀,赖大哥,"刘太太隔着桌子笑着叫道,"你逗逗那两个娃儿算了,还要拿我们两个老东西开胃!"

"你的福气也不小,俞老弟。我们骊珠姑娘这种人才,你打起灯笼在台北怕也找不出第二个呢。所以说你要向你们刘营长看齐,日后好好地疼太太。若是你欺负了骊珠姑娘,我头一个要和你算账。"

骊珠早羞得满面通红,低下头去。赖鸣升却举起了两杯酒，向俞欣和骊珠祝了一个福，连着两杯灌下去。

"试着些呀，大哥，这是金门高粱呢！"刘太太隔着桌子叫道。赖鸣升却三步两跨地走到了刘太太身后，挥动着一双长臂，布满了苍斑的脸上，已经着了殷色，他把头凑近到刘太太耳根下说道：

"弟妹，我们老弟得到你这么一位太太，是他前世修来的。你大哥虽然打了一辈子光棍，夫妻间的事情看得太多。你们这一对不容易，弟妹，不容易。"

刘太太笑得俯倒在桌子上，然后又转过身来对赖鸣升说道：

"大哥，你请我一次客，我保管给你弄个嫂子来。我们街口卖香烟的那个老板娘，好个模样，想找老板，大哥要不要？"

"弟妹，你这番好意我心领了，"赖鸣升朝了刘太太双手一拱，嘎着喉咙说道：

"这份福，等我下辈子再来享。不瞒你弟妹说：就是去年我动了这么一下凡心，才闹到今天这个地步。去年退下来，我不是拿了三万多退役金吗？那笔钱给有钱的人看来呢，不值一个屁。可是我一辈子手里还没捏过那点钞票呢。本来是想搞点小本生意的，哪晓得有个同乡跑来拉线，说是花莲那边有个山地女人，寡婆子，要找男人。我去一看，原来是个二十大几的小女子，头脸也还干净。她娘家开口便是两万五，少一个都不行。一下子我便把那点退役金奉送了出去，外带金戒指、金镯头，把那个女人从头到脚装饰起来。哪里晓得山地野女人屁良心也没得。过门三天，逃得鬼影子不见半个。走的时候，还把老子的东西拐得精光，连一床破棉被她也有本事牵得走。"

赖鸣升说着，也不用人劝，先自把手里一杯高粱干了，用手背把嘴巴一抹，突地又跳到了俞欣背后，双手搭到俞欣的肩上，把俞欣上下着实打量了一番，说道：

"要是我还能像他一样，那个野女人——赶她走，她也舍不得走呀！"众人都大笑了起来，赖鸣升又对俞欣道："俞老弟，不是我吹牛皮，当年我捆起斜皮带的时候，只怕比你还要威风几分呢。"

"大哥当年是潇洒得厉害的。"刘营长赶忙附和笑道。

"是呀，"刘太太也笑着插嘴，"要不然大哥怎么能把他营长的靴子都给割走了呢？"

"什么'割靴子'，表姊？"骊珠侧过头来悄悄问刘太太道。

"这个我可不会说，"刘太太笑得掩了嘴巴，一只手乱摇，"你快去问你们赖大哥。"

赖鸣升并不等骊珠开口便凑近她笑得一脸皱纹说道：

"骊珠姑娘，你赖大哥今夜借酒遮脸。你要听'割靴子'？我就讲给你听我当年怎么割掉了我们营长的靴子去。老弟，你还记得李麻子李春发呀？"

"怎么不记得？"刘营长搭腔道，"小军阀李春发，我还吃过他的窝心脚呢。"

"那个龟儿子分明是个小军阀！"赖鸣升把上装的领扣解开，将袖子一捞，举起酒杯和刘营长对了一口。他的额头冒起了一颗颗的汗珠子，两颧烧得浑赤，他转向了骊珠和俞欣说道：

"民国二十七年我在成都当骑兵连长，我们第五营就扎在城外头。我们营长有个姨太太，偏偏爱跑马。我们营长就要我把我那匹走马让给她骑，天天还要老子跟在她屁股后头呢，生怕把她跌砸了似的。有一天李麻子到城里头去了，他那个姨太太喊了两个女人到她公馆去打麻将，要我也去凑脚。打到一半，我突然觉得靴子上沉甸甸的，给什么东西压住了一般。等我伸手到桌子下面一摸，原来是只穿了绣花鞋的脚儿死死地踏在上面。我抬头看时，我们营长姨太太笑吟吟地坐在我上家，打出了一张白板来对我说道：'给你一块肥肉吃！'打完牌，勤务兵来传我进去，我们营长姨太太早炖了红枣鸡汤在房里头等住了。那晚我便割掉了我们营长的靴子去。"

赖鸣升说到这里，愣了半晌，然后突然跳起身来把桌子猛一拍，咬牙切齿地哼道：

"妈那个巴子的！好一个细皮白肉的婆娘！"

他这一拍，把火锅里的炭火子都拍得跳了起来，桌子上的人都吓了一跳,接着大家哄然大笑起来。刘太太一行笑着,一行从火锅里捞出了一大瓢腰花送到赖鸣升碟子里去。

"你知道吗,老弟?"赖鸣升转向刘营长说道,"李春发以为老子那次死定了呢,你不是记得他后来把我调到山东去了,那阵子山东那边打得好不热闹。李春发心里动了疑,那个王八蛋要老子到'台儿庄'去送死呢!"

"老前辈也参加过'台儿庄'吗?"俞欣突然兴冲冲地问赖鸣升道。赖鸣升没有搭腔,他抓了一把油炸花生米直往嘴巴里送,嚼得咔嚓咔嚓的,歇了半晌,他才转过头去望着俞欣打鼻子眼里笑了一下道:

"'台——儿——庄——'俞老弟,这三个字不是随便提得的。"

"上礼拜我们教官讲'抗日战史',正好讲到'台儿庄之役'。"俞欣慌忙解说道。

"你们教官是谁?"

"牛仲凯,是军校第五期的。"

"我认得他,矮矮胖胖的,一嘴巴的湖南丫子。他也讲'台儿庄之役'吗?"

"他正讲到日本矶谷师团攻打枣峄那一仗。"俞欣说道。

"哦——"赖鸣升点了点头。突然间,他回过手,连挣带扯,气吁吁地把他那件藏青哔叽上装打开,捞起毛线衣,掀开里面的衬衫,露出一个大胸膛来。胸膛右边赫然印着一个碗口大、殷红发亮的圆疤,整个乳房被剜掉了,塌下去成了一个坑塘。刘太太笑着偏过头去,骊珠也慌忙捂着嘴笑得低下了头。赖鸣升指了指他那块圆疤,头筋叠暴起来,红着一双眼睛说道:

"俞老弟,我赖鸣升打了一辈子的仗,勋章倒没有捞着半个,可是这个玩意儿却比'青天白日'还要稀罕呢!凭了这个玩意儿,我就有资格和你讲'台儿庄'。没有这个东西的人,也想混说吗?你替我去问问牛仲凯:那一仗我们死了几个团长,几个营长?都是些什么人?王铭章将军是怎么死的?他能知道吗?"

赖鸣升一面胡乱把衣服塞好,一面指手画脚地对俞欣说道:

"日本鬼打枣峰——老子就守在那个地方!那些萝卜头的气焰还了得?战车论百,步兵两万,足足多我们一倍。我们拿什么去挡?肉身子!老弟。一夜下来,我们一团人不知打剩了几个。王铭章就是我们的团长。天亮的时候,我骑着马跟在他后头巡察,只看见火光一爆,他的头便没了,他身子还直板板坐在马上,双手抓住马缰在跑呢。我眼睛还来不及眨,妈的!自己也挨轰下了马来,我那匹走马炸得肚皮开了花,马肠子裹得我一身。日本鬼以为我翘掉了,我们自己人也以为我翘掉了。躺在死人堆里,两天两夜也没有人来理。后来我们军队打胜了来收尸,才把老子挖了出来。喏,俞老弟，"赖鸣升指了指他右边的胸膛，"就是那一炮把我半个胸膛轰走了。"

"那一仗真是我们国民军的光荣！"俞欣说道。

"光荣？"赖鸣升哼了一下，"俞老弟，你们没上过阵仗的人，'光荣'两个字容易讲。我们国民军，别的仗不提倒罢了，要提到这一仗，俞老弟，这一仗——"

赖鸣升说到这里突然变得口吃起来，一只手指点着，一张脸烧得紫涨，他好像要用几个轰轰烈烈的字眼形容"台儿庄"一番，可是急切间却想不起来似的。这时窗外一声划空的爆响，窗上闪了两下强烈的白光。沉默了许久的刘英，陡然惊跳起来，奔向门口，一行嚷道：

"他们在放孔明灯啦。"

刘营长喝骂着伸出手去抓刘英，可是他已经溜出了门外，回头喊道：

"赖伯伯，等下来和我放爆仗，不要又黄牛噢！"

"小鬼！"刘太太笑骂道，"由他去吧，拘不住他的了——赖大哥，快趁热尝尝我炒的'蚂蚁上树'。"

刘太太盛了一大碗白米饭搁在赖鸣升面前。赖鸣升将那碗饭推开，把那碟花生米又拉到跟前，然后筛上一杯金门高粱，往嘴里又一送，他喝急了，一半酒液淋淋沥沥泻得他一身。

"慢点喝，大哥，莫呛了。"刘营长赶忙递了一块洗脸巾给赖鸣升笑道。

"老弟台！"赖鸣升把只空杯子往桌上猛一拍，双手攀到刘营长肩上叫道，"这点子台湾的金门高粱就能醉倒大哥了吗？你忘了你大哥在大陆上，贵州的茅台喝过几坛子了？"

"大哥的酒量我们晓得的。"刘营长赔笑道。

"老弟台，"赖鸣升双手紧紧揪住刘营长的肩带，一颗偌大的头颅差不多搭到了刘营长的脸上，"莫说老弟当了营长，就算你挂上了星子，不看在我们哥儿的脸上，今天八人大轿也请不动我来呢。"

"大哥说的什么话。"刘营长赶忙解说道。

"老弟台，大哥的话，一句没讲差。吴胜彪，那个小子还当过我的副排长呢。来到台北，走过他大门，老子正眼也不瞧他一下。他做得大是他的命，捧大脚的屁眼事，老子就是干不来，干得来现在也不当伙夫头了。上礼拜，我不过拿了我们医院厨房里一点锅巴去喂猪，主管直起眼睛跟我打官腔。老子捞起袖子就指到他脸上说道：'余主任，不瞒你说，民国十六年北伐，我赖鸣升就挑起锅头跟革命军打孙传芳去了。厨房里的规矩，用不着主任来指导。'你替我算算，老弟——"赖鸣升掐着指头，头颅晃荡着，"今年民国多少年，你大哥就有多少岁。这几十年，打滚翻身，什么稀奇古怪的事没经过？到了现在还稀罕什么不成？老实说，老弟，就剩下几根骨头还没回老家心里放不下罢咧。"

"大哥只顾讲话，我巴巴结结炒的'蚂蚁上树'也不尝一下。你就是到川菜馆去，他们也未必炒得出我这手家乡味呢！"

刘太太走过来，将身子插到赖鸣升和刘营长中间。

"弟妹——"赖鸣升伸手到桌面，又想去拿那瓶喝掉了一半的金门高粱，却被刘太太劈手夺了过去，搂在怀里。

"大哥，你再喝两杯，回头还熬得动夜吗？"

赖鸣升突然挣扎着立了起来，在胸膛上狠狠地拍了两下，沙哑着嗓子说道：

"弟妹，你也太小看你大哥了。你大哥虽然上了点年纪，这副架子依旧是铁打的呢。不瞒你弟妹说，大哥退了下来，功夫却没断过。天天隔壁营里军号一响，我就爬起来了。毒蛇出洞、螳螂奋臂、大车轮、小车轮——那些小伙子未必有我这两下呢！"

赖鸣升说着便离开了桌子，摆了一个架势，扎手舞脚地打起拳来，他那张殷红的脸上汗珠子如同水洗一般地流了下来，桌子上的人都笑得前俯后仰，刘太太赶忙笑着跑过去，捉住了他的手臂连拉带推地把他领到后面去洗脸，赖鸣升临离开厅堂又回过头来对刘太太说道：

"你可看到了，弟妹？日后打回四川，你大哥别的不行了，十个八个饭锅头总还抬得动的。"

说得桌子上的人又笑了起来。赖鸣升进去以后，刘太太便在外面指挥着众人将饭桌收拾干净，换上了一张打麻将的方桌面。她把麻将牌拿出来,叫俞欣和骊珠两人分筹码,她自己却去将窗台上那双红蜡烛端了过来,搁在麻将桌旁的茶几上。那对蜡烛已经烧去了一大截,蜡烛台上淋淋沥沥披满了蜡油。正当刘太太用了一把小洋刀,去把那些披挂的蜡油剔掉时,屋内的盥洗室突然传来一阵呕吐的声音,刘营长赶忙跑了进去。

"醉了,"刘太太把手里的小洋刀丢到茶几上,对俞欣和骊珠摇了一摇头叹说道,"我早就知道,每次都是这样的。我们大哥爱闹酒,其实他的酒量也并不怎么样。"

"赖大哥喝了酒的样子真好玩。"骊珠咯咯地笑了起来,她向俞欣做了一下鬼脸,俞欣也跟着笑了。

"大哥睡下了,"隔了一会儿,刘营长走了出来,压低了声音说道,"他要我替几手,回头他自己来接。"

刘太太沉吟了一会儿,她打了一个呵欠,两只手揉着太阳穴说道:

"我看算了吧。赖大哥这一睡下去,不晓得什么时候才醒得过来。闹了一天,我也累了。骊珠、俞欣,还是你们两人出去玩吧,倒是白拘了你们一夜。"

骊珠赶忙立了起来,俞欣替她穿上了她那件红大衣,自己也戴上了军帽,他又走到客厅一面镜子前头将领带整了一下,才和刘营长夫妇道了别。骊珠和俞欣走到巷子里时,看见信义东村那些军眷的小孩子都聚在巷子中央,有二三十个,大家围成了一个圆圈在放烟炮。刘家的儿子刘英正蹲在地上点燃了一个大花筒,一蓬银光倏地冒起六七尺高,把一张张童稚的笑脸都照得银亮。在一阵欢呼中,小孩子们都七手八脚地点燃了自己的烟炮,一道道亮光冲破了黑暗的天空。四周的爆竹声愈来愈密,除夕已经到了尾声,又一个新年开始降临到台北市来。

金大班的最后一夜

当台北市的闹区西门町一带华灯四起的时分,夜巴黎舞厅的楼梯上便响起了一阵杂沓的高跟鞋声,由金大班领队,身后跟着十来个打扮得衣着入时的舞娘,绰绰约约地登上了舞厅的二楼来,才到楼门口,金大班便看见夜巴黎的经理童得怀从里面窜了出来,一脸急得焦黄,搓手搓脚地朝她嚷道:

"金大班,你们一餐饭下来,天都快亮喽。客人们等不住,有几位早走掉啦。"

"哟,急什么?这不是都来了吗?"金大班笑盈盈地答道,"小姐们孝敬我,个个争着和我喝双杯,我敢不生受她们的吗?"金大班穿了一件黑纱金丝相间的紧身旗袍,一个大道士髻梳得乌光水滑地高耸在头顶上;耳坠、项链、手串、发针,金碧辉煌地挂满了一身,她脸上早已酒意盎然,连眼皮盖都泛了红。

"你们闹酒我还管得着吗？夜巴黎的生意总还得做呀！"童经理犹自不停地埋怨着。

金大班听见了这句话，且在舞厅门口煞住了脚，让那群咭咭呱呱的舞娘鱼贯而入走进了舞厅后，她才一只手撑在门柱上，把她那只鳄鱼皮皮包往肩上一搭，一眼便睨住了童经理，脸上似笑非笑地开言道：

"童大经理，你这一箩筐话是顶真说的呢，还是闹着玩。若是闹着玩的，便罢了。若是认起真来，今天夜晚我倒要和你把这笔账给算算。你们夜巴黎要做生意吗？"金大班打鼻子眼里冷笑了一声，"莫怪我讲句居功的话：这五六年来，夜巴黎不靠了我玉观音金兆丽这块老牌子，就撑得起这个场面了？华都的台柱小如意萧红美是谁给挖来的？华侨那对姊妹花绿牡丹粉牡丹难道又是你童大经理搬来的吗？天天来报到的这起大头里，少说也有一半是我的老相识，人家来夜巴黎花钞票，倒是捧你童某人的场来的呢！再说，我的薪水，你们只算到昨天。今天最后一夜，我来，是人情，不来，是本分。我说句你不爱听的话：我金兆丽在上海百乐门下海的时候，只怕你童某人连舞厅门槛还没跨过呢。舞场里的规矩，哪里就用得着你这位夜巴黎的大经理来教导了？"

金大班连珠炮似的把这番话抖了出来，也不等童经理搭腔，径自把舞厅那扇玻璃门一甩开，一双三寸高的高跟鞋跺得通天价响，摇摇摆摆便走了进去。才一进门，便有几处客人朝她摇着手，一迭声的"金大班"叫了起来。金大班也没看清谁是谁，先把嘴一咧，一只鳄鱼皮皮包在空中乱挥了两下，便向化妆室里溜了进去。

娘个冬采！金大班走进化妆室把手皮包豁啷一声摔到了化妆台上，一屁股便坐在一面大化妆镜前，狠狠地啐了一口。好个没见过世面的赤佬！左一个夜巴黎，右一个夜巴黎。说起来不好听，百乐门里那间厕所只怕比夜巴黎的舞池还宽敞些呢，童得怀那副嘴脸在百乐门淘粪坑未必有他的份。金大班打开了一瓶巴黎之夜，往头上身上乱洒了一阵，然后对着那面镜子一面端详着发起怔来。真正霉头触足，眼看明天就要做老板娘了，还要受这种烂污瘪三一顿鸟气。金大班禁不住地摇着头颇带感慨地吁了一口气。在风月场中打了二十年的滚，才找到个户头，也就算她金兆丽少了点能耐了。当年百乐门的丁香美人任黛黛下嫁棉纱大王潘老头儿潘金荣的时候，她还刻薄过人家：我们细丁香好本事，钓到一头千年大金龟。其实潘老头儿在她金兆丽身上不知下过多少功夫，花的钱恐怕金山都打得起一座了。那时嫌人家老，又嫌人家有狐臭，才一脚踢给了任黛黛。她曾经对那些姊妹淘夸下海口：我才没有你们那样饿嫁，个个去捧块棺材板。可是那天在台北碰到任黛黛，坐在她男人开的那个富春楼绸缎庄里，风风光光，赫然是老板娘的模样，一个细丁香发福得两只膀子上的肥肉吊到了柜台上，摇着柄檀香扇，对她说道：玉观音，你这位观音大士还在苦海里普度众生吗？她还能说什么？只得牙痒痒地让那个刁妇把便宜捞了回去。多走了二十年的远路，如此下场也就算不得什么轰轰烈烈了。只有像萧红美她们那种眼浅的小婊子才会捧着杯酒来对她说：到底我们大姊是领班，先中头彩。陈老板，少说些，也有两巴掌吧？刚才在状元楼，夜巴黎里那一起小娼妇，个个眼红得要掉下口水来了似的，把个陈发荣不知说成了什么稀罕物儿了。也难怪，那起小娼妇哪里见过从前那种日子？那种架势？当年在上海，拜倒在她玉观音裙下，像陈发荣那点根基的人，扳起脚趾头来还数不完呢！两个巴掌是没有的事，她老早托人在新加坡打听得清清楚楚了：一个小橡胶厂，两栋老房子，前房老婆的儿女也早分了家。她私自估了一下，三四百万的家当总还少不了。这且不说，试了他这个把月，除了年纪大些，顶上无毛，出手有点抠扒，却也还是个实心人。那种台山乡下出来的，在南洋苦了一辈子，怎能怪他把钱看得天那么大？可是阳明山庄那幢八十万的别墅，一买下来，就过到了金兆丽的名下。这么个土佬儿，竟也肯为她一掷千金，也就十分难为了他了。至于年纪哩，金大班凑近了那面大化妆镜，把嘴巴使劲一咧，她那张涂得浓脂艳粉的脸蛋儿，眼角上突然便现出了几把鱼尾巴来。四十岁的女人，还由得你理论别人的年纪吗？饶着像陈发荣那么个六十大几的老头儿，她还不知在他身上做了多少手脚呢。这个把月来，在宜香美容院就不知花了多少冤枉钱。拉面皮、扯眉毛——脸上就没剩下一块肉没受过罪。每次和陈老头儿出去的时候，竟像是披枷戴锁，上法场似的，勒肚子束腰，假屁股假奶，大七月里，绑得那一身的家私——金大班在小肚子上猛抓了两下——发得她一肚皮成饼成饼的热痱子，奇痒难耐。这还在其次，当陈老头儿没头没脸问起她贵庚几何的当儿，她还不得不装出一副小娘姨的腔调，矫情地捏起鼻子反问他：你猜？三十岁？娘个冬采！只有男人才瞎了眼睛。金大班不由得噗嗤地笑出了声音来。哄他三十五，他竟吓得嘴巴张起茶杯口那么大，好像撞见了鬼似的。瞧他那副模样，大概除了他那个种田的黄脸婆，一辈子也没近过别的女人。来到台北一见到她，七魂先走了三魂，迷得无可无不可的。可是凭他怎样，到底年纪一大把了。金大班把腰一挺，一双奶子便高高地耸了起来。收拾起这么个老头儿来，只怕连手指头儿也不必翘一下哩。

金大班打开了她的皮包，掏出了一盒美国骆驼牌香烟点上一支，狠狠地抽了两口，才对着镜子若有所悟地点了一下头，难怪她从前那些姊妹淘个个都去捧块棺材板，原来却也有这等好处，省却了多少麻烦。年纪轻的男人，哪里肯这么安分？哪次秦雄下船回来，不闹得她周身发疼的？她老老实实告诉他：她是四十靠边的人了，比他大六七岁呢，哪里还有精神来和他穷纠缠？偏他娘的，秦雄说他就喜欢比他年纪大的女人，解事体，懂温存。他到底要什么？要个妈吗？秦雄倒是对她说过：他从小便死了娘，在海上漂泊了一辈子也没给人疼过。说实话，他待她那份真也比对亲娘还要孝敬。哪怕他跑到世界哪个角落头，总要寄些玩意儿回来给她：香港的开什米毛衣，日本的和服绣花睡袍，泰国的丝绸，啰啰唆唆，从来没有断过；而且一个礼拜一封信，密密匝匝十几张信纸，也不知是从什么尺牍抄下来的："兆丽吾爱"——没的肉麻！他本人倒是个痴心汉子，只是不大会表情罢了。有一次，他回来，喝了点酒，一把抱住她，痛哭流涕。一个彪形大汉，竟倒在她怀中哭得像个小儿似的。为了什么呢？原来他在日本，一时寂寞，去睡了一个日本婆，他觉得对不起她，心里难过。这真正从何说起？他把她当成什么了？还是个十来岁的女学生，头一次谈恋爱吗？他兴冲冲地掏出他的银行存折给她看，他已经攒了七万块钱了，再等五年——五年，我的娘——等他在船上再做五年大副，他就回台北来，买房子讨她做老婆。她对他苦笑了一下，没有告诉他，她在百乐门走红的时候，一夜转出来的台子钱恐怕还不止那点。五年——再过五年她都好做他的祖奶奶了。要是十年前——金大班又猛吸了一口烟，颇带惆怅地思量道——要是十年前她碰见秦雄那么个痴心汉子，也许她真的就嫁了。十年前她金银财宝还一大堆，那时她也存心在找一个对她真心真意的人。上一次秦雄出海，她一时兴起，到基隆去送他上船，码头上站满了那些船员的女人，船走了，一个个泪眼汪汪，望着海水都掉了魂似的。她心中不由得倒抽了一口冷气，这次她下嫁陈发荣，秦雄那里她连信也没去一封。秦雄不能怨她绝情，她还能像那些女人那样等掉了魂去吗？四十岁的女人不能等。四十岁的女人没有工夫谈恋爱。四十岁的女人——连真正的男人都可以不要了。那么，四十岁的女人到底要什么呢？金大班把一截香烟屁股按熄在烟钵里，思索了片刻，突然她抬起头来，对着镜子歹恶地笑了起来。她要一个像任黛黛那样的绸缎庄，当然要比她那个大一倍，就开在她富春楼的正对面，先把价钱杀成八成，让那个贫嘴薄舌的刁妇也尝尝厉害，知道我玉观音金兆丽不是随便招惹得的。

"大姊——"

化妆室的门打开了，一个年轻的舞娘走了进来向金大班叫道。金大班正在用粉扑扑着面，她并没回过头去，从镜子里，她看见那是朱凤。半年前朱凤才从苗栗到台北，她原是个采茶娘，老子是酒鬼，后娘又不容，逼了出来。刚来夜巴黎，朱凤穿上高跟鞋，竟像踩高跷似的。不到一个礼拜，便把客人得罪了。童得怀劈头一阵臭骂，当场就要赶出去。金大班看见朱凤吓得抖索索，缩在一角，像只小兔儿似的，话都说不出来。她实在憎恶童得怀那副穷凶极恶的模样，一赌气，便把朱凤截了下来。她对童得怀拍起胸口说道：一个月内，朱凤红不起来，薪水由她金兆丽来赔。她在朱凤身上确实费了一番心思，舞场里的十八般武艺她都一一传授给她，而且还百般替她拉拢客人。朱凤也还争气,半年下来,虽然轮不上头牌,一晚上却也有十来张转台票子了。

"怎么了,红舞女?今晚转了几张台子了?"金大班看见朱凤进来,黯然坐在她身边,没有作声,便逗她问道。刚才在状元楼的酒席上,朱凤一句话也没说,眼皮盖一直红红的,金大班知道,朱凤平日依赖她惯了,这一走,自然有些慌张。

"大姊——"

朱凤隔了半晌又颤声叫道。金大班这才察觉朱凤的神色有异。她赶紧转过身,朝着朱凤身上,狠狠地打量了一下,刹那间,她恍然大悟起来。

"遭了毒手了吧?"金大班冷冷问道。

近两三个月,有一个在台湾大学念书的香港侨生,夜夜来捧朱凤的场,那个小广仔长得也颇风流,金大班冷眼看去,朱凤竟是十分动心的样子。她三番四次警告过她:阔大少跑舞场,是玩票,认起真来,吃亏的总还是舞女。朱凤一直笑着,没肯承认,原来却瞒着她干下了风流的勾当,金大班朝着朱凤的肚子盯了一眼,难怪这个小娼妇勒了肚兜也要现原形了。

"人呢?"

"回香港去了。"朱凤低下了头,吞吞吐吐地答道。

"留下了东西没有?"金大班又追逼了一句,朱凤使劲地摇了几下头,没有作声。金大班突然觉得一腔怒火给勾了起来，这种没耳性的小婊子，自然是让人家吃的了。她倒不是为着朱凤可惜，她是为着自己花在朱凤身上那番心血白白糟蹋了，实在气不忿。好不容易，把这么个乡下土豆儿脱胎换骨，调理得水葱儿似的，眼看着就要大红大紫起来了，连万国的陈胖婆儿陈大班都跑来向她打听过朱凤的身价。她拉起朱凤的耳朵，咬着牙齿对她说：再忍一下，你出头的日子就到了。玩是玩，耍是耍，货腰娘第一大忌是让人家睡大肚皮。舞客里哪个不是狼心狗肺？哪怕你红遍了半边天，一知道你给人睡坏了，一个个都捏起鼻子鬼一样地跑了，就好像你身上沾了鸡屎似的。

"哦——"金大班冷笑了一下，把个粉扑往台上猛一砸，说道，"你倒大方！人家把你睡大了肚子，拍拍屁股溜了，你连他鸟毛也没抓住半根！"

"他说他回香港一找到事，就汇钱来。"朱凤低着头，两手搓弄着手绢子，开始嘤嘤地抽泣起来。

"你还在做你娘的春秋大梦呢！"金大班霍然立了起来，走到朱凤身边，狠狠啐了一口，"你明明把条大鱼放走了，还抓得回来？既没有那种捉男人的尿本事，裤腰带就该扎紧些呀。现在让人家种下了祸根了，跑来这里一把鼻涕，一把眼泪——哪一点教我瞧得上？平时我教你的话都听到哪里去了。那个小王八想开溜吗？厕所里的来沙水你不会捧起来当着他灌下去？"金大班擂近了朱凤的耳根子喝问道。

"那种东西——"朱凤往后闪了一下,嘴唇哆嗦起来,"怕痛啊——"

"哦——怕痛呢!"金大班这下再也耐不住了,她一手扳起了朱凤的下巴,一手便戳到了她眉心上,"怕痛?怕痛为什么不滚回你苗栗家里当小姐去?要来这种地方让人家搂腰摸屁股?怕痛?到街上去卖家伙的日子都有你的份呢!"

朱凤双手掩起面,失声痛哭起来。金大班也不去理睬她,径自点了根香烟猛抽起来,她在室内踱了两转,然后突然走到朱凤面前,对她说道:

"你明天到我那里来,我带你去把你肚子里那块东西打掉。"

"啊——"朱凤抬头惊叫了一声。

金大班看见她死命地用双手把她那微微隆起的肚子护住,一脸抽搐着,白得像张纸一样。金大班不由得怔住了,她站在朱凤面前,默默地端详着她,她看见朱凤那双眼睛凶光闪闪,竟充满了怨毒,好像一只刚赖抱的小母鸡准备和偷它鸡蛋的人拼命了似的。她爱上了他了,金大班暗暗叹息道,要是这个小婊子真的爱上了那个小王八,那就没法了。这起还没尝过人生三昧的小娼妇们,凭你说烂了舌头,她们未必听得入耳。连她自己那一次呢,她替月如怀了孕,姆妈和阿哥一个人揪住她一只膀子,要把她扛出去打胎。她捧住肚子满地打滚,对他们抢天呼地地哭道:要除掉她肚子里那块肉吗?除非先拿条绳子来把她勒死。姆妈好狠心,到底在面里暗下了一把药,把个已经成了形的男胎给打了下来。一辈子,只有那一次,她真的萌了短见:吞金、上吊、吃老鼠药、跳苏州河——偏他娘的,总也死不去。姆妈天天劝她:阿囡,你是聪明人。人家官家大少,独儿独子,哪里肯让你毁了前程去?你们这种卖腰的,日后拖着个无父无姓的野种,谁要你?姆妈的话也不能说没有道理。自从月如那个大官老子派了几个卫士来,把月如从他们徐家汇那间小窝巢里绑走了以后,她就知道,今生今世,休想再见她那个小爱人的面了。不过那时她还年轻,一样也有许多傻念头。她要替她那个学生爱人生一个儿子,一辈子守住那个小孽障,哪怕街头讨饭也是心甘情愿的。难道卖腰的就不是人吗?那颗心一样也是肉做的呢。何况又是很标致的大学生。像朱凤这种刚下海的雏儿,有几个守得住的?

"拿去吧,"金大班把右手无名指上一只一克拉半的火油大钻戒卸了下来,掷到了朱凤怀里,"值得五百美金,够你和你肚子里那个小孽种过个一年半载的了。生了下来,你也不必回到这个地方来。这口饭,不是你吃得下的。"

金大班说着便把化妆室的门一甩开,朱凤追在后面叫了几声她也没有答理,径自跺着高跟鞋便摇了出去。外面舞池里老早挤满了人,雾一般的冷气中,闪着红红绿绿的灯光,乐队正在敲打得十分热闹,舞池中一对对都像扭股糖儿似的黏在了一起摇来晃去。金大班走过一个台子,一把便让一个舞客捞住了,她回头看时,原来是大华纺织厂的董事长周富瑞,专来捧小如意萧红美的。

"金大班,求求你做件好事。红美今夜的脾气不大好,恐怕要劳动你去请请才肯转过来。"周富瑞捏住金大班的膀子,一脸焦灼地说道。

"那也要看你周董事长怎么请我呢。"金大班笑道。

"你和陈老板的喜事——十桌酒席,怎样?"

"闲话一句!"金大班伸出手来和周富瑞重重握了一下,便摇到了萧红美那边,在她身旁坐下,对她悄悄说道:

"转完这一桌,过去吧。人家已经等掉魂了。"

"管他呢,"萧红美正在和桌子上几个人调笑,她头也不回就驳回道,"他的钞票又比别人的多值几文吗?你去跟他说:新加坡的蒙娜正在等他去吃消夜呢!"

"哦,原来是打翻了醋罐子。"金大班笑道。

"呸,他也配?"萧红美尖起鼻子冷笑了一声。

金大班凑近萧红美耳朵对她说道:

"看在大姊脸上,人家要送我十台酒席呢。"

"原来你和他暗地里勾上了,"萧红美转过头来笑道,"干嘛你不去陪他?"

金大班且不搭腔,乜斜了眼睛瞅着萧红美,一把两只手便抓到了萧红美的奶子上,吓得萧红美鸡猫子鬼叫乱躲起来,惹得桌上的客人都笑了。萧红美忙讨了饶,和金大班咬耳说道:

"那么你要对那个姓周的讲明白,他今夜完全沾了你的光,我可是没有放饶他。你金大姊是过来人,'打铁趁热'这句话不会不懂,等到凉了,那块铁还扳得动吗?"

金大班倚在舞池边的一根柱子上,一面用牙签剔着牙齿,一面看着小如意萧红美妖妖娆娆地便走到了周富瑞那边桌子去。萧红美穿了一件石榴红的透空纱旗袍,两筒雪白滚圆的膀子连肩带臂肉颤颤地便露在了外面,那一身的风情,别说男人见了要起火,就是女人见了也得动三分心呢。何况她又是个头一等难缠的刁妇,心黑手辣,耍了这些年,就没见她栽过一次筋斗。那个姓周的,在她身上少说些也贴了十把二十万了,还不知道连她的骚舔着了没有?这才是做头牌舞女的材料,金大班心中暗暗赞叹道,朱凤那块软皮糖只有替她拾鞋子的份。虽然说萧红美比起她玉观音金兆丽在上海百乐门时代的那种风头,还差了一大截,可是台北这一些舞厅里论起来,她小如意也是个拔尖货了。当年数遍了上海十里洋场,大概只有米高梅五虎将中的老大吴喜奎还能和她唱个对台。人家都说她们两人是九天瑶女白虎星转世,来到黄浦滩头扰乱人间的;可是她偏偏却和吴喜奎那只母大虫结成了小姊妹,两个人晚上转完台子便到惠而康去吃炸子鸡,对扳着指头来较量,哪个的大头要得多,要得狠,要得漂亮。伤风败德的事,那几年真干了不少,不晓得害了多少人,为着她玉观音妻离子散,家破人亡。后来吴喜奎抽身得早,不声不响便嫁了个生意人。她那时还直纳闷，觉得冷清了许多。来到台北，她到中和乡去看吴喜奎。没料到当年那只张牙舞爪的母大虫，竟改头换面，成了个大佛婆。吴喜奎家中设了个佛堂，里面供了两尊翡翠罗汉。她家里人说她终年吃素念经，连半步佛堂都不肯出。吴喜奎见了她，眼睛也不抬一下，摇着个头，叹道：啧，啧，阿丽，侬还在那种地方惹是非嚇。听得她不由心中一寒。到底还是她们乖觉，一个个鬼赶似的都嫁了人，成了正果。只剩下她玉观音孤鬼一个，在那孽海里东飘西荡，一蹉跎便是二十年。偏他娘的，她又没有吴喜奎那种慧根。西天是别想上了，难道她也去学吴喜奎起个佛堂，里面真的去供尊玉观音不成？作了一辈子的孽，没的玷辱了那些菩萨老爷！她是横了心了，等到两足一伸，便到那十八层地狱去尝尝那上刀山下油锅的滋味去。

"金大班——"

金大班转过头去，她看见原来靠近乐队那边有一台桌子上，来了一群小伙子，正在向她招手乱嚷，金大班认得那是一群在洋机关做事的浮滑少年，身上有两文，一个个骨子里都在透着骚气。金大班照样也一咧嘴，风风标标地便摇了过去。

"金大班，"一个叫小蔡的一把便将金大班的手捏住笑嘻嘻地对她说道，"你明天要做老板娘了，我们小马说他还没吃着你炖的鸡呢。"说着桌子上那群小伙子都怪笑了起来。

"是吗？"金大班笑盈盈地答道，一屁股便坐到了小蔡两只大腿中间，使劲地磨了两下，一只手勾到小蔡脖子上，说道，"我还没宰你这只小童子鸡，哪里来的鸡炖给他吃？"说着她另一只手暗伸下去在小蔡的大腿上狠命一捏，捏得小蔡尖叫了起来。正当小蔡两只手要不规矩的时候，金大班霍然跳起身来，推开他笑道："别跟我闹，你们的老相好来了，没的教她们笑我'老牛吃嫩草'。"

　　说着，几个转台子的舞女已经过来了，一个照面便让那群小伙子搂到了舞池子中，贴起面婆娑起来。

　　"喂，小白脸，你的老相好呢？"

　　金大班正要走开的时候，却发现座上还有一个年轻男人没有招人伴舞。

　　"我不大会跳，我是来看他们的。"那个年轻男人嗫嚅地答道。

　　金大班不由得煞住了脚，朝他上下打量了一下，也不过是个二十上下的小伙子，恐怕还是个大学里念书的学生，穿戴得倒十分整齐，一套沙市井的浅灰西装，配着根红条子领带，清清爽爽的，周身都露着怯态，一望便知是头一次到舞场来打野的嫩角色。金大班向他伸出了手，笑盈盈地说道：

　　"我们这里不许白看的呢，今晚我来倒贴你吧。"

　　说着金大班便把那个忸怩的年轻男人拉到了舞池里去。乐队正在奏着《小亲亲》，一支慢四步。台上绿牡丹粉牡丹两姊妹穿得一红一绿，互相搂着腰，妖妖娆娆地在唱着：

你呀你是我的小亲亲，
为什么你总对我冷冰冰？

金大班借着舞池边的柱灯，微仰着头，端详起那个年轻的男人来。她发觉原来他竟长得眉清目秀，黢青的须毛都还没有长老，头上的长发梳得十分妥帖，透着一阵阵贝林的甜香。他并不敢贴近她的身体，只稍稍搂着她的腰肢，生硬地走着。走了几步，便踢到了她的高跟鞋，他惶恐地抬起头，腼腆地对她笑着，一直含糊地对她说着对不起，雪白的脸上一下子通红了起来。金大班对他笑了一下，很感兴味地瞅着他，大概只有第一次到舞场来的嫩角色才会脸红，到舞场来寻欢竟也会红脸——大概她就是爱上了会红脸的男人。那晚月如第一次到百乐门去，和她跳舞的时候，羞得连头都抬不起来，脸上一阵又一阵地泛着红晕。当晚她便把他带回了家里去，当她发觉他还是一个童男子的时候，她把他的头紧紧地搂进她怀里，贴在她赤裸的胸房上，两行热泪，突地涌了下来。那时她心中充满了感激和疼怜，得到了那样一个羞赧的男人的童贞。一刹那，她觉得她在别的男人身上所受的玷辱和亵渎，都随着她的泪水流走了一般。她一向都觉得男人的身体又脏又丑又臭，她和许多男人同过床，每次她都是偏过头去，把眼睛紧紧闭上的。可是那晚当月如睡熟了以后，她爬了起来，跪在床边，借着月光，痴痴地看着床上那个赤裸的男人。月光照到了他青白的胸膛和纤秀的腰肢上，她好像头一次真正看到了一个赤裸的男体一般，那一刻她才了悟原来一个女人对一个男人的肉体，竟也会那样发狂般地痴恋起来的。当她把滚热的面腮轻轻地偎贴到月如冰凉的脚背上时，她又禁不住默默地哭泣起来了。

"这个舞我不会跳了。"那个年轻的男人说道。他停了下来，尴尬地望着金大班，乐队刚换了一支曲子。

金大班凝望了他片刻，终于温柔地笑了起来，说道：

"不要紧，这是三步，最容易，你跟着我，我来替你数拍子。"

说完她便把那个年轻的男人搂进了怀里，面腮贴近了他的耳朵，轻轻地，柔柔地数着：

一二三——

一二三——

那片血一般红的杜鹃花

他们是在基隆附近,一个荒凉的海滩上,找到王雄的。他的尸体被潮水冲到了岩石缝中,夹在那里,始终没有漂走。舅妈叫我去认尸的时候,王雄的尸体已经让海水泡了好几天了。王雄全身都是乌青的,肚子肿起,把衣衫都撑裂了;他的头脸给鱼群叮得稀烂,红的红、黑的黑,尽是一个一个的小洞,眉毛眼睛都吃掉了。几丈外,一阵腐尸的恶臭,熏得人直要作呕。要不是他那双大得出奇的手掌,十个指头圆秃秃的,仍旧没有变形的话,我简直不能想象,躺在地上那个庞大的怪物,竟会是舅妈家的男工王雄。

王雄之死,引起了舅妈家中一阵骚动。舅妈当晚便在花园里烧了一大叠钱纸,一边烧,一边蹲在地上念念喃喃讲了一大堆安魂的话。她说像王雄那般凶死,家中难保干净。我告诉舅妈,王雄的尸首已经烂得发了臭,下女喜妹在旁边听得极恐怖地尖叫了起来,无论舅妈怎么挽留,她都不肯稍停,当场打点行李,便逃回她宜兰家中去了。只有表妹丽儿,我们瞒住了她,始终没有让她知道,因为怕她害怕。舅妈和我到王雄房中去收捡他的遗物,她对我赌咒,挨过这次教训,她一辈子再也不会雇用男工人了。

我第一次见到王雄,是两年前的一个春天里。我在金门岛上服大专兵役,刚调回台北,在联勤司令部当行政官。我家住在台中,台北的亲戚,只有舅妈一家,一报完到,我便到舅妈家去探望她们。舅舅生前是做大生意的,过世得早,只生下表妹丽儿一个人。舅舅留下了一笔很可观的产业,因此舅妈和表妹一向都过着十分富裕的生活。那时舅妈刚搬家,住在仁爱路四段,一栋三百多坪的大花园洋房里。我到舅妈家的那天,她正在客厅里打牌,心不在焉地问了我几句话,便叫我到花园里去找表妹丽儿去了。我母亲告诉过我,丽儿是舅妈含在嘴里长大的,六岁大,舅妈还要亲自喂她的奶,惯得丽儿上六年级了,连鞋带都不肯自己系。可是丽儿的模样儿却长得实在逗人疼怜,我从来没有见过哪家的孩子生得像她那样雪白滚圆的:圆圆的脸、圆圆的眼睛,连鼻子嘴巴都圆得那般有趣;尤其是当她甩动着一头短发,咯咯一笑的时候,她那一份特有的女婴的憨态,最能教人动心,活像一个玉娃娃一般。然而她那一种娇纵任性的脾气,也是别家孩子少有的,半点不遂她的意,什么值钱的东西,拿到了手里便是一摔，然后往地上一坐，搓着一双浑圆的腿子，哭破了喉咙也不肯稍歇，无论什么人，连舅妈在内，也扭她不过来。

舅妈家的花园十分宽敞，新植的草木花树都打点得非常整齐，中间是一块绿茸茸的朝鲜草坪，四周的花圃里却种满了清一色艳红的杜鹃花，许多株已经开始打苞了。我一进到园内，便听到丽儿一连串清脆滑溜的笑声。当我绕过那丛芭蕉树的时候，赫然看见丽儿正骑在一个大男人的身上，那个男人手脚匍匐在草坪上，学着兽行，丽儿却正跨在他的背上，她白胖的小手执着一根杜鹃花的枝子，当着马鞭子一般，在空中乱挥，丽儿穿了一身大红的灯芯绒裙子，两条雪白滚圆的腿子露在外面不停地踢蹬，一头的短发都甩动了，乐不可支地尖笑着。

"表哥，看我骑马嘟嘟——"丽儿发觉我时，丢掉了手上的树枝，两手朝我乱招一顿，叫道，然后她跨过那个男人的头跳了下来，跑到我跟前来。那个男人赶忙爬了起来，向我笑着嗫嚅地叫了一声：

"表少爷——"

我发觉原来他竟高大得出奇，恐怕总有六呎以上，一颗偌大的头颅，头皮剃得青亮，黑头黑脸，全身都黑得乌铜一般发出了亮光来，他朝我咧着嘴，龇着一口的白牙齿，有点羞赧似的，一直搓着他那双巨掌，他的十个指头却秃得有点滑稽。他穿着一条洗得发了白的军裤，膝盖上沾满了泥草。

"表哥，"丽儿指着那个男人对我说道，"王雄说，他可以那样爬着走好几里路呢。"

"那是从前打仗的时候啊——"王雄赶忙辩道，他的口音带着浓浊的湖南土腔。

"胡说！"丽儿皱起眉头打断他的话道，"你那天明明说过：你可以让我骑着上学校去呢。"

王雄讪讪地瞅着丽儿，说不出话来，浑黑的脸上竟泛起红晕来了，好像丽儿把他和她两人之间的什么秘密泄露了一般。

"表哥，我带你去看，王雄替我捉来了好多蝈蝈儿。"丽儿说着便跑在我前头，引着我向屋内走去，跑了几步，她好像又突然记起了什么似的，停下来，转过身，向王雄伸出了她那只雪白滚圆的手臂叫道：

"王雄，来。"

王雄踌躇了一下，终于走上了前去，丽儿一把便捞住了他那粗黑的膀子，和他手牵手，径自蹦着跳着，往屋内跑去，王雄拖着他那庞大的身躯也跟着丽儿迟笨地奔跑起来。

到了晚间，舅妈打完牌，和我闲聊起来，才告诉我，原来王雄就是她新雇的男工。本来是行伍出身的，刚退了下来，人是再老实不过了，舅妈颇为赞许道，整天一声不响，就会闷着头做事，而且，看不出他那么个粗人，打理起花木来，却别有一番心思呢。舅妈说，园子里那成百株杜鹃花，一棵棵都是王雄亲手栽的。为什么要种那么些杜鹃花呢？

舅妈叹了一口气解说道，还不是为了丽儿。就是因为那个小魔星喜欢杜鹃花的缘故。

"我从来也没见过，"舅妈突然笑得用手掩起了嘴来，"一个四十岁的大汉子，竟让个女娃娃牵着鼻子走，什么都依全了她。"

最后舅妈摇着头赞叹道：难得他们两个人有缘！

丽儿和王雄确实有缘。每次我到舅妈家去，总看见他们两人在一块儿玩耍。每天早上，王雄踏着三轮车送丽儿去上学，下午便去接她回来。王雄把他踏的那辆三轮车经常擦得亮亮的，而且在车头上插满了一些五颜六色的绒球儿，花纸铰的凤凰儿，小风车轮子，装饰得像凤辇宫车一般。每次出去接送丽儿，王雄总把自己收拾得头干脸净的，即使是大热天，也穿戴得体体面面。当丽儿从外头走进大门来时，扬起脸，甩动着她那一头短发，高傲得像个小公主一般，王雄跟在她身后，替她提着书包，挺着腰，满面严肃，像足了丽儿的护驾卫士。一回到家里，丽儿便拉着王雄到花园中嬉游去了。王雄总是想出百般的花样，来讨丽儿的欢心。有一次，我看见王雄独个儿坐在屋檐下，脚旁边地上摆着一大堆红红绿绿的玻璃珠子，他手里拈着根金线，聚精会神地串着那些珠儿。当他伸出他那双黑秃秃的巨掌,满地去捕捉那些滑溜乱滚的玻璃珠子时,显得十分地笨拙有趣。那天丽儿回家后,王雄在花园里,便替她戴满了一身玻璃珠子串成的手钏儿和项链子。丽儿头上戴了两圈,两只膀子上,一边箍了五六个,她把鞋子也踢掉了,打了一双赤足,捞起了裙子,露出她雪白的腿子来,她的足踝上,也套了好几个五彩玻璃脚圈子。丽儿嘴里咿呀唔呀地唱着笑着,手里擎着两球艳红的杜鹃花,挥动着她那白胖的小膀子,在那片绿茸茸的草地上,跳起她学校里教的山地舞来。王雄也围着丽儿,连蹦带跳,不停地拍着他那双大手掌。他那张大黑脸涨得鲜红鲜红的,嘴巴咧得老大,露出一口雪白的牙齿来。他们两个人,一大一小,一黑一白,蹦着跳着,在那片红红的花海里,载歌载舞起来。

在联勤总司令部服役那段时期,一个礼拜,总有两三天,我在舅妈家留宿,舅妈要我替丽儿补习功课,因为夏天她就要考中学了。在舅妈家出入惯了,我和王雄也渐渐混熟了,偶尔他也和我聊起他的身世来。他告诉我说,他原是湖南乡下种田的,打日本人抽壮丁给抽了出来。他说他那时才十八岁,有一天挑了两担谷子上城去卖,一出村子,便让人截走了。

"我以为过几天仍旧回去的呢,"他笑了一笑说道,"哪晓得出来一混便是这么些年,总也没能回过家。"

"表少爷,你在金门岛上看得到大陆吗?"有一次王雄若有所思地问我道。我告诉他，从望远镜里可以看得到那边的人在走动。

"隔得那样近吗？"他吃惊地望着我，不肯置信的样子。

"怎么不呢？"我答道，"那边时常还有饿死的尸首漂过来呢。"

"他们是过来找亲人的。"他说道。

"那些人是饿死的。"我说。

"表少爷，你不知道，"王雄摇了摇手止住我道，"我们湖南乡下有赶尸的，人死在外头，要是家里有挂得紧的亲人，那些死人跑回去跑得才快呢。"

我在金门的时候，营里也有几个老士兵，他们在军队里总有十来年的历史了，可是我总觉得他们一径还保持着一种赤子的天真，他们的喜怒哀乐，就好像金门岛上的烈日海风一般，那么原始、那么直接。有时候，我看见他们一大伙赤着身子在海水里打水仗的当儿，他们那一张张苍纹满布的脸上，突地都绽开了童稚般的笑容来，那种笑容在别的成人脸上是找不到的。有一天晚上巡夜，我在营房外面海滨的岩石上，发觉有一个老士兵在那儿独个儿坐着拉二胡。那天晚上，月色清亮，没有什么海风，不知是他那垂首深思的姿态，还是那十分幽怨的胡琴声，突然使我联想到，他那份怀乡的哀愁，一定也跟古时候戍边的那些士卒的那样深、那样远。

"王雄,你家里还有些什么人?"有一晚,我和王雄在园子里乘凉,王雄和我谈起他湖南湘阴乡下的老家时,我问他道。

"有个老娘,不晓得还在不在,"王雄说道,"还有——"

突然间,他变得有点忸怩起来了,结结巴巴地告诉我,原来他没有出来以前,老早便定下亲了。是他老娘从隔壁村庄买来的一个小妹仔。

"那时她才十岁,只有这么高——"王雄说着用手比了一下。

他那个小妹仔好吃懒做,他老娘时常拿扫把打她的屁股,一打她,她就躲到他的身后去。

"小妹仔长得白白胖胖,是个很傻气的丫头。"王雄说,他咧着嘴笑了起来。

"给你一挂鱿鱼吃。"下女喜妹突然走到王雄身后伸过手来,把一挂烤鱿鱼拎到王雄的脸上。她刚洗完头,也到园子里来乘凉。喜妹是个极肥壮的女人,偏偏又喜欢穿紧身衣服,全身总是箍得肉颤颤的,脸上一径涂得油白油白,画着一双浓浓的假眉毛,看人的时候,乜斜着一对小眼睛,很不驯地把嘴巴一撇,自以为很有风情的样子。舅妈说,王雄和喜妹的八字一定犯了冲,王雄一来便和她成了死对头,王雄每次一看见她就避得远远的,但是喜妹偏偏却喜欢去撩拨他,每逢她逗得他红头赤脸的当儿,她就大乐起来。

王雄很鲁莽地把喜妹的手一拨,闷吼了两下,扭过头去,皱起了眉头,便不肯出声了。喜妹噗哧笑了起来,她仰起头,把那挂烤鱿鱼往嘴巴里一送,摇着一头湿淋淋的长发,便走到那丛芭蕉树下一张藤靠椅上,躺了下去,园子里一轮黄黄的大月亮刚爬过墙头来,照得那些肥大的芭蕉树叶都发亮了。喜妹一面摇着一柄大蒲扇,啪嗒啪嗒地打着她的大腿在赶蚊子,一面却用着十分尖细的声音哼起台湾的哭调《闹五更》来。王雄霍然立起身,头也不回,拖着他那庞大的身体,便向屋内走了进去。

　　丽儿到底是一个十分聪敏的孩子,暑假中,我只替她补习了几个礼拜,她很轻巧地便考上了省立二女中。舅妈笑得合不拢嘴来,一放了榜,便带着丽儿出去缝制服,买书包文具。开学的那天,一屋人都忙得团团转,舅妈亲自替丽儿理书包、烫制服,当丽儿穿着她那一身笔挺的童军制服,挂得一身的佩件,很俏皮地歪戴着一顶童军帽,提着一只黑皮新书包,摇摇摆摆,神气十足地走出大门口时,顷刻间,她好像长大了许多似的,俨然是一副中学生的派头了。王雄老早便推着三轮车在门口候着了,丽儿一走出去,王雄好像猛吃了一惊似的,呆望着丽儿,半晌都说不出话来,丽儿把书包往三轮车上一扔,很轻快地便跳上了车去,朝着我们挥了一挥手,然后把王雄猛推了一把叫道:

"走啊，王雄。"

丽儿对她的中学生活十分着迷，头几天，放学回来，制服也不肯脱，在镜子面前看了又看，照了又照，一有空，便捧起一本远东英语读本，得意洋洋地大声念起英文来。有一天，她立在通到花园的石阶上，手里擎着她那本英语读本，王雄站在石阶下面，仰着头，聚精会神地望着丽儿在听她念英文。

"I am a girl."丽儿指了一指自己的胸膛念道，然后又指了一指王雄。

"You are a boy."王雄微张着嘴，脸上充满了崇敬的神情。

"I am a student."丽儿又念了一句，她瞥了王雄一眼，然后突然指着他大声叫道：

"You are a dog."

丽儿咯咯地笑了起来，笑得前俯后仰，一头的短发都甩动了。王雄迷惘地眨了几下眼睛，有点不知所措的样子，旋即他也跟着丽儿咧开了嘴，开心地笑了起来。

开了学的三个礼拜后，一个星期六的中午，丽儿从学校回来，我们都在客厅里等着她吃午饭。丽儿进来时，把客厅门一摔开，满面怒容，王雄跟在她身后，手里替她提着书包。

"下礼拜起，我不要王雄送我上学了。"丽儿一坐下来便对舅妈说道。我们都感到十分意外，舅妈赶忙询问丽儿为了什么缘故。

"人家都在笑我了。"丽儿猛抬起头，一脸通红。

"这有什么可笑的呢？"舅妈走过去，用手绢替丽儿揩拭她额上的汗，柔声地安慰她道，"坐三轮车上学的人也有的是啊。"

丽儿一把推开舅妈的手，突然指向王雄道：

"同学们都在说——他像一头大猩猩！"

丽儿斜睨住王雄，脸上登时显出了鄙夷的神色来。舅妈打量了王雄一下，撑不住笑了。喜妹却撈起了裙角，笑得弯了腰。王雄捏着丽儿的书包，站在那儿，十分羞惭似的，黧黑的面孔一下子都紫涨了起来，他偷偷瞅了丽儿一眼，嘴唇一直抖动着，好像要向她赔一个笑脸，却笑不出来。

自从丽儿改骑脚踏车上学后，她便很少跟王雄在一块儿了。她在学校里十分活跃，经常带领一大伙同学回到家中来玩。有一个星期日的下午，丽儿又带了七八个同学——全是十二三岁的小女孩，到家中的花园里来踢毽子，丽儿是个踢毽子的能手，一口气可以踢上百来个。我正站在石阶上，望着那群小女孩儿，个个撈起裙子，兴高采烈地踢着毽子，忽然看见王雄从那丛芭蕉树后闪了出来，朝着丽儿直招手，悄悄地叫道：

"丽儿——"

"你来干什么？"丽儿走了过来，有点不耐烦地问道。

"你看，我给你找了什么东西来？"王雄从一个牛皮纸袋里，拿出了一只精致的玻璃水缸来，里面有两条金鱼在游动着。我从前买过一缸金鱼送给丽儿，丽儿非常喜爱，挂在她的窗台上，天天叫王雄喂红虫给鱼吃，后来让隔壁一只猫儿跑来捣翻吃掉了。丽儿哭得十分伤心，我哄着她答应替她再买一缸，后来竟把这件事情忘掉了。

"谁还要玩那个玩意儿？"丽儿把面一扬，很不屑地说道。

"我找了好久才找到这两条呢。"王雄急切地说道。

"我踢毽子去了。"丽儿一扭头便想跑开。

"这是两条凤尾的——"王雄一把抓住了丽儿一只膀子，把那缸金鱼擎到丽儿脸上让她看。

"放开我的手。"丽儿叫道。

"你看一看嘛，丽儿——"王雄乞求道，他紧紧地捏住丽儿，不肯放开她。丽儿挣了两下，没有挣脱，她突然举起另外一只手把那只玻璃水缸猛一拍，那只金鱼缸便哐啷一声拍落到地上，砸得粉碎。丽儿摔开了王雄的手，头也没回便跑掉了。缸里的水溅得一地，那两条艳红的金鱼便在地上拼命地跳跃起来。王雄惊叫了一声，蹲下身去，两手握住拳头，对着那两条挣扎的金鱼，不知该怎么去救它们才好。那两条娇艳的金鱼最后奋身猛跳了几下，便跌落在地上不能动弹了。王雄佝着头，呆呆地望着那两条垂死的金鱼，半晌，他才用手拈起了那两条金鱼的尾巴，把鱼搁在他的手掌上，捧着，走出了花园。

自从那次以后，王雄变得格外地沉默起来。一有空他便避到园子里浇花。每一天，他都要把那百来株杜鹃花浇个几遍，清晨傍晚，总看到他那个庞大的身躯，在那片花丛中，孤独地徘徊着。他垂着头，微微弯着腰，手里执着一根长竹竿水瓢，一下又一下，哗啦哗啦，十分迟缓地、十分用心地，在灌溉着他亲手栽的那些杜鹃花。无论什么人跟他说话，他一概不理睬。有时舅妈叫急了，他才嘎哑着嗓子应着一声："是，太太。"旋即他又闷声不响，躲到花园里去。直到出事的前一天，喜妹在园子里的水龙头接水洗被单，王雄老早便在龙头上挂着一只水桶，盛水浇花了。喜妹把王雄那只装得半满的水桶取了下来，将自己的洗衣盆搁到龙头下面去。王雄突然走了过来，也不作声，一脚便把水盆踢翻了，盆里的水溅得喜妹一身。喜妹登时恼怒得满面绯红，她把长发往后一挽，一闪身便站到了王雄面前，用身子挡住水龙头，对王雄喝道：

"今天谁也别想用水！"

喜妹扬着脸，叉着腰，胸脯挺得高高的，她满面挂着水珠子，裙角也在淋淋沥沥地滴着水，她把木屐踢掉了，赤了一双脚，很不逊地和王雄对峙着。王雄闭着嘴，定定地望着她。喜妹打量了王雄一下，突然间，她放纵地浪笑了起来，笑得全身都颤抖了，一边笑，一边尖叫着：

"大猩猩——大猩猩——"

喜妹的话还没有落音，王雄一把便伸出了他那双巨手抓住了喜妹肥胖的膀子，拼命地前后摇撼起来，一边摇着，他的喉头不住发出呜咽咆哮的声音来，好像一头受了重伤的野兽，在发着悲愤的吼声一般。喜妹痛得一脸扭曲起来，大概惊呆了，一下子喊不出声音。正当我赶过去阻止王雄的时候，喜妹才尖叫了一声，王雄一松手，喜妹赶忙捞起裙子便跑开了。一面跑她一面揉着她的膀子，跑到老远她才回过头来，朝着王雄吐了一泡口沫骂道：

"考背！"

王雄仍旧站在那里，一动也不动，他重重地喘着息，额头上的汗珠子，大颗大颗地滚下来，一双眼睛红得要喷火了似的。我突然发觉，原来王雄的样子竟走了形。他满脸的胡子楂，头发长出了寸把来也没有剃，全头一根根倒竖着，好像个刺猬一般，他的眼塘子整个都坑了下去，乌黑乌黑的，好像多少夜没睡过觉似的。我没有料到才是几天的工夫，王雄竟变得这般憔悴，这般暴戾起来。

出了事，好几天，舅妈都不肯相信，她说她做梦也没有想到，像王雄那么个老实人，竟会干出那种事情。

"那个死鬼——"喜妹一提到王雄就捞起裙子掩面痛哭，一面抚着她的颈子，犹带余悸似的。

那天早上，我们发现喜妹的时候，以为她真的死了。她躺在园子里，昏迷在一丛杜鹃花的下面，她的衣裙撕得粉碎，上体全露了出来，两只乳房上，斑斑累累，掐得一块一块的淤青，她颈子上一转都是指甲印。同一天，王雄便失了踪。他遗留下来的那些衣物，舅妈都叫我拿去分给了我们连上那些老士兵。在他箱子里，翻出了一大包五颜六色的玻璃珠子来，是那次他替丽儿串手钏子用剩的。

退役后，我便回台中家里去了，直到第二年春天，我到台北来找事，才又到舅妈家去。舅妈病了很久，一直躺在床上，她显得非常苍白无神。舅妈说，自从她家发生过那桩不吉利的事情以后，她的身体就没有好过，夜夜失眠。她挣扎着起来，紧紧地执着我的手，悄悄说道：

"天天夜里，我都听见有人在园子里浇水的声音。"

母亲说过，舅妈是个神经极衰弱的女人，一辈子专爱讲鬼话。当我走到园子里的时候，却赫然看见那百多株杜鹃花，一球堆着一球，一片卷起一片，全部爆放开了。好像一腔按捺不住的鲜血，猛地喷了出来，洒得一园子斑斑点点都是血红血红的，我从来没看见杜鹃花开得那样放肆，那样愤怒过。丽儿正和一群女孩子在园子里捉迷藏，她们在那片血一般红的杜鹃花丛中穿来穿去。女孩子们尖锐清脆的嬉笑声，在春日的晴空里，一阵紧似一阵地荡漾着。

思旧赋

一个冬日的黄昏，南京东路一百二十巷中李宅的门口，有一位老妇人停了下来，她抬起头，觑起眼睛，望着李宅那两扇朱漆剥落，已经沁出点点霉斑的桧木大门，出了半天的神。老妇人的背脊完全佝偻了，两片崚嶒的肩胛，高高耸起，把她那颗瘦小的头颅夹在中间；她前额上的毛发差不多脱落殆尽，只剩下脑后挂着一撮斑白的发髻。老妇人的身上，披着一件黑色粗绒线织成的宽松长外套，拖拖曳曳，垂到了她的膝盖上来。她的身躯已经干枯得只剩下一袭骨架，裹在身上的衣服，在风中吹得抖索索的。她的左手弯上，垂挂着一只黑布包袱。

李宅是整条巷子中唯一的旧屋，前后左右都起了新式的灰色公寓水泥高楼，把李宅这栋木板平房团团夹在当中。李宅的房子已经十分破烂，屋顶上瓦片残缺，参差的屋檐，缝中长出了一撮撮的野草来。大门柱上，那对玻璃门灯，右边一只碎掉了，上面空留着一个锈黑的铁座子。大门上端钉着的那块乌铜门牌，日子久了，磨出了亮光来，"李公馆"三个碑体字，清清楚楚地现在上面。老妇人伸出了她那只鸟爪般瘦棱的右手，在那两扇旧得开了裂的大门上，颤抖地摸索了片刻。她想去揿门上的电铃，但终于迟疑地缩了回来，抬起头，迷惘地环视了一下，然后蹒跚地离开了李宅大门，绕到房子后门去。

"罗伯娘——"

老妇人伫立在李宅后门厨房的那扇窗户底下，试探着叫了一声，她听见厨房里有人放水的声音。那扇幽暗的窗户里，倏地便探出了一只头来。那也是一个老妪，一头蓬乱的白发，仍然丰盛得像只白麻织成的网子一般；她的面庞滚圆肥大，一脸的苍斑皱纹，重重叠叠，像只晒得干硬的柚子壳；两个眼袋子乌黑地浮肿起来，把眼睛挤成了两条细缝；一双肥大的耳朵挂了下来，耳垂上穿吊着一对磨得泛了红的金耳环子。

"二姊，是我——顺恩嫂。"顺恩嫂佝着背仰起面叫道，她的声音尖细颤抖。

"老天爷！"罗伯娘便在里面粗着喉咙喊了起来，她的嗓门洪大响亮。接着一阵登登的脚步声，顺恩嫂便看见罗伯娘打开了后门，摇摇摆摆，向她迎了过来。罗伯娘的身躯有顺恩嫂一倍那么庞大，她穿了一件粗蓝布棉袄，胸前一个大肚子挺得像只簸箕，腰上系得一块围裙，差不多拖到了脚背上。她踏着八字脚，走一步，大肚子便颠几下，那块长围裙也跟着很有节奏地波动起来。

"老妹子，"罗伯娘走出去，一把便搀住了顺恩嫂细瘦的膀子，扶住她往门内厨房中引去，"我的左眼皮跳了一天，原来却应在你身上！"

罗伯娘把顺恩嫂安置在厨房中的一张矮凳上，接过了她的包袱，然后端了一张凳子坐在她的对面。两个老妇人坐定后，罗伯娘朝着顺恩嫂叹了一口气，说道：

"老妹，我以为你再也不来看我们了。"

"二姊——"顺恩嫂赶忙乱摇了几下那双鸟爪般的瘦手止住罗伯娘，微带凄楚地叫了一声，"这种话，亏你老人家说得出来。离了公馆这些年，哪里过过一天硬朗的日子？老了，不中用了，身体不争气——"

"可是呢，老妹，"罗伯娘端详了顺恩嫂一下，"你的精神看着比前几年又短了些。近来血压可平服了？"

顺恩嫂摇了一摇瘦小的头颅，苦笑道：

"哪里还能有那种造化？在台南这几年，大半都是床上睡过去的。头晕，起不来。拖得七生那一家也可怜。"

"总算你有福气！"罗伯娘伸出肥大粗黑的手，拍了一下顺恩嫂的肩膀，"有个孝顺儿子送你的终。像我无儿无女，日后还不知道死在什么街头巷尾呢？"

"二姊——"顺恩嫂执住了罗伯娘的胖手,"你在公馆几十年,明日你上西天,长官小姐还能少得了你一副衣棺吗?"

罗伯娘挣脱了顺恩嫂的双手,瞅着她,点了几下头,隔了半响,才长长地嘘了一口气。

"老妹子,你这么久没有上来,怨不得你不懂得我们这里的事儿了——"

顺恩嫂却颤巍巍地立了起来,把搁在灶台上她那只黑包袱打开,里面全是一个个雪白的大鸡蛋。

"七生媳妇养了几十只来亨鸡。这些双黄蛋是我特别挑来送给长官小姐他们吃的。二姊,你去替我到长官面前回一声,就说顺恩嫂来给长官老人家请安。"

"好大的鸡蛋!"罗伯娘拣了两个鸡蛋在耳边摇了两下,"你尽管搁着吧。长官不舒服,又犯了胃气,我刚服侍他吃了药睡下了,有一阵子等呢。"

"这次怎么我都挣扎着上来。我这把年纪,看得到他们一回算一回了。"顺恩嫂叹道。

"你早就该来看看他们喽——"罗伯娘身也没回便答道。她从碗柜里拿出一个饼干盒来,把那些鸡蛋小心翼翼地装进铁盒里去,随手她又拿起了灶台上那块碱,继续弯着身子吃力地磨洗起案台上的油腻来。顺恩嫂站在案台边的水槽旁,替罗伯娘把水槽中浸着的两块发了黑的抹布,搓了几下,取出来扭干。她一边扭,两只细弱的手臂在发抖。

"二姊——"顺恩嫂手里紧执着那两块抹布,若有所思地叫罗伯娘道,"夫人——"

"嗯?"罗伯娘鼓着腮帮子,喘吁吁地,磨得案台上都是灰卤卤的油腻水。

"夫人——她临终留下了什么话没有?"顺恩嫂悄声问道。

罗伯娘停了一下,捞起围裙揩了一揩额上的汗水,闭上眼睛思索良久,才答道:

"我仿佛听见长官说,夫人进医院开刀,只醒过来一次,她喊了一句:'好冷。'便没有话了。"

"这就对了——"顺恩嫂频频地点着头,脸上顿时充满了悲戚的神色。罗伯娘却从她手里把那两块抹布一把截了过去,哗啦几下把案上的污水揩掉。

"二姊,你还记得我们南京清凉山那间公馆,花园里不是有许多牡丹花吗?"

"有什么记不得的?"罗伯娘哼了一下,挥了一挥手里的抹布,"红的、紫的——开得一园子!从前哪年春天,我们夫人不要在园子里摆酒请客,赏牡丹花哪?"

"一连三夜了,二姊,"顺恩嫂颤抖的声音突然变得凄楚起来,"我都梦见夫人,她站在那些牡丹花里头,直向我招手喊道:'顺恩嫂,顺恩嫂,快去拿件披风来给我,起风了。'前年夫人过世,我正病得发昏,连她老人家上山,我也没能来送，只烧了两个纸扎丫头给她老人家在那边使用，心里可是一直过意不去的。这两年，夫人不在了，公馆里——"顺恩嫂说到这里就噎住了。

罗伯娘把两块抹布往水槽里猛一砸，两只手往腰上一叉，肚子挺得高高的，冷笑了一声，截断了顺恩嫂的话：

"公馆里吗？还不是靠我这个老不死的在这里硬撑？连'初七'还没做完，桂喜和小王便先勾搭着偷跑了，两个天杀的还把夫人一箱玉器盗得精光。"

"造孽啊——"顺恩嫂闭上了眼睛，咂着干瘪的嘴巴直摇头。

罗伯娘突然回过手去揪住她那一头白麻般的发尾子，拈起了案上一把明晃晃的菜刀，在砧板上狠命地砍了几下哼道：

"我天天在厨房里剁着砧板咒，咒那两个狼心狗肺的东西：'天打雷劈五鬼分尸。'桂喜还是我替夫人买来的呢，那个死丫头在这个屋里，绫罗绸缎，穿得还算少吗？小王是他老子王副官临死托给长官的，养了他成二十年，就是一只狗，主人没了，也懂得叫三声呀！我要看看，那两个天杀的心，到底是什么做的？"

顺恩嫂一直闭着眼睛，嘴里喃喃念念，瘦小的头颅前后晃荡着。

罗伯娘放下菜刀，直起身子，反过手去，在腰上扎实地捶了几下。

"桂喜和小王溜了不打紧,可就坑死了我这个老太婆。这一屋,里里外外,什么芝麻绿豆事不是我一把抓?清得里面来,又顾不得了外面。单收拾这间厨房,险些没累断了我的腰。"

罗伯娘说着又在腰上捶了几下,顺恩嫂走过来,捧起了罗伯娘那双磨起老茧的胖手。

"算你疼惜他们,二姊,日后小姐出嫁,再接你去做老太君吧。"

"我的老太太!"罗伯娘摔开了顺恩嫂的手叫道,"你老人家说得好,可惜我没得那种命,小姐?"罗伯娘冷笑了一声,双手又叉到腰上去,肚子挺得高高的。

"我实对你说了吧,老妹。今年年头,小姐和一个有老婆的男人搞上了,搞大了肚子,和长官吵着就要出去,长官当场打得她贼死,脸都打肿了。那个女孩子好狠,眼泪也没一滴,她对长官说:'爸爸,你答应,我也要出去,不答应,我也要出去,你只当没有生过我这个女儿就是了。'说完,头也没回便走了。上个月我还在东门市场看见她提着菜篮,大起个肚子,蓬头散发的,见了我,低起头,红着眼皮,叫了我一声:'嬷嬷。'一个官家小姐,那副模样,连我的脸都短了一截。"

"造孽啊——"顺恩嫂又十分凄楚地叫了起来。

"我们这里的事比不得从前了,老妹,"罗伯娘摇动着一头的白发,"长官这两年也脱了形,小姐一走,他气得便要出家,到基隆庙里当和尚去。他的那些旧部下天天都来劝他。有一天,我看着闹得不像样了,便走进客厅里,先跑到夫人遗像面前,跪下去磕了三个响头,才站起来对长官说道:'长官,我跟着夫人到长官公馆来,前后也有三十多年了。长官一家,轰轰烈烈的日子,我们都见过。现在死的死,散的散,莫说长官老人家难过,我们做下人的也是心酸。小姐不争气,长官要出家,我们也不敢阻拦。只是一件事:我已经七十多岁了,一半早进了棺材,长官一走,留下少爷一个人,这副担子,我可扛不动了。'长官听了我这番话,顿了一顿脚,才不出声了。"

"二姊,你说什么?少爷——他从外国回来了吗?"顺恩嫂伸出她那双鸟爪般的瘦手,颤抖抖地抓住了罗伯娘的膀子,嗫嚅地问道。

罗伯娘定定地瞅着顺恩嫂半晌,才点着头说:

"老妹子,可怜你真的病昏了。"

"二姊——"顺恩嫂低低地叫了一声。罗伯娘也没答理,她径自摆脱了顺恩嫂的手,把腰上的围裙卸下来,将脸上的油汗乱揩了一阵,然后走过去,把放在米缸上淘干净的一锅米,加上水,搁到煤球炉上,才转过身来对顺恩嫂说道:

"他是你奶大的,你总算拉扯过他一场,我带你去看看吧。"

罗伯娘搀了顺恩嫂,步出厨房,往院中走去。院子的小石径上，生满了苍苔，两个老妇人，互相扶持着，十分蹒跚。石径两旁的蒿草，抽发得齐了腰，非常沃蔓，一根根肥大的茎秆间，结了许多蛛网，网上黏满了虫尸。罗伯娘一行走着，一行用手拨开斜侵到径上来的蒿草，让顺恩嫂通过去。当罗伯娘引着顺恩嫂走到石径的尽头时，顺恩嫂才赫然发现，蒿草丛后面的一张纹石圆凳上，竟端坐着一个胖大的男人，蒿草的茎叶冒过了他的头，把他遮住了。他的头顶上空，一群密密匝匝的蚊蚋正在绕着圈子飞。胖男人的身上，裹缠着一件臃肿灰旧的呢大衣，大衣的纽扣脱得只剩下了一粒。他的肚子像只塞满了泥沙的麻包袋，胀凸到了大衣的外面来，他那条裤子的拉链，掉下了一半，露出了里面一束底裤的带子。他脱了鞋袜，一双胖秃秃的大脚，齐齐地合并着，搁在泥地上，冻得红通通的。他的头颅也十分胖大，一头焦黄干枯的短发，差不多脱落尽了，露出了粉红的嫩头皮来。脸上两团痴肥的腮帮子，松弛下垂，把他一径半张着的大嘴，扯成了一把弯弓。胖男人的手中，正抓着一把发了花的野草在逗玩，野草的白絮子洒得他一身。

  罗伯娘搀着顺恩嫂，一直把她引到了胖男人的眼前。顺恩嫂佝着腰，面对着那个胖男人，端详了半晌。

  "少爷——"顺恩嫂悄悄地叫了一声。胖男人张着空洞失神的眼睛，怔忡地望着顺恩嫂，脸上一点表情也没有。

  "少爷，我是顺恩嫂。"顺恩嫂又凑近了一步，在胖男人的耳边轻轻叫道。胖男人偏过头去,瞪着顺恩嫂,突然他咧开了大嘴,嘻嘻地傻笑起来,口水从他嘴角流了下来,一挂挂滴到了他的衣襟上。顺恩嫂从腋下抽出了一块手帕来,凑向前去,替胖男人揩拭嘴角及衣襟上的口涎,揩着揩着,她忽然张开瘦弱的手臂,将胖男人那颗大头颅,紧紧地搂进了她的胸怀。

"少爷仔——你还笑——你最可怜——夫人看见要疼死喽——"

顺恩嫂将她那干枯的瘦脸,抵住胖男人秃秃的头顶,呜咽地干泣了起来。

"他们家的祖坟,风水不好。"罗伯娘站在旁边,喃喃自语地说道。

"少爷仔——少爷仔——"顺恩嫂的手臂围拥着胖男人的头颅,瘦小的身子,前后摇晃。

她一直紧闭着眼睛,干瘪下塌的嘴巴,一张一翕在抖动,一声又一声,凄哑地呼唤着。

一阵冬日的暮风掠过去,满院子里那些芜蔓的蒿草都萧萧瑟瑟抖响起来,把顺恩嫂身上那件宽大的黑外衣吹得飘起,覆盖到胖男人的身上。罗伯娘伫立在草丛中,她合起了双手,抱在她的大肚子上,觑起眼睛,仰面往那暮云沉沉的天空望去,寒风把她那一头白麻般的粗发吹得统统飞张起来。

梁父吟

一个深冬的午后，台北近郊天母翁寓的门口，一辆旧式的黑色官家小轿车停了下来，车门打开，里面走出来两个人。前面是位七旬上下的老者，紧跟其后，是位五十左右的中年人。老者身着黑缎面起暗团花的长袍，足蹬一双绒布皂鞋，头上戴了一顶紫貂方帽，几绺白发从帽檐下露了出来，披覆在他的耳背上，他的两颐却蓄着一挂丰盛的银髯。老者身材硕大，走动起来，胸前银髯，临风飘然，可是他脸上的神色却是十分的庄凝。他身后那位中年人也穿了一身深黑的西服，系着一根同色领带。他戴了一副银丝眼镜，头发也开始花白了，他的面容显得有点焦黄疲惫。老者和中年人一走近大门，里面一个苍老的侍从老早打开了门，迎了出来，那个侍从也有六十开外了，他穿着一身褪了色的蓝布中山装，顶上的头发已经落尽，背却佝偻得成了一把弯弓，他向老者和那位中年人不停地点着头说道：

"长官回来了？雷委员，您好？"

雷委员向那个老侍从还了礼，然后便转过头来微微欠身向老者恭敬地说道：

"朴公累了一天，要休息了吧？我要告辞了。"

"不要紧，进来坐坐，我还有话要跟你说。"朴公摆了摆手，并没有回头，却踏着迟缓而稳健的步子，径自往门内走了进去，雷委员也跟着走了进来。那个老侍从便马上过去把大门关上。

"赖副官。"朴公叫道。

"有。"赖副官赶忙习惯地做了一个立正的姿势，两手贴在腿侧上，可是他的背却仍旧佝偻着，伸不直了。

"沏两杯茶，拿到我书房来。"

"是，长官。"赖副官一行应着，一行却弯着身子走了。

宅内的院子里，别的树木都没有种，单沿着围墙却密密地栽了一丛紫竹，因是深冬，院子的石径上都飘满了脱落的叶箨。朴公和雷委员走向屋内时，踏在焦脆的竹叶片上，一直发着哗剥的碎声。朴公和雷委员走进屋内书房时，赖副官早已经端着两盅铁观音进来，搁在一张嵌了纹石的茶几上了，然后他又弯着身点着头向雷委员说：

"雷委员请用茶。"

朴公进到书房里，并没有摘下帽子，便径自走到茶几旁边一张紫檀木太师椅上坐了下来,捧起了一盅热茶,暖了一暖手,吹开浮面的茶叶,啜了一口,然后才深深地舒了一口气。他举目看见雷委员仍旧立着时,便连忙用手示了一下意,请雷委员在另一张太师椅上坐下。

书房内的陈设十分古雅,一壁上挂着一幅中堂,是明人山水,文徵明画的寒林渔隐图。两旁的对子却是郑板桥的真迹,写得十分苍劲雄浑:

锦江春色来天地
玉垒浮云变古今

另一壁也悬了一副对联,却是汉魏的碑体,乃是展堂先生的遗墨。上联题着"朴园同志共勉"。下联书明了日期:民国十五年北伐誓师前夕。联语录的是"国父遗嘱":

革命尚未成功
同志仍须努力

靠窗左边是一张乌木大书桌,桌上的文房四宝一律齐全。一个汉玉鲤鱼笔架,一块天籁阁珍藏的古砚,一只透雕的竹笔筒里插着各式的毛笔,桌上单放着一部翻得起了毛的线装《资治通鉴》。靠窗的右边,有一个几案,案头搁着一部《大藏金刚经》，经旁有一只饕餮纹三脚鼎的古铜香炉，炉内积满了香灰，中间还插着一把烧剩了的香棍。

"你们老师——"朴公坐下后，沉思良久，才开言道。

"是的，朴公。"朴公说了一句，没有接下去，雷委员便搭腔道。

"你们老师，和我相处，前后总有五十多年了——"朴公顿了一顿才又说道，"他的为人，我知道得太清楚。"

"是的，朴公，"雷委员答道，"恩师和朴公的厚谊我们都知道。"

"'狂狷'二字是你老师的好处，可是他一辈子吃亏，也就是这个上头。孟养——他的性子是太刚了些。"朴公点着头叹了一口气。

"恩师的为人，实在是教人景仰的。"雷委员说道。

"虽然这样说，跟他共事就有点难了，"朴公转向雷委员，"你做过他这些年的幕僚，你当然知道。"

"是的，是的，"雷委员赶快接口道，"恩师行事，一向令重如山，口出必行，那是没有人敢违背的。"

"你们背地下都把他比做七月里的大太阳——烈不可当，是吗？"朴公侧过身去，微笑着问道。雷委员会心地笑了一下，却没敢搭腔。朴公把头上的貂皮帽摘了下来，用手搔了一下头上那几绺白发，又独自沉思起来。

"其实，他晚年也是十分孤独的——"隔了半晌，朴公才喃喃自语地说道。

"嗯,朴公?"

"我说,"朴公转过头去提高了声音,"孟养,他的性子太烈了。做了一辈子的事,却把世人都得罪了。就是我和仲默两人还能说说他。"

"恩师对朴公和仲公二位一向推崇备至。"雷委员欠身转向朴公,脸上充满了敬意地说道。朴公捋了一捋他胸前那挂银须,微微地笑了一下。

"我和仲默倒未必真有什么地方教他折服。不过,我们三人当初结识,却颇有一段渊源——这个,恐怕连你也不太清楚呢。"

"我记得恩师提过:他和朴公、仲公都是四川武备学堂的同学。"

"那倒是。不过,这里头的曲折,说来又是话长了——"朴公轻轻地叹了一下,微微带笑地合上了目。雷委员看见朴公闭目沉思起来,并不敢惊动他,静等了一刻工夫,才试探着说道:

"朴公讲给我们晚辈听听,日后替恩师做传,也好有个根据。"

"唔——"朴公吟哦了一下,"说起来,那还是辛亥年间的事情呢。仲默和他夫人杨蕴秀,刚从日本回来,他们在那边参加了同盟会,回来是带了使命的:在四川召集武备学堂的革命分子，去援助武汉那边大举起义。那时四川哥老会的袍哥老大，正是八千岁罗梓舟，他带头掩护我们暗运军火入武昌。其实我们几个人虽然是先后同学，彼此并不认识，那次碰巧都归成了一组。我们自称是'敢死队'，耳垂上都贴了红做暗记的，提出的口号是'革命倒满，倒满革命'。一时各路人马，揭竿而起，不分昼夜，兼水陆纷纷入鄂。仲默的夫人杨蕴秀到底不愧是个有胆识的女子！"朴公说着不禁赞佩地点了几下头。

"仲公的夫人确实是位巾帼英雄。"雷委员也附和着赞道。

"你知道吗？那天运军火进武昌，就是由杨蕴秀扮新娘，炸弹都藏在她的花轿里。孟养和我呢，就打了红包头扮抬轿夫，仲默却是一身长袍马褂骑在马上做新郎官。加上几个袍哥同志，吹吹打打便混进了正阳门。哪晓得一进城，里面早已风声鹤唳，人心惶惶了。原来文学社的几个同志走漏事机，总督下令满城捕人，制台衙门门前已经悬上了我们革命同志的头颅了。我们马上接到胭脂巷十号的命令：事出仓猝，提前发难，当晚子时，以炮鸣为号。任务是炸制台衙门，抢救狱中同志。我们几个人便藏到了杨蕴秀姊姊家，伺机而动。那天夜晚，也真好像天意有知一般，竟是满城月色，景象十分悲肃。我们几个人都换上了短打，连杨蕴秀也改了男装。大家几杯烧酒一下肚，高谈国家兴亡，都禁不住万分慷慨起来。你老师最是激昂，我还记得，他喝得一脸血红，把马刀往桌上一拍，拉起我和仲默两个人，便效那刘关张桃园三结义，在院子里歃血为盟，对天起誓：'不杀满奴，誓不生还。'约定日后大家有福共享，有难同当。那时倒真是都抱了必死之心的，三个人连姓名生辰都留下了。算起来，我是老大，仲默居二，你老师年纪最小，是老幺。他那时才不过二十岁——"

"哦？"雷委员惊讶地插话道，"我倒不曾知道，原来恩师和朴公、仲公，还有这么一段渊源呢！"

"你哪里能得知？"朴公又捋了一下他胸前的银髯，笑道，"那段过往，确实是我们三个人的秘密。那晚我们才等到十时左右，城东工程营那边便突然间枪声震响起来了。几个人正还犹疑，你老师便跳了起来，喊道：'外面都动了兵器了，我们还在这里等死吗？'说着便抢了几枚炸弹，拖起马刀往外面冲去，我们也纷纷涌了出去。原来外面人声汹汹，武昌城内早已火光冲天了。混战了一夜，黎明的光景，大势已定，武昌城内，到处都飘满了我们革命军的白旗了。于是我们一队人便走向蛇山楚望台去集合，经过黄鹤楼的时候，你老师突然兴致大发，一下子跑到了上面去，脱下了一件血迹斑斑的白布褂子，用竹竿挑起，插到了楼檐上去，然后他站到黄鹤楼的栏杆上，挥着一柄马刀，朝了我们呼喊道：'革命英雄——王孟养在此。'他那时那股豪狂的劲道，我总还记得。"朴公又微微地笑了一下，停下来喝了一口铁观音。

"要不是朴公今天提起，恩师那些事迹竟埋没了，"雷委员说道，"这些都该写入传里去的。"

"可以写，"朴公点首赞许道，"你老师年轻时那些任侠事迹，只有我才最清楚。那次起义，虽然事出仓猝，由几个血气方刚的小伙子闯成了革命，可是也就是那么一闯，却把个民国给闯了出来呢。第二天我们便通电全国，称中华年号为'黄帝纪元四千六百零九年'——"朴公沉吟了片刻，又缓缓地说道，"也就是从那时起，日后几十年间，我们三个人东征西讨，倒也真还能做到'有福同享，有难同当'的地步。你老师当了总司令的时候，官位比我们都高，背着人，我和仲默一样叫他'老幺'。"朴公朝雷委员点头笑了一下，雷委员也笑了起来。"他也始终把我和仲默以兄长看待，所以只有我和仲默还够拘阻他一些。我一生谨慎，吃亏的地方少。仲默厚道，与人无争。不过，平心而论，讲到才略机智，我要首推你们老师——"朴公竖起了一双寿眉，举起了大拇指说道，"我老早背地下就和仲默说过：'老二，日后叱咤风云，恐怕还要看我们那个小的呢。'后来果然应了我的话，你老师的成就确实在我们之上。"

"恩师的才智实在是令人钦服的，"雷委员说道，"只可惜还没能展尽就是了。"

"不是这样说，"朴公摆了摆手止住雷委员道，"他倒真是做过了一番事业的。不过你老师发迹得早，少年得志，自然有他许多骄纵的地方,不合时宜。这不能怨天尤人,还是要怪他自己的性格。孟养——"朴公深深地叹了一口气,说道,"他确实太刚烈了。"说完朴公和雷委员对坐着,各自又默默地沉思起来,隔了一刻工夫,雷委员才轻轻地唶叹了一声说道:

"不过——今天总算是风光了。难为人到得那么齐全,连王钦公、李贤公、赵冕公也亲自来了。"

"是吗?"朴公微感惊讶地问道,"他们也来了吗?我怎么没见着呢?"

"他们来得很早,一会儿工夫就告辞了。"

"哦——"朴公若有所思地说道,"我也有多少年没有见着他们了。他们几个送来的挽联,挂在灵堂里,我倒看了。王钦之的挽联还嵌了两句'出师未捷身先死,中原父老望旌旗'。虽然他和你老师有过一段恩怨,可见他对你老师也还是十分推重的。"

"是的,朴公。"雷委员赶忙应道。

"今天的公祭倒也还罢了,"朴公说道,"虽说身后哀荣,也不能太离了格。我看孟养的那个男孩子,竟不大懂事。大概在外国住久了,我们中国人的人情礼俗,他不甚了解。"

"家骥兄刚从美国回来,他对国内的情形是比较生疏一点。"雷委员解说道。

"治丧委员会的人,和他商量事情,他一件件都给驳了回来。我主持这个治丧会,弄得很为难,他是亡者的家属,又是孝子,我也不便太过专揽。后来我实在看不过去,便把他叫到一旁,对他说道:'当然古训以哀戚为重,可是你父亲不比常人,他是有过功勋的。开吊这天,是国葬的仪式,千人万众都要来瞻仰你父亲的遗容。礼仪上有个错失,不怕旁人物议,倒是对亡者失敬了。'我的话只能说到这一步,我看他的情形,竟有点不耐烦的样子。"

"家骥兄办事,确实还少了一点历练。"雷委员点头附和道。

"还有一件事,我也对他直说了,孟养的夫人早过世,孟养在医院卧病这两年,侍候汤药,扶上扶下,都还靠他那位继室夫人。他们这次发讣文,竟没有列她的名字。她向我哭诉,要我主持公道。以我和你老师的情分,我不能不管。可是这到底是他们的家事,我终究还是个外人,不便干预。最后我只得委婉地和孟养那个男孩子说了:'看在你亡父的分上,日后生活,你们多少照顾些。'"朴公说到这里,却太息了一下,愀然说道:

"看见这些晚辈们行事,有时却不由得不叫人寒心呢。"

雷委员也跟着点头,唏嘘了一番。朴公手里一直捧着那盅早已凉掉了的铁观音,又默然沉思起来。雷委员看见朴公面上,已经有了些倦容,他便试探着说道:

"朴公身体乏了吧,我该——"

朴公抬起头看看雷委员,又望望窗外,说道:

"天色已经不早了。这样吧,你索性留在我这里,陪我对一盘棋,吃了晚饭再走。"

说着他也不等雷委员同意,便径自走向棋桌,把一副围棋摆上,雷委员也只得跟着坐到棋桌边。刚坐下去,朴公抬头瞥见几案的香炉里,香早已烧尽,他又立了起来,走到几案那里,把残余的香棍拔掉,点了一把龙涎香,插到那只鼎炉内。一会儿工夫,整个书房便散着一股浓郁的龙涎香味了。朴公和雷委员便开始对弈起来。下了两三手的当儿,书房门突然打开了,一个八九岁男孩子走了进来,他穿了一身整洁的卡其学生制服,眉眼长得十分清俊,手里捧碗热气腾腾的汤药。

"爷爷,请用药。"他小心翼翼地把那碗汤药搁在茶几上便对朴公说道。朴公抬头看见他,脸上马上泛出了一丝笑容,但是却厉声喝道:

"还不快叫雷伯伯?"

"雷伯伯。"男孩子赶快做了一个立正的姿势,朝着雷委员深深地行了一个礼。

"这位就是令孙少爷了吧?"雷委员赶忙还礼笑道。

"我的小孙子——效先。"朴公指了一指他的孙子。

"好聪明的长相!"雷委员夸赞道。

"他今年小学三年级了,在女师附小念书,"朴公介绍道,"他是在美国生的,我的男孩子两夫妻都在那边教书。前几年,他祖母把他接了回来。他祖母过世后,便一直跟着我。他刚回来的时候,一句中国话也不会说,简直成了个小洋人!现在跟着我念点书,却也背得上几首唐诗了。"

"哦——?"雷委员惊讶道。

"你能背首诗给雷伯伯听吗?"朴公捋了一捋他的银胡须。

"背哪一首诗,爷爷?"

"你还能记得多少首?"朴公喝道,"上礼拜教给你的那首《凉州词》还记得吗?"

"葡萄美酒夜光杯,欲饮琵琶马上催。醉卧沙场君莫笑,古来征战几人回。"朴公的孙子马上毫不思索摇着头琅琅地把那首《凉州词》背了出来。

"了不得!了不得!"雷委员喝彩道,"这点年纪就有这样的捷才。朴公,"他转向朴公又说道,"莫怪我唐突,将来恐怕'雏凤清于老凤声'呢。"

"不要谬奖他,"朴公说道,脸上不禁泛满了得意的笑容,向他的孙子说了句,"去吧。"

朴公的孙子离开书房后,朴公便把那碗热汤药捧起来,试着喝了几口。

"朴公近来贵体欠安吗?"雷委员停下了棋,关怀地问道。

"倒也没有什么,"朴公答道,"你还记得我和你老师北伐打龙潭那一仗吗?我受了炮伤。"

"是的,是的,我记得。"雷委员赶忙应道。

"那时还年轻,哪里在意,现在上了年纪,到底发着了,天寒的时候,腰上总是僵痛,电疗过几次,并不见效,我便到奚复一那里去抓了一帖药,服着好像还克化得动似的。"朴公说着,已经把那一碗汤药饮尽,然后又开始和雷委员对弈起来。下到二十手的光景,雷委员有一角被朴公打围起来,勒死了,他在盒子里一直抓弄棋子,想了差不多十来分钟才能下手。

"朴公——"他抬头时,发觉原来朴公坐在那里,垂着头,已经矇然睡去。他赶忙立了起来,走到朴公身旁,在朴公耳边,又轻轻地唤了一声:

"朴公——"

"嗯?"朴公睁开了惺忪的睡眼,含糊地问道,"该我下了吗?"

"朴公该休息了,打扰了一个下午,我想我还是先告辞了吧。恩师那边还有许多后事等我去了结呢。"

朴公怔怔地思索了半晌,终于站了起来说道:

"也好,那么你把今天的谱子记住。改日你来,我们再收拾这盘残局吧。"

朴公送雷委员到院子里的时候,雷委员再三请朴公止步,朴公并没有理会,径自往大门走去,走到门口时,他却若有所思地停了下来,对雷委员说道:

"下月二十五日,是你老师的'七七'。"

"是的,朴公。"

"你老师那边打算在家里做呢？还是到寺里去呢？"

雷委员的脸上现出了难色，隔了半晌，终于说道：

"此事我跟家骥兄商量过了。他说他们几个人都是信基督教的，不肯举行佛教的仪式。"

"哦——"朴公点头沉吟道，"那么这样吧，那天由我出名，在善导寺替孟养念经超度好了。下月也是仲默的周忌，正好替他两人一齐开经，仲默的夫人也要参加的。"

朴公说着，又歪过了身子，凑到雷委员耳根下，低声说道：

"你老师打了一辈子的仗，杀孽重。他病重的时候，跟我说常常感到心神不宁。我便替他许下了愿，代他手抄了一卷《金刚经》，刚刚抄毕。做'七七'那天，拜大悲忏的时候，正好拿去替他还愿。"

朴公说毕，赖副官已经把汽车叫过来送客，打开车门在那里等候着了。正当雷委员要跨上车的时候，朴公又招住了他，把他叫到跟前，对他说道：

"还有一句话，是你老师临终时留下来的：日后打回大陆，无论如何要把他的灵柩移回家乡去。你去告诉他的那些后人，一定要保留一套孟养常穿的军礼服，他的那些勋章也要存起来，日后移灵，他的衣衾佩挂是要紧的。"

"是的，朴公，我一定照办。"

"唔——"朴公吟哦了一下，最后说道，"你老师生前，最器重你。他的后事，你多费点心。至于他那些后辈，有什么不懂事的地方，你担待些，不要计较了。"

"这点请朴公绝对放心。"雷委员向朴公深深地行了一个礼便跨进汽车里去。

"赖副官，开饭了吧。"朴公目送雷委员离开后，便吩咐赖副官道。

"是，长官。"赖副官连忙弯着腰做了个立正的姿势应道，然后蹒跚地走过去把大门关上。

朴公回到院子里的时候，冬日的暮风已经起来了，满院里那些紫竹都骚然地抖响起来。西天的一抹落照，血红一般，冷凝在那里。朴公踱到院子里的一角，却停了下来。那儿有一个三叠层的黑漆铁花架，架上齐齐地摆着九盆兰花，都是上品的素心兰，九只花盆是一式回青白瓷螭龙纹的方盆，盆里铺了冷杉屑。兰花已经盛开过了，一些枯褐的茎梗上，只剩下三五朵残苞在幽幽地发着一丝冷香。可是那些叶子却一条条地发得十分苍碧。朴公立在那几盆萧疏的兰花面前，背着手出了半天的神，他胸前那挂丰盛的银髯给风吹得飘扬了起来。他又想起了半个世纪以前，辛亥年间，一些早已淡忘了的佚事来，直到他的孙子效先走来牵动他的袖管，他才扶着他孙子的肩膀，祖孙二人，一同入内共进晚餐。

孤恋花

从前每天我和娟娟在五月花下了班,总是两个人一块儿回家的。有时候夏天夜晚,我们便叫一辆三轮车,慢慢荡回我们金华街那间小公寓去。现在不同了,现在我常常一个人先回去,在家里弄好消夜,等着娟娟,有时候一等便等到天亮。

金华街这间小公寓是我花了一生的积蓄买下来的。从前在上海万春楼的时候,我曾经攒过几文钱,我比五宝她们资格都老,五宝还是我一手带出头的;可是一场难逃下来,什么都光了,只剩下一对翡翠镯子,却还一直戴在手上。那对翠镯,是五宝的遗物,经过多少风险,我都没肯脱下来。

到五月花去,并不是出于我的心愿。初来台湾,我原搭着俞大傀头他们几个黑道中的人,一并跑单帮。哪晓得在基隆码头接连出了几次事故,俞大傀头自己一点老本搞干不算,连我的首饰也统统赔了进去。俞大傀头最后还要来剥我手上那对翠镯，我抓起一把长剪刀便指着他喝道：你敢碰一碰我手上这对东西！他朝我脸上吐了一泡口水，下狠劲啐道：婊子！婊子！做了一辈子的生意浪，我就是听不得这两个字，男人嘴里骂出来的，愈更龌龊。

酒家的生意并不好做，五月花的老板看中了我资格老，善应付，又会点子京戏，才专派我去侍候那些从大陆来的老爷们，唱几段戏给他们听。有时候碰见从前上海的老客人，他们还只管叫我云芳老六。有一次撞见卢根荣卢九，他一看见我便直跺脚，好像惋惜什么似的：

"阿六，你怎么又落到这种地方来了？"

我对他笑着答道：

"九爷，那也是各人的命吧？"

其实凭我一个外省人，在五月花和那起小查某混在一块儿，这些年能够攒下一笔钱，就算我本事大得很了。后来我泥着我们老板，终究捞到一个经理职位，看管那些女孩儿。五月花的女经理只有我和胡阿花两个人，其余都是些流氓头。我倒并不在乎，我是在男人堆子里混出来的，我和他们拚惯了。客人们都称我做"总司令"，他们说海陆空的大将——像丽君、心梅——我手下都占齐了。当经理，只有拿干薪，那些小查某的皮肉钱，我又不忍多刮，手头比从前紧多了，最后我把外面放账的钱，一并提了回来，算了又算，数了又数，终于把手腕上那对翡翠镯子也卸了下来，才拼凑着买下了金华街这栋小公寓。我买这栋小公寓，完全是为了娟娟。

娟娟原来是老鼠仔手下的人，在五月花的日子很浅，平常打过几个照面，我也并未十分在意。其实五月花那些女孩儿搽胭抹粉打扮起来，个个看着都差不多。一年多以前，那个冬天的晚上，我到三楼三一三去查番。一推门进去，却瞥见娟娟站在那里唱台湾小调。房里一桌有半桌是日本狎客，他们正在和丽君、心梅那几个红酒女搂腰的搂腰，摸奶的摸奶，喧闹得了不得。一房子的烟，一房子的酒气和男人臭，谁也没在认真听娟娟唱。娟娟立在房间的一角，她穿着一件黑色的缎子旗袍，披着件小白褂子，一头垂肩的长发，腰肢扎得还有一捻。她背后围着三个乐师，为首的是那个林三郎，眨巴着他那一双烂得快要瞎了的眼睛，拉起他那架十分破旧、十分凄哑的手风琴，在替娟娟伴奏。娟娟是在唱那支《孤恋花》。她歪着头，仰起面，闭上眼睛，眉头蹙得紧紧的，头发统统跌到了一边肩上去，用着细颤颤的声音在唱，也不知是在唱给谁听：

月斜西月斜西　真情思君君不知——
青春欉谁人爱　变成落叶相思栽——

这首小调，是林三郎自己谱的曲。他在日据时代，是个小有名气的乐师，自己会写歌。他们说，他爱上了一个蓬莱阁叫白玉楼的酒女,那个酒女发羊癫风跌到淡水河里淹死了,他就为她写下了这首《孤恋花》。他抱着他那架磨得油黄的手风琴,眨着他那双愈烂愈红的眼睛,天天奏,天天拉,我在五月花里,不知听过多少酒女唱过这支歌了。可是没有一个能唱得像娟娟那般悲苦,一声声,竟好像是在诉冤似的。不知怎的,看着娟娟那副形相,我突然想起五宝来。其实娟娟和五宝长得并不十分像,五宝要比娟娟端秀些,可是五宝唱起戏来,也是那一种悲苦的神情。从前我们一道出堂差,总爱配一出《再生缘》,我唱孟丽君,五宝唱苏映雪,她也是爱那样把双眉头蹙成一堆,一段二黄,满腔的怨情都给唱尽了似的。她们两个人都是三角脸、短下巴、高高的颧骨、眼塘子微微下坑,两个人都长着那么一副飘落的薄命相。

　　娟娟一唱完,便让一个矮胖秃头的日本狎客拦腰揪走了,他把她揿在膝盖上,先灌了她一盅酒,灌完又替她斟,直推着她跟邻座一个客人斗酒。娟娟并不推拒,举起酒杯,又咕嘟咕嘟一口气饮尽了。喝完她用手背揩去嘴角边淌流下来的酒汁,然后望着那个客人笑了一下。我看见她那苍白的小三角脸上浮起来的那一抹笑容,竟比哭泣还要凄凉。我从来没有见过那么容易让客人摆布的酒女。像我手下的丽君、心梅,灌她们一盅酒,那得要看狎客的本事。可是娟娟却让那几个日本人穿梭一般,来回地猛灌,她不拒绝,连声也不吭,喝完一杯,咂咂嘴,便对他们凄苦地笑一下。一番当下来,娟娟总灌了七八杯绍兴酒下去,脸都有点泛青了。她临走时,立起身来,还对那几个灌她酒的狎客点着头说了声对不起,脸上又浮起她那个十分僵硬、十分凄凉的笑容来。

那天晚上,我收拾妥当,临离开时,走进三楼的洗手间去,一开门,却赫然看见娟娟在里头,醉倒在地上,朝天卧着。她一脸发了灰,一件黑缎子旗袍上,斑斑点点,洒满了酒汁。洗面缸的龙头开了没关,水溢到地上来,浸得娟娟一头长发湿淋淋的。我赶忙把她扶了起来,脱下自己的大衣裹在她身上。那晚,我便把娟娟带回到我的寓所里去,那时我还一个人住在宁波西街。

我替娟娟换洗了一番,服侍她睡到我床上去,她却一直昏醉不醒,两个肩膀犹自冷得打哆嗦。我拿出一条厚棉被来,盖到她身上,将被头拉起,塞到她的下巴底下,盖得严严的。我突然发觉,我有好多年没有做这种动作了。从前五宝同我睡一房的时候,半夜里我常常起来替她盖被。五宝只有两杯酒量,出外陪酒,跑回来常常醉得人事不知。睡觉的时候,酒性一燥,便把被窝踢得精光。我总是拿条被单把她紧紧地裹起来。有时候她让华三那个老龟公打伤了,晚上睡不安,我一夜还得起来好几次,我一劝她,她就从被窝里伸出她的膀子来,摔到我脸上,冷笑道:

"这是命,阿姊。"

她那雪白的胳臂上印着一排铜钱大的焦火泡子,是华三那杆烟枪子烙的。我看她痛得厉害,总是躺在她身边,替她揉搓着,陪她到大天亮。我摸了摸娟娟的额头,冰凉的,一直在冒冷汗,娟娟真的醉狠了,翻腾了一夜,睡得非常不安稳。

第二天,朦朦亮的时候,娟娟就醒了过来。她的脸色很难看,睁着一双炯炯的眸子,她说她的头痛得裂开了。我起来熬了一碗红糖姜汤,拿到床边去喂她。她坐起身子,我替她披上了一件棉袄。她喝了一半便不喝了,俯下头去,两手拼命在搓揉她的太阳穴,她的长头发披挂到前面来,把她的脸遮住了。半晌,她突然低着头说道:

"我又梦见我妈了。"娟娟说话的声音很奇怪,空空洞洞,不带尾音的。

"她在哪里?"我在她的身边坐了下来。

"不知道,"她抬起头来,摇动着一头长发,"也许还在我们苏州乡下——她是一个疯子。"

"哦——"我伸出手去。替她拭去额上冒出来一颗一颗的冷汗珠子。我发觉娟娟的眼睛也非常奇特,又深又黑,发愣的时候,目光还是那么惊慌,一双眸子好像两只黑蝌蚪,一径在乱窜着。

"我爸用根铁链子套在她的颈脖上,把她锁在猪栏里。小时候,我一直不知道她是我妈妈。我爸从来不告诉我。也不准我走近她。我去喂猪的时候,常看见附近的小孩子拿石头去砸她,一砸中,她就张起两只手爪,磨着牙齿吼起来。

那些小孩子笑了，我也跟着笑——"娟娟说着嘿嘿地干笑了几声，她那短短苍白的三角脸微微扭曲着："有一天，你看——"

她拉开了衣领，指着她咽喉的下端，有一条手指粗，像蚯蚓般鲜亮的红疤，横在那里。

"有一天，我阿姨来了，她带我到猪栏边，边哭边说道：'伊就是你阿母呵！'那天晚上，我偷偷拿了一碗菜饭，爬进猪栏里去，递给我妈。我妈接过饭去，瞅了我半天，咧开嘴笑了。我走过去，用手去摸她的脸，我一碰到她，她突然惨叫了起来，把饭碗砸到地上，伸出她的手爪子，一把将我捞住，我还没叫出声音来，她的牙齿已经咬到我喉咙上来了——"

娟娟说着又干笑了起来，两只黑蝌蚪似的眸子在迸跳着。我搂住她的肩膀，用手抚摸着她颈子上那条疤痕，我突然觉得那条蚯蚓似的红疤，滑溜溜的，蠕动了起来一般。

从前我和五宝两人许下一个心愿：日后攒够了钱，我们买一栋房子住在一块儿，成一个家，我们还说去赎一个小清倌人回来养。五宝是人牙贩子从扬州乡下拐出来的，卖到万春楼，才十四岁，穿了一身花布棉袄棉裤，裤脚扎得紧紧的，剪着一个娃娃头，头上还夹着只铜蝴蝶，我问她：

"你的娘呢，五宝？"

"我没得娘。"她笑道。

"寿头,"我骂她,"你没得娘？谁生你出来的？"

"不记得了。"她甩动着一头短发，笑嘻嘻地咧开嘴。我把她兜入怀里，揪住她的腮，亲了她两下，从那时起，我便对她生出了一股母性的疼怜来。

"娟娟，这便是我们的家了。"

我和娟娟搬进我们金华街那栋小公寓时，我搂住她的肩膀对她说道。五宝死得早，我们那桩心愿一直没能实现，漂泊了半辈子，碰到娟娟，我才又起了成家的念头。一向懒散惯了，洗衣烧饭的家务事是搞不来的，不过我总觉得娟娟体弱，不准她多操劳，天天她睡到下午，我也不忍去叫醒她。尤其是她在外陪宿了回来，一身憔悴，我对她格外地怜惜。我知道，男人上了床，什么下流的事都干得出来。有一次，一个老杀胚用双手死揪住我的颈子，揪得我差不多噎了气，气呼呼地问我：你为什么不喘气？你为什么不喘气？五宝点大蜡烛的那晚，梳拢她的是一个军人，壮得像只大牯牛。第二天早上，五宝爬到我床上，滚进我怀里，眼睛哭出了血来。她那双小小的奶子上，青青红红尽是牙齿印。

"是谁开你的苞的，娟娟。"有一天，娟娟陪宿回来，起身得特别晚，我替她梳头，问她道。

"我爸。"娟娟答道。

我站在她身后，双手一直篦着她那一头长发，没有作声。

"我爸一喝醉了就跑到我房中来,"娟娟嘴里叼着根香烟,满面倦容,"那时我才十五岁,头一晚,害怕,我咬他。他揪起我的头在床上磕了几下,磕得我昏昏沉沉的,什么事都不知道了。以后每次他都从宜兰带点胭脂口红回来,哄着我陪他——"娟娟嘿嘿地干笑了两声,她嘴上叼着那根香烟,一上一下地抖动着。

"我有了肚子,我爸便天天把我抓到大门口,当着隔壁邻舍的人,指到我脸上骂:'偷人!偷人!'我摸着我那鼓鼓的肚子,害怕得哭了起来。我爸弄了一撮苦药,塞到我嘴里,那晚,我屙下了一摊血块来——"娟娟说着又笑了起来。她那张小三角脸,扭曲得眉眼不分。我轻轻地摩着她那瘦棱棱的背脊,我觉得好像在抚弄着一只让人丢到垃圾堆上,奄奄一息的小病猫一般。

娟娟穿戴好,我们便一块儿走了出去,到五月花去上班,走在街上,我看见她那一头长发在晚风里乱飞起来,她那一捻细腰左右摇曳得随时都会断折一般,街头迎面一个大落日,从染缸里滚出来似的,染得她那张苍白的三角脸好像溅满了血,我暗暗感到,娟娟这副相长得实在不祥,这个摇曳着的单薄身子到底载着多少的罪孽呢?

娟娟经常一夜不归,是最近的事情。有一天晚上,一个闷热的六月天,我躺在床上,等着娟娟,一夜也没有合过眼,望着窗外渐渐发了白,背上都睡湿了。娟娟早上七八点才回来,左摇右摆,好像还在醉酒似的,一脸倦得发了白,她勾画过的眉毛和眼眶,都让汗水溶化了,散开成两个大黑圈,好像眉毛眼睛都烂掉了。她走进房来,一声不响踢落了一双高跟鞋,挣扎着脱去了旗袍,身子便往床上一倒,闭上眼睛,一动也不动了。我坐到她身边,替她卸去奶罩,她那两只奶头给咬破了,肿了起来,像两枚熟烂了的牛血李,在淌着黏液。我仔细一看,她的颈脖子上也有一转淤青的牙齿印,衬得她喉头上那条蚯蚓似的红疤愈更鲜明了,我拿起她的手臂来,赫然发觉她的手弯上一排四五个青黑的针孔。

"娟娟!"我叫道。

"柯老雄——"娟娟闭着眼睛,微弱地答道。说着,偏过头,便昏睡过去了。

我守在娟娟身旁,前夜在五月花的事情,猛地又兜上了心头来。那晚柯老雄来到五月花,我派过丽君和心梅去,他都不要,还遭他骂了几句"干伊娘",偏偏他却看上了娟娟。柯老雄三年前是五月花的常客,他是跑单帮的,聚赌吸毒,无所不来,是个有名的黑窝主。那时他出手大,耍过几个酒女,有一个叫凤娟的,和他姘上不到一个月,便暴毙了。我们五月花的人都噪起说,是他整死的,因此才敛迹了几年。这次回来,看着愈更剽悍了。娟娟当番的时分,他已喝到了七八成,伙着一帮赌徒,个个嘴里都不干不净地吃喝着。柯老雄脱去了上衣，光着两只赤黑的粗膀子，胳肢窝下露出大丛黑毛来，他的裤头带也松开了，裤上的拉链，掉下了一半。他剃着个小平头，一只偌大的头颅后脑刮得青光光的，顶上却耸着一撮根根倒竖猪鬃似的硬发。他的脑后见腮，两片牙巴骨，像鲤鱼腮，往外撑张，一对猪眼睛，眼泡子肿起，满布着血丝，乌黑的厚嘴唇，翻翘着，闪着一口金牙齿。一头的汗，一身的汗，还没走近他，我已经闻到一阵带鱼腥的狐臭了。

娟娟走到他眼前，他翻起对猪眼睛，下狠劲朝娟娟身上打量了一下，陡地伸出了他那赤黑的粗膀子，一把捉住娟娟的手，便往怀里猛一带，露出他一嘴的金牙嘻笑了起来。娟娟脚下一滑，便跌坐到他大腿上去了。他那赤黑的粗膀子将娟娟的细腰夹得紧紧的，先灌了她一杯酒，她还没喝完，他却又把酒杯抢了去咂嘴舐唇地把剩酒喝光，尖起鼻子便在娟娟的颈脖上嗅了一轮，一双手在她胸上摩挲起来。忽然间，他把娟娟一只手臂往外拿开，伸出舌头便在她腋下舐了几下，娟娟禁不住尖笑起来，两脚拼命蹬踢，柯老雄扣住她紧紧不放，抓住她的手，便往她腹下摸去。

"你怕不怕？"

他涎着脸，问道。一桌子的狎客都笑出了怪声来，娟娟拼命挣扎，她那把细腰，夹在柯老雄粗黑的臂弯里，扭得折成了两截。我看见她苍白脸上那双黑蝌蚪似的眼珠子，惊惶得跳了出来。

不知娟娟命中到底冲犯了什么，招来这个魔头。自从她让柯老雄缠上以后，魂魄都好像遭他摄走了一般；他到五月花去找她，她便乖乖地让他带出去，一去回来，全身便是七痨五伤，两只膀子上尽扎着针孔子。我狠狠地劝阻她，告诉她这种黑道中人物的厉害，娟娟总是愣愣地瞅着我，恍恍惚惚的。

"懂不懂，娟娟？"我有时候发了急，揪住她的肩膀死摇她几下，喝问她，她才摇摇头，凄凉地笑一下，十分无奈地说道：

"没法子哟，总司令——"

说完她一丝不挂只兜着个奶罩便坐到窗台上去，佝起背，缩起一只脚，拿着瓶紫红的蔻丹涂起她的脚趾甲来；嘴里还在有一搭没一搭地哼着《思想起》、《三声无奈》，一些凄酸的哭调。她的声音空空洞洞的，好像寡妇哭丧一般，哼不了几句，她便用叠草纸擤一下鼻涕，她已经渐渐地染上了吗啡瘾了。

有一次，柯老雄带娟娟去开旅馆，娟娟让警察逮了去，当她是野鸡。我花了许多钱，才把娟娟从牢里赎了出来。从那次起，我要娟娟把柯老雄带回家里来，我想至少在我眼底看着，柯老雄还不敢对娟娟逞凶，我总害怕，有一天娟娟的命会丧在那个阎王的手里。我拿娟娟的生辰八字去批过几次，都说是犯了大凶。

每次他们回来，我便让到厨房里去，我看不得柯老雄那一口金牙，看见他，我便想起华三，华三一打五宝，便龇起一嘴巴金牙齿喝骂：打杀你这个臭婊子！我在厨房里，替娟娟熬着当归鸡做消夜，总是竖起耳朵在听：听柯老雄的淫笑，他的叱喝，听娟娟那一声声病猫似的哀吟，一直到柯老雄离开，我才预备好洗澡水，到房中去看娟娟。有一次我进去，娟娟坐在床上，赤裸裸的，手里擎着一叠一百元的新钞票，数过来，数过去，从头又数，好像小孩子在玩公仔图一般。我走近她，看见她那苍白的小三角脸上，嘴角边黏着一枚指甲大殷红的干血块。

七月十五，中元节这天，终于发生了事故。

那晚柯老雄把娟娟带出去，到三重镇去吃拜拜，我回家比平日早些，买了元宝蜡烛，做了四色奠菜，到厨房后头的天台上，去祭五宝。那晚热得人发昏，天好像让火烧过了一般，一个大月亮也是泛红的。我在天台上烧完几串元宝，已经熏出了一头汗来，两腮都发烧了，平时不觉得，算了一算，五宝竟死了十五年了。我一想起她，总还像是眼前的事情，她倒毙在华三的烟榻上，嘴巴糊满了鸦片膏子，眼睛瞪得老大，那副凄厉的样子，我一闭眼便看见了。五宝口口声声都对我说：我要变鬼去找寻他！

差不多半夜里,柯老雄才夹着娟娟回来,他们两人都喝得七颠八倒了。柯老雄一脸紫涨,一进门,一行吐口水,一行咒着:干伊娘!干伊娘!把娟娟脚不沾地地便拖进了房中去。我坐在厨房里,好像火烧心一般,心神怎么也定不下来。柯老雄的吆喝声分外地粗暴,间或还有厮打的声音。突然我想起了五宝自杀前的那一幕来:五宝跌坐在华三房中,华三揪住她的头,像推磨似的在打转子,手上一根铜烟枪劈下去,打得金光乱蹿,我看见她的两只手在空中乱抓乱捞,她拼命地喊了一声:阿姊——我使足了力气,两拳打在窗上,窗玻璃把我的手割出了血来——一声穿耳的惨叫,我惊跳了起来,抓起案上一把菜刀,便往房中跑去。一冲开门,赫然看见娟娟赤条条地骑在柯老雄的身上,柯老雄倒卧在地板上,也是赤精大条的。娟娟双手举着一只黑铁熨斗,向着柯老雄的头颅,猛捣下去,咚、咚、咚,一下紧接一下。娟娟一头的长发都飞张了起来,她的嘴巴张得老大,像一只发了狂的野猫在尖叫着。柯老雄的天灵盖给敲开了,豆腐渣似灰白的脑浆洒得一地,那片裂开的天灵盖上,还黏着他那一撮猪鬃似的硬发,他那两根赤黑的粗膀子,犹自伸张在空中打着颤,娟娟那两只青白的奶子,七上八下地甩动着,溅满了斑斑点点的鲜血。她那瘦白的身子,骑在柯老雄壮硕的赤黑尸体上,突然好像暴涨了几倍似的。我感到一阵头晕,手里的菜刀跌落到地板上。

娟娟的案子没有开庭，因为她完全疯掉了。他们把她押到新竹海边一个疯人院去。我申请了两个多月，他们才准我去探望她，林三郎跟我做伴去的。娟娟在五月花的时候，林三郎很喜欢她，教了她许多台湾小调，他自己写的那首《孤恋花》就是他教她唱的。

我们在新竹疯人院里看到了娟娟。她们给她上了手铐，说她会咬人。娟娟的头发给剪短了，发尾子齐着耳根翘了起来，看着像个十五六岁的小女孩。她穿了一件灰布袍子，领子开得低低的，喉咙上那条蚯蚓似的红疤，完全露了出来。她不认识我们了，我叫了她好几声，她才笑了一下，她那张小小的三角脸，显得愈更苍白削瘦，可是奇怪得很，她的笑容却没有了从前那股凄凉意味，反而带着一丝疯傻的憨稚。我们坐了一阵子，没有什么话说，我把一篮苹果留了下来，林三郎也买了两盒掬水轩的饼干给娟娟。两个男护士把娟娟架了进去，我知道，他们再也不会放她出来了。

我和林三郎走出疯人院，已是黄昏，海风把路上的沙刮了起来，让落日映得黄濛濛的。去乘公共汽车，要走一大段路，林三郎走得很慢，他的眼睛差不多完全瞎掉了。他戴着一副眼镜，拄着一根拐杖，我扶着他的手臂，两个人在那条漫长的黄泥路上一步一步地行着。路上没有人，两旁一片连着一片稻田。秋收过了。干裂的田里竖着一丛丛枯残的稻梗子。走了半天，我突然觉得有点寂寞起来，我对林三郎说：

"三郎，唱你那支《孤恋花》来听。"

"好的，总司令。"

林三郎清了一清喉咙，尖起他的假嗓子，学着那些酒家女，细细地哼起他那首《孤恋花》来：

青春丛谁人爱

变成落叶相思栽——

花桥荣记

　　提起我们花桥荣记，那块招牌是响当当的。当然，我是指从前桂林水东门外花桥头，我们爷爷开的那家米粉店。黄天荣的米粉，桂林城里，谁人不知？哪个不晓？爷爷是靠卖马肉米粉起家的，两个小钱一碟，一天总要卖百把碟，晚来一点，还吃不着呢。我还记得奶奶用红绒线将那些小铜板一串串穿起来，笑得嘴巴都合不拢，指着我说：妹仔，你日后的嫁妆不必愁了。连桂林城里那些大公馆请客，也常来订我们的米粉。我跟了奶奶去送货，大公馆那些阔太太看见我长得俏，说话知趣，一把把的赏钱塞到我袋子里，管我叫"米粉丫头"。

　　我自己开的这家花桥荣记可没有那些风光了。我是做梦也没想到，跑到台北又开起饭馆来。我先生并不是生意人，他在大陆上是行伍出身的，我还做过几年营长太太呢。哪晓得苏北那一仗，把我先生打得下落不明，慌慌张张我们眷属便撤到了台湾。头几年，我还四处打听，后来夜里常常梦见我先生，总是一身血淋淋的，我就知道，他已经先走了。我一个女人家，流落在台北，总得有点打算，七拼八凑，终究在长春路底开起了这家小食店来。老板娘一当，便当了十来年，长春路这一带的住户，我闭起眼睛都叫得出他们的名字来了。

来我们店里吃饭的，多半是些寅吃卯粮的小公务员——市政府的职员喽、学校里的教书先生喽、区公所的办事员喽——个个的荷包都是干瘪瘪的，点来点去，不过是些家常菜，想多榨他们几滴油水，竟比老牛推磨还要吃力。不过这些年来，也全靠这批穷顾客的帮衬，才把这爿店面撑了起来。

顾客里，许多却是我们广西同乡，为着要吃点家乡味，才常年来我们这里光顾，尤其是在我们店里包饭的，都是清一色的广西佬。大家聊起来，总难免攀得上三五门子亲戚。这批老光杆子，在我这里包饭，有的一包三年五载，有的竟至七年八年，吃到最后一口饭为止。像那个李老头，从前在柳州做大木材生意，人都叫他"李半城"，说是城里的房子，他占了一半。儿子在台中开杂货铺，把老头子一个人甩在台北，半年汇一张支票来。他在我们店里包了八年饭，砸破了我两打饭碗，因为他的手扯鸡爪疯，捧起碗来便打颤。老家伙爱唱《天雷报》，一唱便是一把鼻涕，两行眼泪。那晚他一个人点了一桌子菜，吃得精光，说是他七十大寿，哪晓得第二天便上了吊。我们都跑去看，就在我们巷子口那个小公园里一棵大枯树上，老头子吊在上头，一双破棉鞋落在地上，一顶黑毡帽滚跌在旁边。他欠的饭钱，我向他儿子讨，还遭那个挨刀的狠狠抢白了一顿。

我们开饭馆，是做生意，又不是开救济院，哪里经得起这批食客七拖八欠的。也算我倒楣，竟让秦癫子在我店里白吃了大半年。他原在市政府做得好好的，跑去调戏人家女职员，给开除了，就这样疯了起来，我看八成是花痴！他说他在广西容县当县长时，还讨过两个小老婆呢。有一次他居然对我们店里的女顾客也毛手毛脚起来，我才把他撵了出去。他走在街上，歪着头，斜着眼，右手伸在空中，乱抓乱捞，满嘴冒着白泡子，吆喝道："滚开！滚开！县太爷来了。"有一天他跑到菜场里，去摸一个卖菜婆的奶，那个卖菜婆拿起根扁担，罩头一棍，当场打得他额头开了花。去年八月里刮台风，长春路一带淹大水，我们店里的桌椅都漂走了。水退的时候，长春路那条大水沟冒出一窝窝的死鸡死猫来，有的烂得生了蛆，太阳一晒，一条街臭烘烘。卫生局来消毒，打捞的时候，从沟底把秦癫子钩了起来，他裹得一身的污泥，硬邦邦的，像个四脚朝天的大乌龟，谁也不知道他是什么时候掉到沟里去的。

讲句老实话，不是我卫护我们桂林人，我们桂林那个地方山明水秀，出的人物也到底不同些。容县、武宁，那些角落头跑出来的，一个个龇牙咧嘴。满口夹七夹八的土话，我看总带着些苗子种。哪里拼得上我们桂林人？一站出来，男男女女，谁个不沾着几分山水的灵气？我对那批老光杆子说：你们莫错看了我这个春梦婆，当年在桂林，我还是水东门外有名的美人呢！我替我们爷爷掌柜，桂林行营的军爷们，成群结队，围在我们米粉店门口，像是苍蝇见了血，赶也赶不走，我先生就是那样把我搭上的。也难怪，我们那里，到处青的山，绿的水，人的眼睛也看亮了，皮肤也洗得细白了。几时见过台北这种地方？今年台风，明年地震，任你是个大美人胎子，也经不起这些风雨的折磨哪！

包饭的客人里头，只有卢先生一个人是我们桂林小同乡，你一看不必问，就知道了。人家知礼识数，是个很规矩的读书人，在长春国校已经当了多年的国文先生了。他刚到我们店来搭饭，我记得也不过是三十五六的光景，一径斯斯文文的，眼也不抬，口也不开，坐下去便闷头扒饭，只有我替他端菜添饭的当儿，他才欠身笑着说一句：不该你，老板娘。卢先生是个瘦条个子，高高的，背有点佝，一杆葱的鼻子，青白的脸皮，轮廓都还在那里，原该是副很体面的长相；可是不知怎的，却把一头头发先花白了，笑起来，眼角子两撮深深的皱纹，看得出很老，有点血气不足似的。我常常在街上撞见他，身后领着一大队蹦蹦跳跳的小学生，过街的时候，他便站到十字路口，张开双臂，拦住来往的汽车，一面喊着：小心！小心！让那群小东西跑过街去。不知怎的，看见他那副极有耐心的样子，总使我想起我从前养的那只性情温驯的大公鸡来，那只公鸡竟会带小鸡的，它常常张着双翅，把一群鸡仔孵到翅膀下面去。

聊起来我才知道，卢先生的爷爷原来是卢兴昌卢老太爷。卢老太爷从前在湖南做过道台，是我们桂林有名的大善人，水东门外那间培道中学就是他办的。卢老奶奶最爱吃我们荣记的原汤米粉，我还跟着我们奶奶到过卢公馆去过呢。

"卢先生，"我对他说道，"我从前到过你们府上的，好体面的一间公馆！"

他笑了一笑，半晌，说道：

"大陆撤退，我们自己军队一把火，都烧光喽。"

"哦，糟蹋了。"我叹道。我还记得，他们园子里种满了有红有白的芍药花。

所以说，能怨我偏向人家卢先生吗？人家从前还不是好家好屋的，一样也落了难。人家可是有涵养，安安分分，一句闲话也没得。哪里像其他几个广西苗子？摔碗砸筷，鸡猫鬼叫，一肚子发不完的牢骚，挑我们饭里有沙子，菜里又有苍蝇。我就不由得光火，这个年头，保得住命就是造化，不将将就就的，还要刁嘴呢！我也不管他们眼红，卢先生的菜里，我总要加些料；牛肉是腱子肉，猪肉都是瘦的。一个礼拜我总要亲自下厨一次，做碗冒热米粉：卤牛肝、百叶肚、香菜麻油一浇，撒一把油炸花生米，热腾腾地端出来，我敢说，台北还找不出第二家呢，什么云南过桥米线！这碗米粉，是我送给卢先生打牙祭的，我这么巴结他，其实还不是为了秀华。

秀华是我先生的侄女儿，男人也是军人，当排长的，在大陆上一样地也没了消息。秀华总也不肯死心，左等右等，在间麻包工厂里替人织麻线，一双手都织出了老茧来，可是她到底是我们桂林姑娘，净净扮扮，端端正正的。我把她抓了来，点破她。

"乖女，"我说，"你和阿卫有感情，为他守一辈子，你这份心，是好的。可是你看看你婶娘，就是你一个好榜样。难道我和你叔叔还没有感情吗？等到今天，你婶娘等成了这副样子——不是我说句后悔的话，早知如此，十几年前我就另打主意了。就算阿卫还在，你未必见得着他，要是他已经走了呢？你这番苦心，乖女，也只怕白用了。"

秀华终于动了心，掩面痛哭起来。是别人，我也懒得多事了，可是秀华和卢先生都是桂林人，要是两人配成了对，倒是一段极好的姻缘。至于卢先生那边，连他的家当我都打听清楚了。他房东顾太太是我的麻将搭子，那个湖北婆娘，一把刀嘴，世人落在她口里，都别想超生，可是她对卢先生却是百般卫护。她说她从来也没见过这么规矩的男人,省吃省用,除了拉拉弦子,哼几板戏,什么嗜好也没得。天天晚上,总有五六个小学生来补习。补得的钱便拿去养鸡。

"那些鸡呀,就是卢先生的祖爷爷祖奶奶!"顾太太笑道,"您家还没见过他侍候那些鸡呢,那份耐性!"

每逢过年,卢先生便提着两大笼芦花鸡到菜市场去卖,一只只鲜红的冠子,光光亮的羽毛——总有五六斤重,我也买过两只,屁股上割下一大碗肥油来。据顾太太估计,这么些年来,做会放息,利上裹利,卢先生的积蓄,起码有四五万,老婆是讨得起的了。

于是一个大年夜,我便把卢先生和秀华都拘了来,做了一桌子的桂林菜,烫了一壶热热的绍兴酒。我把他们两个,拉了又拉,扯了又扯,合在一起。秀华倒有点意思,尽管抿着嘴巴笑,可是卢先生这么个大男人,反而害起臊来,我怂着他去跟秀华喝双杯,他竟脸红了。

"卢先生,你看我们秀华这个人怎么样?"第二天我拦住他问道。他忸怩了半天也答不上话来。

"我们秀华直赞你呢!"我瞅着他笑。

"不要开玩笑了——"他结结巴巴地说。

"什么开玩笑?"我截断他的话,"你快请请我,我替你做媒去,这杯喜酒我是吃定了——"

"老板娘,"卢先生突然放下脸来,一板正经地说道,"请你不要胡闹,我在大陆上,早订过婚了的。"

说完,头一扭,便走了。气得我浑身打颤,半天说不出话来,天下也有这种没造化的男人!他还想吃我做的冒热米粉呢!谁不是三百五一个月的饭钱?一律是肥猪肉!后来好几次他跑来跟我搭讪,我都爱理不理的,直到秀华出了嫁,而且嫁得一个很富厚的生意人,我才慢慢地消了心头那口气。到底算他是我们桂林人,如果是外乡佬!

一个九月中,秋老虎的大热天,我在店里流了一天的汗,到了下午五六点,实在熬不住了,我把店交给我们大师傅,拿把蒲扇,便走到巷口那个小公园里,去吹口风,透口气。公园里那棵榆树下,有几张石凳子,给人歇凉的。我一眼瞥见,卢先生一个人坐在那里。他穿着件汗衫,拖着双木板鞋,低着头,聚精会神地在拉弦子。我一听,他竟在拉我们桂林戏呢,我不由得便心痒了起来。从前在桂林,我是个大戏迷,小金凤、七岁红他们唱戏,我天天都去看的。

"卢先生,你也会桂林戏呀!"我走到他跟前说道。

他赶忙立起来招呼我,一面答道:

"并不会什么,自己乱拉乱唱的。"

我在他身旁坐下来,叹了一口气。

"几时再能听小金凤唱出戏就好了。"

"我也最爱听她的戏了。"卢先生笑着答道。

"就是呀,她那出《回窑》把人的心都给唱了出来!"

我说好说歹求了卢先生半天,他才调起弦子,唱了段《薛平贵回窑》。我没料到,他还会唱旦角呢,挺清润的嗓子,很有几分小金凤的味道:十八年老了王宝钏——听得我不禁有点刺心起来。

"人家王三姊等了十八年,到底把薛平贵等着了——"卢先生歇了弦子,我吁了一口气对他说,卢先生笑了一笑,没有作声。

"卢先生,你的未婚妻是谁家的小姐呀?"我问他。

"是罗锦善罗家的。"

"哦,原来是他们家的姑娘——"我告诉卢先生听,从前在桂林,我常到罗家缀玉轩去买他们的织锦缎,那时他们家的生意做得很轰烈的。卢先生默默地听着,也没有答话,半晌,他才若有所思地低声说道:

"我和她从小一起长大的,她是我培道的同学。"卢先生笑了一下,眼角子浮起两撮皱纹来,说着他低下头去,又调起弦子,随便地拉了起来。太阳偏下去了,天色暗得昏红,起了一阵风,吹在身上,温湿温湿的,吹得卢先生那一头花白的头发也颤动起来。我倚在石凳靠背上,闭起眼睛,听着卢先生那咿咿呀呀带着点悲酸的弦音,朦朦胧胧,竟睡了过去。忽儿我看见小金凤和七岁红在台上扮着《回窑》,忽儿那薛平贵又变成了我先生,骑着马跑了过来。

"老板娘——"

我睁开眼,却看见卢先生已经收了弦子立起身来,原来早已满天星斗了。

有一阵子,卢先生突然显得喜气洋洋,青白的脸上都泛起一层红光来。顾太太告诉我,卢先生竟在布置房间了,还添了一床大红丝面的被窝。

"是不是有喜讯了,卢先生?"有一天我看见他一个人坐着,抿笑抿笑的,我便问他道。卢先生脸上一红,往怀里掏了半天,掏出了一封信来,信封又粗又黄,却是折得端端正正的。

"是她的信——"卢先生咽了一下口水,低声说道,他的喉咙都哽住了。

他告诉我,他在香港的表哥终于和他的未婚妻联络上,她本人已经到了广州。

"要十根条子,正好五万五千块,早一点我也凑不出来——"卢先生结结巴巴地对我说。说了半天我才解过来他在讲香港偷渡的黄牛,带一个人入境要十根金条。卢先生一面说着,两手却紧紧地捏住那封信不肯放,好像在揪住他的命根子似的。

卢先生等了一个月,我看他简直等得魂不守舍了。跟他说话,他也恍恍惚惚的,有时一个人坐在那里,倏地低下头去,自己发笑。有一天,他来吃饭,坐下扒了一口,立起身便往外走,我发觉他脸色灰败,两眼通红。我赶忙追出去拦住他。

"怎么啦,卢先生?"

他停了下来,嘴巴一张一张,咿咿呜呜,半天也迸不出一句话来。

"他不是人!"突然他带着哭声地喊了出来,然后比手划脚,愈讲愈急,嘴里含着一枚橄榄似的,讲了一大堆不清不楚的话:他表哥把他的钱吞掉了,他托人去问,他表哥竟说不知道有这么一回事。

"我攒了十五年——"他歇了半晌,嘿嘿冷笑了一声,喃喃自语地说道。他的头一点一点,一头花白的头发乱蓬蓬,不知怎的,我突然想起卢先生养的那些芦花鸡来,每年过年,他总站在菜市里,手里捧着一只鲜红冠子黑白点子的大公鸡,他把那些鸡一只只喂得那么肥。

大概有半年光景,卢先生一直茶饭无思,他本来就是个安静人,现在一句话也没得了。我看他一张脸瘦得还有巴掌大,便又恢复了我送给他打牙祭的那碗冒热米粉,哪晓得他连我的米粉也没胃口了,一碗总要剩下半碗来。有一个时期,一连两个礼拜,他都没来我们店里吃饭,我以为他生病,正要去看他,却在菜市场里碰见了他的房东顾太太。那个湖北婆娘一看见我,一把揪住我的膀子,一行走,一行咯咯地笑,啐两声，骂一句：

"这些男人家！"

"又有什么新闻了，我的顾大奶奶？"我让她揪得膀子直发疼，这个包打听，谁家媳妇偷汉子，她都好像守在人家床底下似的。

"这是怎么说？"她又狠狠地啐了一口，"卢先生那么一个人，也这么胡搞起来。您家再也猜不着，他跟什么人姘上了？阿春！那个洗衣婆。"

"我的娘！"我不由得喊了起来。

那个女人，人还没见，一双奶子先便摇到你脸上来了，也不过二十零点，一张屁股老早发得圆鼓隆咚。搓起衣裳来，肉弹弹的一身。两只冬瓜奶，七上八下，鼓槌一般，见了男人，又歪嘴，又斜眼。我顶记得，那次在菜场里，一个卖菜的小伙子，不知怎么犯着了她，她一双大奶先欺到人家身上，擂得那个小伙子直往后打了几个踉跄，噼噼啪啪，几泡口水，吐得人家一头一脸，破起嗓门便骂：干你老母鸡歪！那副泼辣劲，那一种浪样儿。

"阿春替卢先生送衣服，一来便钻进他房里，我就知道，这个台湾婆不妥得很。有一天下午，我走过卢先生窗户底，听见又是哼又是叫，还当出了什么事呢。我踮起脚往窗帘缝里一瞧，呸——"顾太太赶忙朝地下死劲吐了一泡口水，"光天化日，两个人在房里也么赤精大条的，那个死婆娘骑在卢先生身上,蓬头散发活像头母狮子!撞见这种东西,老板娘,您家说说,晦气不晦气?"

"难怪,你最近打牌老和十三幺,原来瞧见宝贝了。"我不由得好笑,这个湖北九头鸟,专爱探人阴私。

"嚼蛆!"

"卢先生倒好,"我叹了一口气说,"找了一个洗衣婆来服侍他,日后他的衣裳被单倒是不愁没有人洗了。"

"天下的事就怪在这里了,"顾太太拍了一个响巴掌,"她服侍卢先生?卢先生才把她捧在手上当活宝贝似的呢。人家现在衣服也不洗了,指甲搽得红通通的,大模大样坐在那里听收音机的歌仔戏,卢先生反而累得像头老牛马,买了个火炉来,天天在房中炒菜弄饭给她吃。最气人的是,卢先生连床单也自己洗,他哪里洗得干净?晾在天井里,红一块,黄一块,看着不知道多恶心。"

第二天,我便在街上碰见了卢先生和阿春,两个人迎面走来。阿春走在前头,扬起头,耸起她那个大胸脯,穿得一身花红柳绿的,脸上鲜红的两团胭脂。果然,连脚趾甲都涂上了蔻丹,一双木屐,劈劈啪啪踏得混响,很标劲,很嚣张。卢先生却提着个菜篮子跟在她身后,他走近来的时候,我猛一看,吓了一大跳。我原以为他戴着顶黑帽子呢,哪晓得他竟把一头花白的头发染得漆黑,染得又不好,硬邦邦地张着;脸上大概还涂了雪花膏,那么粉白粉白的,他那一双眼睛却坑了下去,眼塘子发乌,一张惨白的脸上就剩下两个大黑洞。不知怎的,我突然想起从前在桂林看戏,一个叫白玉堂的老戏子来,五十大几了,还唱扇子生。有一次我看他的《宝玉哭灵》,坐在前排,他一唱哭头,那张敷满了白粉的老脸上,皱纹陡地统统现了出来,一张嘴,便露出了一口焦黑的烟屎牙,看得我心里直难过,把个贾宝玉竟唱成了那副模样。卢先生和我擦肩而过,把头一扭,装着不认识,跟在那个台湾婆的屁股后头便走了。

卢先生和阿春的事情,我们长春路的人都传反了,我是说卢先生遭阿春打伤了那桩公案。阿春在卢先生房里偷人,偷那个擦皮鞋的马仔,卢先生跑回去捉奸,马仔一脚把他踢倒地上,逃跑了,卢先生爬起来,打了阿春两个耳光子。

"就是那样闯下了大祸!"顾太太那天告诉我,"天下也有那样凶狠的女人?您家见过吗?三脚两跳她便骑到了卢先生身上,连撕带扯,一口过去,把卢先生的耳朵咬掉了大半个。要不是我跑到街上叫救命,卢先生一定死在那个婆娘的手里!"

顾太太一直喊倒楣,家里出了那种丑事。她说依她的性子,当天就要把卢先生撵出去,可是卢先生实在给打狠了,躺在床上动都动不得。卢先生伤好以后,又回到了我们店里包饭了。他身上耗剩了一把骨头,脖子上的几条青疤还没有褪;左边耳朵的耳垂不见了,上面贴着一块白胶布,他那一头染过的头发还没洗干净，两边太阳穴新冒出的发脚子仍旧是花白的，头顶上却罩着一个黑盖子，看着不知道有多滑稽，我们店里那些包饭的广西佬，一个个都挤眉眨眼瞅着他笑。

有一天，我在长春国校附近的公共汽车站那边，撞见卢先生。他正领着一群刚放学的小学生，在街上走着，那群小学生叽叽喳喳，打打闹闹的，卢先生走在前面，突然他站住回过头去，大喊一声：

"不许闹！"

他的脸紫涨，脖子粗红，额上的青筋都叠暴起来，好像气得什么似的。那些小学生都吓了一跳，停了下来，可是其中有一个小毛丫头却骨碌骨碌地笑了起来。卢先生跨到她跟前，指到她脸上喝道：

"你敢笑？你敢笑我？"

那个小毛丫头甩动着一双小辫子，摇摇摆摆笑得更厉害了。卢先生啪的一巴掌便打到了那个小毛丫头的脸上，把她打得跌坐到地上去，"哇——"的一声大哭了起来。卢先生又叫又跳，指着坐在地上的那个小毛丫头，骂道：

"你这个小鬼，你也敢来欺负老子？我打你，我就是要打你！"

说着他又伸手去揪那个小毛丫头的辫子。那些小学生吓得哭的哭，叫的叫。路上的行人都围了过去，有的哄着那些小孩子，有两个长春国校的男老师却把卢先生架着拖走了。

卢先生一边走,两只手臂犹自在空中乱舞,满嘴冒着白泡子,喊道:

"我要打死她!我要打死她!"

那是我最后一次看见卢先生,第二天,他便死了。顾太太进到他房间时,还以为他伏在书桌上睡觉,他的头靠在书桌上,手里捏着一管毛笔,头边堆着一叠学生的作文簿。顾太太说验尸官验了半天,也找不出毛病来,便在死因栏上填了"心脏麻痹"。

顾太太嘱咐我,以后有生人来找房子,千万不要告诉别人,卢先生是死在她家里的。她请了和尚道士到她家去念经超度,我也去买了钱纸蜡烛来,在我们店门口烧化了一番。卢先生在我们店里进进出出,总也有五六年了。李老头子、秦癞子,我也为他们烧了不少钱纸呢。

我把卢先生的账拿来一算,还欠我两百五十块。我到派出所去拿了许可证,便到顾太太那儿,去拿点卢先生的东西来做抵押。我们做小生意的,哪里赔得起这些闲钱。顾太太满面笑容过来招呼我,她一定以为我去找她打牌呢。等她探明了我的来意,却冷笑了一声说道:

"还有你的份?他欠我的房钱,我向谁讨?"

她把房门钥匙往我手里一塞,便径自往厨房里去了。我走到卢先生房中,里面果然是空空的。书桌上堆着几本旧书,一个笔筒里插着一把破毛笔。那个湖北婆不知私下昧下了多少东西！我打开衣柜，里面挂着几件白衬衫，领子都翻毛了，柜子角落头却塞着几条发了黄的女人的三角裤。我四处打量了一下，却发现卢先生那把弦子还挂在墙壁上，落满了灰尘。弦子旁边，悬着几幅照片，我走近一瞧，中间那幅最大的，可不是我们桂林水东门外的花桥吗？我赶忙爬上去，把那幅照片拿了下来，走到窗户边，用衣角把玻璃框擦了一下，借着亮光，觑起眼睛，仔细地瞧了一番。果然是我们花桥，桥底下是漓江，桥头那两根石头龙柱还在那里，柱子旁边站着两个后生，一男一女，男孩子是卢先生，女孩子一定是那位罗家姑娘了。卢先生还穿着一身学生装，清清秀秀，干干净净的，戴着一顶学生鸭嘴帽。我再一看那位罗家姑娘，就不由得暗暗喝起彩来。果然是我们桂林小姐！那一身的水秀，一双灵透透的凤眼，看着实在叫人疼怜。两个人，肩靠肩，紧紧地依着，笑眯眯的，两个人都不过是十八九岁的模样。

卢先生房里，什么值钱的东西也搜不出，我便把那幅照片带走了，我要挂在我们店里，日后有广西同乡来，我好指给他们看，从前我爷爷开的那间花桥荣记，就在漓江边，花桥桥头，那个路口子上。

秋 思

"林小姐,你说老实话,万大使夫人跟我,到底谁经得看些?"

华夫人斜倚在她卧房中一张高靠背红丝绒的沙发上,对年轻的美容师林小姐问道。

林小姐坐在华夫人脚跟前的矮凳上,正在替华夫人修剔手指甲,她的腿上搁着一盒各式各样的小剪刀,一共八把。

"夫人说的什么话?"林小姐抬起头来,抗议道,"万夫人怎么能跟夫人比?"

"她还到我们宜香美容院来动过手术呢。"林小姐噗哧笑了一下,又说道。

"是吗?"华夫人从沙发上坐起来,她刚做完脸,脸上的脂粉已经敷得均匀妥当,一双修得细细的眉毛,一直刷到了鬓边去,"这是几时的事呀?"

"夫人千万别说是我讲的,"林小姐压低了嗓子,"就是去年春天,周大夫替她拉的皮,不知手术有问题,还是她的皮肤本来就不好,最近额头上有点松下来了。每次去替她做脸,她就向我发脾气——万夫人好难侍候啊!"林小姐摇头笑叹道,华夫人也跟着笑了起来。她靠回沙发椅背上,仰着头,合上眼睛,轻轻地舒了一口气。

"不是我当着夫人说,"林小姐放下剪刀,捧起华夫人那只右手,满脸艳羡的神情,"我看过的台北这起夫人太太们,夫人的皮肤要数第一!我从来没见过,竟也有生得这样好的皮色!"

华夫人将她那只左手伸了出去,觑起眼睛,自己观赏着,她左手的指甲已经修剔过了,尖尖的,晶莹闪亮,一把春葱似的雪白手指,玲珑地翘了起来,无名指上套着一枚绿汪汪的翡翠环子。

"还好什么——"华夫人微笑着,叹了一口气。

"夫人会保养,皮肤一直这么细嫩。"林小姐小心翼翼地将华夫人那只右手收回到自己的膝盖上。

"其实也没怎么保养,喏,你瞧,"华夫人朝她的梳妆台努了一努嘴,一张乳白描金法国式的梳妆台上,从一端到另一端,摆满了五彩琳琅的玻璃瓶罐,"那些东西白放着罢了——都是我女儿从外国寄回来的,那个女孩子百般怂恿我,要我打扮。"

"夫人好福气,小姐这么孝顺。"

"什么孝顺?女孩子胡闹!"华夫人笑道,"那天万夫人当着人还笑我,叫我'摩登外婆',其实她呀,才摩登呢。蓝的,绿的,眼圈膏子那么搽着——"

"可不是吗?"林小姐接腔道,"每次我总得替她在眼塘子上按摩百把下,她还一径嫌少呢。万夫人有了眼袋子,不涂眼圈膏是遮不住的。"

说着林小姐跟华夫人又笑了起来。林小姐把华夫人那只修剪得玲珑剔透的右手捧在手中,像欣赏一件艺术品一般,翻过来,翻过去,从化妆箱中拿出了一排十二色的指甲油来。

"夫人今天穿什么颜色的衣裳呢?"

"就是那件。"华夫人指向床那边,床上平铺着一袭宝蓝底起黑水纹的印度真丝旗袍。

"宝蓝配绛红,夫人觉得怎么样?"林小姐抽出一瓶紫红的指甲油来。

"今天我戴的是玉器,可还压得住?"华夫人拿过那瓶指甲油跟她左手食指上那枚大翡翠环比了一下。

"这种红,不扎眼,配玉器,正好。"

"那么,就是这个吧。"

华夫人伸出右手,身子又靠到沙发上,径自闭目养神起来。

"夫人,"女佣阿莲走了进来报告道,"万大使夫人又打电话来催。秦夫人、薛夫人都到了,请夫人马上到万公馆去。"

"也没见过，又来催魂了！"华夫人犹自闭着眼睛，笑道，"你去跟万夫人说，半个钟头内，我一定到——阿莲——"

阿莲走到房门口，又回头停住了脚。华夫人坐起来，思索了一下。

"万夫人问起你，就说我正在换衣裳，别告诉她林小姐在这里。"

"晓得了，夫人。"阿莲笑应道，走了出去。

华夫人和林小姐也相视而笑了起来。林小姐把一盒子八把剪刀，统统收拾起来。

"这几个麻将精！"华夫人摇头笑叹道，款款地立起身，"天天都来捉我，真教她们缠得受不了。"

林小姐赶紧过去，把搁在床上那蓝丝旗袍捧过来，帮着华夫人换上。

"林小姐，你瞧瞧，我实在不喜欢，"华夫人坐在梳妆台前，对着镜子，头转过来，转过去，她的眉头皱了起来，"今天我到百乐美去，我那个十三号又病了，是个生手给我做的头，一头头发都让他梳死了！"

"我来替您挑松一下，您再看看。"

林小姐在梳妆台上，拣了一把尖柄子的梳子，替华夫人把她那个高耸的贵妃髻挑梳着。华夫人将台面上一只首饰盒打开，里面摆着一套翡翠玉器：一对吊珠耳坠，一串连环手钏，一面海棠叶大的夔凤佩，华夫人拈起那面玉佩，锁到心口上去，一面抚着那片润凉的玉饰，镜子里，她看见她那只雪白的手，衬在她那袭宝蓝的丝旗袍上，手里捏着一只碧莹莹的夔凤，春葱似的一把手指，指尖红得血点子一般。

"哦——又有了吗？"华夫人抬眼问道，她声音有些颤抖，她从镜子中看见林小姐正俯下头，觑着眼，在她右鬓上角的头发里翻找着。

"只有一两根，"林小姐悄声答道，"我替您再抿几下，就看不出来了。"

林小姐又小心翼翼地替华夫人拢了好几下头发。

"您看行了吗？夫人。"

华夫人欠身凑近镜子面前，偏着头，端详良久，最后用手轻轻地摩挲了几下她的右鬓，才沉吟着说道：

"就这样吧，林小姐，谢谢你。"

华夫人走到花园里，一阵凉风迎面吹过来，把她的大衣都撩开了。她赶忙将大衣扣子扣上，一面戴上她那副珠灰的丝手套。园子里一道夕阳，斜铺在草坪上，那些朝鲜草草尖子已经泛着点点的黄斑，通到大门的那条石径上，几片落叶，给风吹得簌簌地在打转子。华夫人在石径上走了几步，突然一阵冷香，袭到了她面上来，她回头望去，看见墙东一角，那一片"一捧雪"开得翻腾了起来，她不由得煞住了脚，若有所思地迟疑了片刻，终于回头踅了过去。她踱到那畦"一捧雪"跟前,俯下身,深深吸了一口气。那几十株齐腰的白菊花,一团团,一簇簇,都吐出拳头大的水晶球子来了,白茸茸的一片,真好像刚落下来的雪花一般,华夫人又凑近一朵大白菊,嗅了一下。人家都说这就是台湾最上品的白菊花了,在新公园的花展还得过特别奖呢,只是太娇弱了些,去年种下去,差不多都枯死了,她叫花匠敷了一个春天的鸡毛灰,才活过来,倒没料到,一下子,竟开得这般繁盛起来了。怪道上次万吕如珠来的时候,这些"一捧雪"刚打苞,她已经抱怨她:华夫人,你这些菊花真的那么尊贵吗?也舍不得送我们两枝插插盆。万夫人在学日文。万夫人在学茶道。万夫人又在学插花了!还是跟什么京子小姐学的。万吕如珠——那个女人,也懂得茶道、花道吗?弄得一屋子的盆儿、罐儿、壶儿、杯儿——都是从日本买来的,她说,现在日本东西做得不知道多么好!东京战后不知道多么繁华!奇怪,现在日本人的模样儿也变得体面起来了!好像生怕别人不知道万大使要外放日本了似的,连走步路,筛壶茶,也那么弯腰驼背,打躬作揖,周身都沾了东洋婆的腔调儿。难道这些极尊贵的"一捧雪"就任她拿去随便糟蹋了不成?华夫人掐下一枝并蒂的菊花,一对花苞子颤袅袅地迎风抖着,可是她知道万吕如珠最是个好虚面子,嘴上不饶人的女人,花苞子选小些给她,恐怕都要遭她哂笑一番呢,"摩登外婆!"好像她自己还未曾当祖奶奶似的。华夫人跨进了那片花丛中,巡视了一番，她看到中央有一两棵花朵特别繁盛，她走向前去，用手把一些枝叶拨开，在那一片繁花覆盖着的下面，她赫然看见，原来许多花苞子，已经腐烂死去，有的枯黑，上面发了白霉，吊在枝桠上，像是一只只烂馒头，有的刚委顿下来，花瓣都生了黄锈一般，一些烂苞子上，斑斑点点，爬满了菊虎，在啃啮着花心，黄浊的浆汁，不断地从花心流淌出来。一阵风掠过，华夫人嗅到菊花的冷香中夹着一股刺鼻的花草腐烂后的腥臭，她心中微微一震，她仿佛记得，那几天，他房中也一径透着这股奇怪的腥香，她守在他床边，看着医生用条橡皮管子，插在他喉头上那个肿得发亮，乌黑的癌疽里，昼夜不停地在抽着脓水，他床头的几案上，那只白瓷胆瓶里，正插着三枝碗大一般的白菊花，那是她亲自到园里去采来插瓶的。园里那百多株"一捧雪"都是栖霞山移来的名种，那年秋天，人都这样说，日本鬼打跑了，阳澄湖的螃蟹也肥了，南京城的菊花也开得分外茂盛起来。他带着他的军队，开进南京城的当儿，街上那些老头子老太婆们又哭又笑，都在揩眼泪，一个城的爆竹声，把人的耳朵都震聋了。她也笑得弯下了身去，对他说道："欢迎将军，班师回朝——"他挽着她，他的披风吹得飘了起来，他的指挥刀，挂在他腰际，铮铮锵锵，闪亮的，一双带白钢刺的马靴踏得混响，挽着她一同走进了园子里，他擎着一杯白兰地，敬到她唇边，满面笑容地低声唤道：芸香——满园子里那百多株盛开的"一捧雪"，都在他身后招翻得像一顷白浪奔腾的雪海一般。那年秋天,人人都说:连菊花也开得分外茂盛起来——

"夫人,车子已经开出来了。"

华夫人抬起头来,她看见老花匠黄有信正站在石径上,白眉白鬓,抖瑟地佝着背,手里执着一柄扫落叶的竹扫帚。华夫人迟疑了一下,又随手掐下一枝菊花,才从花丛里跨了出来,往大门走去,一束白簌簌的"一捧雪"拥在她胸前。

"黄有信——"华夫人走了几步,又停了下来。

"是,夫人。"黄有信停下扫帚应道。

"你去把那些菊花修剪一下,有好些已经残掉了。"

满天里亮晶晶的星星

每次总是这样的,每次总要等到满天里那些亮晶晶的星星,一颗一颗,渐渐黯淡下去的时分,他才靠在新公园荷花池边的石栏杆上,开始对我们诉说起他的那些故事来。或许是个七八月的大热天,游冶的人,在公园里,久久留连不去,于是我们都在水池边的台阶上,绕着池子,一个踏着一个的影子,忙着在打转转。浓热的黑暗中,这里浮动着一绺白发,那里晃动着一颗残秃的头颅,一具佝偻的身影,急切地,探索地,穿过来,穿过去,一直到最后一双充满了欲望的眼睛,消逝在幽冥的树丛中,我们才开始我们的聚会。那时,我们的腿子,已经酸疲得抬不起来了。

我们都称他"教主"。原始人阿雄说:他们山地人在第一场春雨来临的时节,少男都赤裸了身子,跑到雨里去跳祭春舞,每次总由一个白发白须的老者掌坛主祭。那次我们在万华黑美郎家里开舞会,原始人阿雄喝醉了,脱得赤精,跳起他们山地人的祭春舞来。原始人是个又黑又野的大孩子,浑身的小肌肉块子,他奔放地飞跃着,那一双山地人的大眼睛,在他脸上滚动得像两团黑火——我们的导演教授莫老头说,阿雄天生来就是个武侠明星——我们都看得着了迷,大家吆喝着,撕去了上衣,赤裸了身子,跟着原始人跳起山地的祭春舞来。跳着跳着,黑美郎突然爬到了桌子上,扭动着他那蛇一般细滑的腰身,发了狂一样,尖起他小公鸡似的嗓子喊着宣布道:

"我们是祭春教!"

除了他,你想想,还有谁够资格来当我们祭春教的教主呢?当然,当然,他是我们的爷爷辈,可是公园里那批夜游神中,比他资格老的,大有人在。然而他们猥琐,总缺少像教主那么一点服众的气派。因为教主的来历到底与众不同,三十年代,他是上海明星公司的红星——这都是黑美郎打听出来的,黑美郎专喜欢往那些老导演的家里钻,拜他们的太太做干娘。黑美郎说,默片时代,教主红遍了半边天,他看过教主在《三笑》里饰唐伯虎的剧照。

"你们再也不会相信——"

黑美郎做作地咧开嘴巴,眼睛一翻一翻,好像喘不过气来了似的。可是教主只红过一阵子,有声片子一来,他便没落了,因为他是南方人,不会说国语。莫老头告诉黑美郎当时他们明星公司的人,都取笑教主,叫他:"照片小生朱焰。"那天晚上,在公园水池的石栏杆边,我们赶着教主叫他朱焰时,他突然回过身来,竖起一根指头,朝着我们猛摇了几下:

"朱焰?朱焰吗?——他早就死了!"

我们都笑了起来,以为他喝醉了。那晚教主确实醉得十分厉害,他那一头花白的头发,蓬得一绺一绺的,在风里直打颤。他紧皱着眉头,额上那三条皱纹陷得愈更深了,你看过吗?一个人的皱纹竟会有那么深!好像是用一把尖刀使狠劲划出来的,三条,端端正正,深得发了黑,横在他那宽耸的额上。高个子,宽肩膀,从前他的身材一定是很帅的,可是他的背项已经佝垂了,一径裹着他那件人字呢灰旧的秋褛,走起来,飘飘曳曳,透着无限衰飒的意味。可是他那双奇怪的眼睛——到底像什么呢?在黑暗里,两团碧荧荧的,就如同古墓里的长明灯一般,一径焚着那不肯消灭的火焰。

"你们笑什么?"他看见我们笑做一团,对我们喝问道:"你们以为你们自己就能活得很长吗?"他走过去,把原始人阿雄的胸膛戳了一下,"你以为你的身体很棒吗?你以为你的脸蛋儿长得很俏吗?"他倏地扳起了黑美郎的下颏,"你们以为你们能活到四十?五十?有的人活得长,喏,像他——"他指着公园围墙边一个摆测字摊正在合着眼睛点头打盹的老头儿。"他可以活到胡须拖到地上,脸上只剩下几个黑窟窿——还在那里活着!可是朱焰死得早,民国十九、

二十、二十一——三年，朱焰只活了三年——"他掐着指头冷笑了起来，"'唐伯虎'？他们个个都赶着叫他，可是《洛阳桥》一拍完，他们却说：'朱焰死了！'他们要申报宣布朱焰的死亡：'艺术生命死亡的演员。'他们把他推到井里去，还要往下砸石头呢。活埋他！连他最后喘一口气的机会也不给——"

他说着突然双手叉住了自己的脖子；眼睛凸了出来，喉头发着呃呃的呜咽，一脸紫涨，神情十分恐怖，好像真的快给人家扼断了气一般。我们都笑了，以为他在做戏，教主确实有戏剧天才，无论学什么，都逼真逼肖。黑美郎说，教主原可以成为一个名导演的，可是他常酗酒，而且一身的傲骨头，把明星都得罪了，所以一流片子，总也轮不到他去导。

"就是这样，就是这样，"教主放开了手对我们喊道，"小老弟，你们没尝过让人家活埋的滋味，那就好像你的脖子给人家掐住了，喊不出声音来，可是你的眼睛却看得见他们的脸，耳朵听得见他们的声音，你看得见他们在水银灯下拿着摄影机对准了你射，而你呢？你的脉搏愈跳愈慢，神经一根根麻死，眼睁睁地，你看着你的手脚一块块烂掉！所以我咬紧了牙关对我的白马公子说：'孩子，你一定要替我争这口气。'姜青是个好孩子，我实在不能怨他。《洛阳桥》在上海大光明开演的那天，静安寺路上的交通都给挤断了。当他骑着白马，穿着水绿的丝绸袍子在银幕上一亮相的那一刻，我在戏院里听得到自己的声音在心中喊了起来:'朱焰复活了!朱焰复活了!'为了重拍《洛阳桥》,我倾家荡产,导演他的时候,有一次,我把他的脸上打出了五条血印子来。可是有谁知道我心中多么疼惜他?'朱焰的白马公子',人家都叫他。姜青天生来是要做大明星的,他身上的那股灵气——小老弟,你不要以为你们长得俊——你们一个也没有!"教主朝着我们一个个指点了一轮,当他指到黑美郎脸上时,黑美郎把嘴巴一撇,冷笑了一声,我们都大笑了起来。黑美郎自以为是个大美人,他说他将来一定要闯到好莱坞去,我们都劝他定做一双高跟鞋;他才五呎五吋,好莱坞哪里有那么矮的洋女人来和他配戏呢?

"可是为什么?为什么?"教主突然一把捉住了原始人阿雄的膀子,阿雄吓了一跳,笑着挣扎了起来,可是教主狠狠地抓住他不放,白发蓬蓬的大头擂到了阿雄脸上去,"为什么不听我的话?'孩子,'我说,'你是个天才,千万不要糟蹋了。'第一眼我就知道林萍是个不祥之物!那个小妖妇抛到地上连头发也没有伤一根,而且她还变成了天一的大红星哩!他呢?他坐在我送给他的那部跑车里烧成了一块黑炭。他们要我去收尸,我拒绝,我拒绝去认领。那堆焦肉不是我的白马公子——"教主的喉头好像哽住了一块骨头一般,咿哩喔噜地渐渐语言不清起来:"烧死了——我们都烧死了——"他喃喃地念了几句,他那双碧荧荧的眼睛,闪得跳出了火星子来。阿雄挣脱了他，喘着气赶快跑回我们堆子里。教主倚在石栏杆边，微微垂下了头，一大绺花白的头发跌挂了下来。他身后那轮又黄又大的月亮，已经往公园西边那排椰子树后，冉冉地消沉下去了，池子里的荷花叶香气愈来愈浓，黑美郎踮起了脚尖，张开手臂，伸了一个懒腰，哦哦地打了几个呵欠，我们都开始有了睡意。

有一个时期，一连几个月，公园里突然绝了教主的踪迹。我们圈内谣传纷纷，都说教主让四分局的警察抓到监狱里去了，而且据说他是犯了风化案——那是一个三水街的小幺儿传出来的。那个小幺儿说，那天晚上，他从公园出来，走过西门町，在中华商场的走廊上，恰好撞见教主，他在追缠着一个男学生。那个小幺儿咂着嘴说：那个男学生长得真个标致！教主的样子醉得很厉害，连步子都不稳了。他摇摇晃晃地赶着那个男学生，问他要不要当电影明星。那个男学生起先一面逃，一面回头笑，后来在转角的地方，教主突然追上前去，张开手臂便将那个男学生搂到了怀里去，嘴里又是"洛阳桥"，又是"白马公子"地咕哝着。那个男学生惊叫了起来，路上登时围拢了一大堆人，后来把警察也引去了。

一天晚上，我们终于又在公园里看到了教主。那是个不寻常的夏夜，有两个多月，台北没有下过一滴雨。风是热的，公园里的石阶也是热的，那些肥沃的热带树木，郁郁蒸蒸，都是发着暖烟。池子里的荷花，一股浓香，甜得发了腻。黑沉沉的天空里，那个月亮——你见过吗？你见过那样淫邪的月亮吗？像一团大肉球，充满了血丝，肉红肉红地浮在那里。公园里的人影幢幢，像走马灯，急乱地在转动着。黑美郎坐在台阶中央的石栏杆上。他穿了一身猩红的紧身衫，黑短裤，一双露着大脚趾的凉鞋，他仰着面，甩动着一双腿子，炫耀得像一只初开屏的小孔雀，他刚在莫老头导演的《春晓》里，捞到了一个角色，初次上镜头，得意得忘了形。原始人阿雄也不甘示弱，有心和黑美郎抢镜头似的，他穿了一件亮紫的泰丝衬衫，把上身箍成了一个倒三角。一条白帆布的腊肠裤，紧绷绷地贴在他鼓胀的大腿上，裤头一个鹅卵大的皮带铜环，银光闪闪。他全身都暴露着饱和的男性，而且还夹着他那一股山地人特有的原始犷野。他和黑美郎坐在一块儿，确实是公园里最触目的一对，可是三水街的那一帮小幺儿，却并没有因此占了下风，他们三五成群的，勾着肩，搭着背，木屐敲得混响，在台阶上，示威似的，荡过来荡过去，嘴里哼着极妖冶的小调儿。有一个肥胖秃头穿了花格子夏威夷衫的外国人，鬼祟地，探索着走了过来，那些小幺儿便肆无忌惮地叫了起来：

"哈啰！"

公园里正在十分闹忙的当儿，教主突然出现了。他来得那么意外，大家都慑住了似的，倏地静了下来，默默地看着他那高大的身影移上了台阶来。教主穿了一身崭新发亮的浅蓝沙市井西装，全身收拾得分外整洁，衬得他那一头花白的头发愈发醒目，可是他脚下的步子却十分地吃力，竟带着受了伤的蹒跚。大概他在狱里吃了不少的苦头，刑警的手段往往很毒辣的，尤其是对待犯了这种风化案的人。有一个三水街的小幺儿拉错了客，让刑警抓去，狠狠地修理了一番，他出来时，吓哑了，见了人只会张嘴啊啊地叫，人家说，是用橡皮管子打的。教主拖着脚，缓重地、矜持地，一步一步终于趱到了台阶末端的石栏杆边去。他一个人，独自伫立着，靠在栏杆上，仰起了那颗白发蓬蓬的头，他那高大削瘦的身影，十分嶙峋，十分傲岸，矗立在那里，对于周围掀起的一阵窃窃私语及嗤笑，他都装做不闻不问似的。顷刻间，台阶上又恢复了先前的闹忙。夜渐渐深了，台阶上的脚步，变得愈来愈急灼，一只只的脚影都在追寻，在企探，在渴求着。教主孤独地立在那里，一直到那团肉球般的红月亮，从他身后恹恹下沉的当儿，他才离开公园。他走的时候，携带了一个三水街的小幺儿一同离去，那个小幺儿叫小玉，是个面庞长得异样姣好的小东西，可是却是一个瘸子，所以一向没有什么人理睬。教主搂着这个小幺儿的肩，两个人的身影，一大一小，颇带残缺地，蹭蹬到那丛幽暗的绿珊瑚里去。

游园惊梦

钱夫人到达台北近郊天母窦公馆的时候,窦公馆门前两旁的汽车已经排满了,大多是官家的黑色小轿车,钱夫人坐的计程车开到门口她便命令司机停了下来。窦公馆的两扇铁门大敞,门灯高烧,大门两侧一边站了一个卫士,门口有个随从打扮的人正在那儿忙着招呼宾客的司机。钱夫人一下车,那个随从便赶紧迎了上来,他穿了一身藏青哔叽的中山装,两鬓花白。钱夫人从皮包里掏出了一张名片递给他,那个随从接过名片,即忙向钱夫人深深地行了一个礼,操了苏北口音,满面堆着笑容说道:

"钱夫人,我是刘副官,夫人大概不记得了?"

"是刘副官吗?"钱夫人打量了他一下,微带惊愕地说道,"对了,那时在南京到你们大悲巷公馆见过你的。你好,刘副官。"

"托夫人的福。"刘副官又深深地行了一礼,赶忙把钱夫人让了进去,然后抢在前面用手电筒照路,引着钱夫人走上一条水泥砌的汽车过道,绕着花园直往正屋里行去。

"夫人这向好?"刘副官一行引着路,回头笑着向钱夫人说道。

"还好,谢谢你,"钱夫人答道,"你们长官夫人都好呀?我有好些年没见着他们了。"

"我们夫人好,长官最近为了公事忙一些。"刘副官应道。

窦公馆的花园十分深阔,钱夫人打量了一下,满园子里影影绰绰,都是些树木花草,围墙周遭,却密密地栽了一圈椰子树,一片秋后的清月,已经升过高大的椰子树干子来了。钱夫人跟着刘副官绕过了几丛棕榈树,窦公馆那座两层楼的房子便赫然出现在眼前,整座大楼,上上下下灯火通明,亮得好像烧着了一般;一条宽敞的石级引上了楼前一个弧形的大露台,露台的石栏边沿上却整整齐齐地置了十来盆一排齐胸的桂花,钱夫人一踏上露台,一阵桂花的浓香便侵袭过来了。楼前正门大开,里面有几个仆人穿梭一般来往着。刘副官停在门口,哈着身子,做了个手势,毕恭毕敬地说了声:

"夫人请。"

钱夫人一走入门内前厅,刘副官便对一个女仆说道:

"快去报告夫人,钱将军夫人到了。"

前厅只摆了一堂精巧的红木几椅,几案上搁着一套景泰蓝的瓶尊,一只观音尊里斜插了几枝万年青;右侧壁上,嵌了一面鹅卵形的大穿衣镜。钱夫人走到镜前,把身上那件玄色秋大衣卸下,一个女仆赶忙上前把大衣接了过去。钱夫人往镜里瞟了一眼,很快地用手把右鬓一绺松弛的头发捋了一下,下午六点钟才去西门町红玫瑰做的头发,刚才穿过花园,吃风一撩,就乱了。钱夫人往镜子又凑近了一步,身上那件墨绿杭绸的旗袍,她也觉得颜色有点不对劲儿。她记得这种丝绸,在灯光底下照起来,绿汪汪翡翠似的,大概这间前厅不够亮,镜子里看起来,竟有点发乌。难道真的是料子旧了?这份杭绸还是从南京带出来的呢,这些年都没舍得穿,为了赴这场宴才从箱子底拿出来裁了的。早知如此,还不如到鸿翔绸缎庄买份新的。可是她总觉得台湾的衣料粗糙,光泽扎眼,尤其是丝绸,哪里及得上大陆货那么细致,那么柔熟?

"五妹妹到底来了。"一阵脚步声,窦夫人走了出来,一把便攥住了钱夫人的双手笑道。

"三阿姊,"钱夫人也笑着叫道,"来晚了,累你们好等。"

"哪里的话,恰是时候,我们正要入席呢。"

窦夫人说着便挽着钱夫人往正厅走去。在走廊上,钱夫人用眼角扫了窦夫人两下,她心中不禁觇敲起来:桂枝香果然还是没有老。临离开南京那年,自己明明还在梅园新村的公馆替桂枝香请过三十岁的生日酒,得月台的几个姐妹淘都差不多到齐了——桂枝香的妹子后来嫁给任主席任子久做小的十三天辣椒，还有她自己的亲妹妹十七月月红——几个人还学洋派凑份子替桂枝香订制了一个三十吋双层的大寿糕，上面足足插了三十根红蜡烛。现在她总该有四十大几了吧？钱夫人又朝窦夫人瞄了一下。窦夫人穿了一身银灰洒朱砂的薄纱旗袍，足上也配了一双银灰闪光的高跟鞋，右手的无名指上戴了一只莲子大的钻戒，左腕也笼了一副白金镶碎钻的手串，发上却插了一把珊瑚缺月钗，一对寸把长的紫瑛坠子直吊下发脚外来，衬得她丰白的面庞愈加雍容矜贵起来。在南京那时，桂枝香可没有这般风光，她记得她那时还做小，窦瑞生也不过是个次长，现在窦瑞生的官大了，桂枝香也扶了正，难为她熬了这些年，到底给她熬出了头了。

"瑞生到南部开会去了，他听说五妹妹今晚要来，还特地着我向你问好呢。"窦夫人笑着侧过头来向钱夫人说道。

"哦，难为窦大哥还那么有心。"钱夫人笑道。一走近正厅，里面一阵人语喧笑便传了出来。窦夫人在正厅门口停了下来，又握住钱夫人的双手笑道：

"五妹妹，你早就该搬来台北了，我一直都挂着，现在你一个人住在南部那种地方有多冷清呢？今夜你是无论如何缺不得席的——十三也来了。"

"她也在这儿吗？"钱夫人问道。

"你知道呀，任子久一死，她便搬出了任家。"窦夫人说着又凑到钱夫人耳边笑道，"任子久是有几份家当的，十三一个人也算过得舒服了。今晚就是她起的哄，来到台湾还是头一遭呢。她把'赏心乐事'票房里的几位朋友搬了来，锣鼓笙箫都是全的，他们还巴望着你上去显两手呢。"

"罢了，罢了，哪里还能来这个玩意儿！"钱夫人急忙挣脱了窦夫人，摆着手笑道。

"客气话不必说了，五妹妹，连你蓝田玉都说不能，别人还敢开腔吗？"窦夫人笑道，也不等钱夫人分辩便挽了她往正厅里走去。

正厅里东一堆西一堆，锦簇绣丛一般，早坐满了衣裙明艳的客人。厅堂异常宽大，呈凸字形，是个中西合璧的款式。左半边置着一堂软垫沙发，右半边置着一堂紫檀硬木桌椅，中间地板上却隔着一张两吋厚刷着二龙抢珠的大地毯。沙发两长四短，对开围着，黑绒底子洒满了醉红的海棠叶儿，中间一张长方矮几上摆了一只两尺高天青细瓷胆瓶，瓶里冒着一大蓬金骨红肉的龙须菊。右半边八张紫檀椅子团团围着一张嵌纹石桌面的八仙桌，桌上早布满了各式的糖盒茶具。厅堂凸字尖端，也摆着六张一式的红木靠椅，椅子三三分开，圈了个半圆，中间缺口处却高高竖了一档乌木架流云蝙蝠镶云母片的屏风。钱夫人看见那些椅子上搁满了铙钹琴弦，椅子前端有两个木架，一个架着一只小鼓，另一个却齐齐地插了一排笙箫管笛。厅堂里灯光辉煌，两旁的座灯从地面斜射上来，照得一面大铜锣金光闪烁。

窦夫人把钱夫人先引到厅堂左半边,然后走到一张沙发跟前对一位五十多岁穿了珠灰旗袍,戴了一身玉器的女客说道:

"赖夫人,这是钱夫人,你们大概见过的吧?"

钱夫人认得那位女客是赖祥云的太太,以前在南京时,社交场合里见过几面,那时赖祥云大概是个司令官,来到台湾,报纸上倒常见到他的名字。

"这位大概就是钱鹏公的夫人了?"赖夫人本来正和身旁一位男客在说话,这下才转过身来,打量了钱夫人半晌,款款地立了起来笑着说道。一面和钱夫人握手,一面又扶了头,说道:

"我是说面熟得很!"

然后转向身边一位黑红脸身材硕肥头顶光秃穿了宝蓝丝葛长袍的男客说:

"刚才我还和余参军长聊天,梅兰芳第三次南下到上海在丹桂第一台唱的是什么戏,再也想不起来了。你们瞧,我的记性!"

余参军长老早立了起来,朝着钱夫人笑嘻嘻地行了一个礼说道:

"夫人久违了,那年在南京励志社大会串瞻仰过夫人的风采的。我还记得夫人票的是《游园惊梦》呢!"

"是呀,"赖夫人接嘴道,"我一直听说钱夫人的盛名,今天晚上总算有耳福要领教了。"

钱夫人赶忙向余参军长谦谢了一番,她记得余参军长在南京时来过她公馆一次,可是她又仿佛记得他后来好像犯了什么大案子被革了职退休了。接着窦夫人又引着她过去,把在座的几位客人都一一介绍一轮。几位夫人太太她一个也不认识,她们的年纪都相当轻,大概来到台湾才兴起来的。

"我们到那边去吧!十三和几位票友都在那儿。"

窦夫人说着又把钱夫人领到厅堂的右手边去。她们两人一过去,一位穿红旗袍的女客便踏着碎步迎了上来,一把便将钱夫人的手臂勾了过去,笑得全身乱颤说道:

"五阿姊,刚才三阿姊告诉我你也要来,我就喜得叫道:'好哇,今晚可真把名角儿给抬了出来了!'"

钱夫人方才听窦夫人说天辣椒蒋碧月也在这里,她心中就踌躇了一番,不知天辣椒嫁了人这些年,可收敛了一些没有。那时大伙儿在南京夫子庙得月台清唱的时候,有风头总是她占先,扭着她们师傅专拣讨好的戏唱。一出台,也不管清唱的规矩,就脸朝了那些捧角的,一双眼睛钩子一般,直伸到台下去。同是一个娘生的,性格儿却差得那么远。论到懂世故,有担待,除了她姊姊桂枝香再也找不出第二个人来。桂枝香那儿的便宜,天辣椒也算捡尽了。任子久连她姊姊的聘礼都下定了,天辣椒却有本事拦腰一把给夺了过去。也亏桂枝香有涵养,等了多少年才委委屈屈做了窦瑞生的偏房。

难怪桂枝香老叹息说:是亲妹子才专拣自己的姊姊往脚下踹呢!钱夫人又打量了一下天辣椒蒋碧月,蒋碧月穿了一身火红的缎子旗袍,两只手腕上,铮铮锵锵,直戴了八只扭花金丝镯,脸上勾得十分入时,眼皮上抹了眼圈膏,眼角儿也着了墨,一头蓬得像鸟窝似的头发,两鬓上却刷出几只俏皮的月牙钩来。任子久一死,这个天辣椒比从前反而愈更标劲,愈更佻㒓了,这些年的动乱,在这个女人身上,竟找不出半丝痕迹来。

"哪,你们见识见识吧,这位钱夫人才是真正的女梅兰芳呢!"

蒋碧月挽了钱夫人向座上的几位男女票友客人介绍道。几位男客都慌忙不迭站了起来朝了钱夫人含笑施礼。

"碧月,不要胡说,给这几位内行听了笑话。"

钱夫人一行还礼,一行轻轻责怪蒋碧月道。

"碧月的话倒没有说差,"窦夫人也插嘴笑道,"你的昆曲也算得了梅派的真传了。"

"三阿姊——"

钱夫人含糊叫了一声,想分辩几句。可是若论到昆曲,连钱鹏志也对她说道:

"老五,南北名角我都听过,你的'昆腔'也算是个好的了。"

钱鹏志说,就是为着在南京得月台听了她的《游园惊梦》,

回到上海去，日思夜想，心里怎么也丢不下，才又转了回来娶她的。钱鹏志一径对她讲，能得她在身边，唱几句"昆腔"作娱，他的下半辈子也就无所求了。那时她刚在得月台冒红，一句"昆腔"，台下一声满堂彩，得月台的师傅说：一个夫子庙算起来，就数蓝田玉唱得最正派。

"就是说呀，五阿姊。你来见见，这位徐经理太太也是个昆曲行家呢！"蒋碧月把钱夫人引到一位着黑旗袍，十分净扮的年轻女客跟前说道，然后又笑着向窦夫人说，"三阿姊，回头我们让徐太太唱'游园'，五阿姊唱'惊梦'，把这出昆曲的戏祖宗搬出来，让两位名角上去较量较量，也好给我们饱饱耳福。"

那位徐太太连忙立了起来，道了不敢。钱夫人也赶忙谦让了几句，心中却着实嗔怪天辣椒太过冒失，今天晚上这些人，大概没有一个不懂戏的，恐怕这位徐经理太太就现放着是个好角色，回头要真给抬了上去，倒不可以大意呢。运腔转调，这些人都不足畏，倒是在南部这么久，嗓子一直没有认真吊过，却不知如何了。而且裁缝师傅的话果然说中：台北不兴长旗袍喽。在座的——连那个老得脸上起了鸡皮皱的赖夫人在内，个个的旗袍下摆都缩得差不多到膝盖上去了，露出大半截腿子来。在南京那时，哪个夫人的旗袍不是长得快拖到脚面上来了？后悔没有听从裁缝师傅，回头穿了这身长旗袍站出去，不晓得还登不登样。一上台，一亮相，最要紧。

那时在南京梅园新村请客唱戏,每次一站上去,还没有开腔就先把那台下压住了。

"程参谋,我把钱夫人交给你了。你不替我好好伺候着,明天罚你做东。"

窦夫人把钱夫人引到一位三十多岁的军官面前笑着说道,然后转身悄声对钱夫人说:"五妹妹,你在这里聊聊,程参谋最懂戏的,我得进去招呼着上席了。"

"钱夫人久仰了。"

程参谋朝着钱夫人,立了正,利落地一鞠躬,行了一个军礼。他穿了一身浅泥色凡立丁的军礼服,外套的翻领上别了一副金亮的两朵梅花中校领章,一双短筒皮靴靠在一起,乌光水滑的。钱夫人看见他笑起来时,咧着一口齐垛垛净白的牙齿,容长的面孔,下巴剃得青亮,眼睛细长上挑,随一双飞扬的眉毛,往两鬓插去,一杆葱的鼻梁,鼻尖却微微下佝,一头黑浓的头发,处处都抿得妥妥帖帖的。他的身段颀长,着了军服分外英发。可是钱夫人觉得他这一声招呼里却又透着几分温柔,半点也没带武人的粗糙。

"夫人请坐。"

程参谋把自己的椅子让了出来,将椅子上那张海绵椅垫挪挪正,请钱夫人就了座,然后立即走到那张八仙桌端了一盅茉莉香片及一个四色糖盒来,钱夫人正要伸手去接过那盅石榴红的瓷杯,程参谋却低声笑道:

"小心烫了手，夫人。"

然后打开了那个描金乌漆糖盒，伛下身去，双手捧到钱夫人面前，笑吟吟地望着钱夫人，等她挑选。钱夫人随手抓了一把松瓤，程参谋忙劝止道：

"夫人，这个东西顶伤嗓子。我看夫人还是尝颗蜜枣，润润喉吧。"

随着便拈起一根牙签挑了一枚蜜枣，递给钱夫人。钱夫人道了谢，将那枚蜜枣接了过来，塞到嘴里，一阵沁甜的蜜味，果然十分甘芳。程参谋另外搬了一张椅子，在钱夫人右侧坐了下来。

"夫人最近看戏没有？"程参谋坐定后笑着问道。他说话时，身子总是微微倾斜过来，十分专注似的，钱夫人看见他又露出了一口白净的牙齿来，灯光下，照得莹亮。

"好久没看了，"钱夫人答道，她低下头去，细细地啜了一口手里那盅香片，"住在南部，难得有好戏。"

"张爱云这几天正在国光戏院演《洛神》呢，夫人。"

"是吗？"钱夫人应道，一直俯着首在饮茶，沉吟了半响才说道，"我还是在上海天蟾舞台看她演过这出戏——那是好久以前了。"

"她的做工还是在的，到底不愧是'青衣祭酒'，把个宓妃和曹子建两个人那段情意，演得细腻到了十分。"

钱夫人抬起头来，触到了程参谋的目光，她即刻侧过了头去。程参谋那双细长的眼睛,好像把人都罩住了似的。

"谁演得这般细腻呀?"天辣椒蒋碧月插了进来笑道,程参谋赶忙立起来,让了座。蒋碧月抓了一把朝阳瓜子,跷起腿嗑着瓜子笑道:"程参谋,人人说你懂戏,钱夫人可是戏里的'通天教主',我看你趁早别在这儿班门弄斧了。"

"我正在和钱夫人讲究张爱云的《洛神》,向钱夫人讨教呢。"程参谋对蒋碧月说着,眼睛却瞟向了钱夫人。

"哦,原来是说张爱云吗?"蒋碧月噗哧笑了一下,"她在台湾教教戏也就罢了,偏偏又要去唱《洛神》,扮起宓妃来也不像呀!上礼拜六我才去国光看过,买到了后排,只见她嘴巴动,声音也听不到,半出戏还没唱完,她嗓子先就哑掉了——嗳唷,三阿姊来请上席了。"

一个仆人拉开了客厅通到饭厅的一扇镂空卍字桃花心木推门。窦夫人已经从饭厅里走了出来。整座饭厅银素装饰,明亮得像雪洞一般,两桌席上,却是猩红的细布桌面,盆碗羹箸一律都是银的。客人们进去后都你推我让,不肯上座。

"还是我占先吧,这般让法,这餐饭也吃不成了,倒是辜负了主人这番心意!"

赖夫人走到第一桌的主位坐了下来,然后又招呼着余参军长说道:

"参军长,你也来我旁边坐下吧。刚才梅兰芳的戏,我们还没有论出头绪来呢。"

余参军长把手一拱,笑嘻嘻地道了一声:"遵命。"客人们哄然一笑便都相随入了席。到了第二桌,大家又推让起来了,赖夫人隔着桌子向钱夫人笑着叫道:

"钱夫人,我看你也学学我吧。"

窦夫人便过来拥着钱夫人走到第二桌主位上,低声在她耳边说道:

"五妹妹,你就坐下吧。你不占先,别人不好入座的。"

钱夫人环视了一下,第二桌的客人都站在那儿带笑瞅着她。钱夫人赶忙含糊地推辞了两句,坐了下去,一阵心跳,连她的脸都有点发热了。倒不是她没经过这种场面,好久没有应酬,竟有点不惯了。从前钱鹏志在的时候,筵席之间,十有八九的主位,倒是她占先的。钱鹏志的夫人当然上座,她从来也不必推让。南京那起夫人太太们,能僭过她辈分的,还数不出几个来。她可不能跟那些官儿的姨太太们去比,她可是钱鹏志明公正道迎回去做填房夫人的。可怜桂枝香那时出面请客都没份儿,连生日酒还是她替桂枝香做的呢。到了台湾,桂枝香才敢这么出头摆场面,而她那时才冒二十岁,一个清唱的姑娘,一夜间便成了将军夫人了。卖唱的嫁给小户人家还遭多少议论,又何况是入了侯门?连她亲妹子十七月月红还刻薄过她两句:姊姊,你的辫子也该铰了,明日你和钱将军走在一起,人家还以为你是他的孙女儿呢!钱鹏志娶她那年已经六十靠边了,然而怎么说她也是他正正经经的填房夫人啊。她明白她的身份,她也珍惜她的身份。跟了钱鹏志那十几年,筵前酒后,哪次她不是捏着一把冷汗,任是多大的场面,总是应付得妥妥帖帖的?走在人前,一样风华翩跹,谁又敢议论她是秦淮河得月台的蓝田玉了?

"难为你了,老五。"

钱鹏志常常抚着她的腮对她这样说道。她听了总是心里一酸,许多的委屈却是没法诉的。难道她还能怨钱鹏志吗?是她自己心甘情愿的。钱鹏志娶她的时候就分明和她说清楚了:他是为着听了她的《游园惊梦》才想把她接回去伴他的晚年的。可是她妹子月月红说的呢,钱鹏志好当她的爷爷了,她还要希冀什么?到底应了得月台瞎子师娘那把铁嘴:五姑娘,你们这种人只有嫁给年纪大的,当女儿一般疼惜算了,年轻的,哪里靠得住?可是瞎子师娘偏偏又捏着她的手,眨巴着一双青光眼叹息道:荣华富贵你是享定了,蓝田玉,只可惜你长错了一根骨头,也是你前世的冤孽!不是冤孽还是什么?除却天上的月亮摘不到,世上的金银财宝,钱鹏志怕不都设法捧了来讨她的欢心。她体验得出钱鹏志那番苦心。钱鹏志怕她念着出身低微,在达官贵人面前气馁胆怯,总是百般怂恿着她,讲排场,耍派头。梅园新村钱夫人宴客的款式怕不噪反了整个南京城,钱公馆里的酒席钱,"袁大头"就用得罪过花啦的。单就替桂枝香请生日酒那天吧,梅园新村的公馆里一摆就是十台,撅笛的是仙霓社里大江南北第一把笛子吴声豪,大厨师却是花了十块大洋特别从桃叶渡的绿柳居接来的。

"窦夫人,你们大师傅是哪儿请来的呀?来到台湾我还是头一次吃到这么讲究的鱼翅呢。"赖夫人说道。

"他原是黄钦之黄部长家在上海时候的厨子,来台湾才到我们这儿的。"窦夫人答道。

"那就难怪了,"余参军长接口道,"黄钦公是有名的美食家呢。"

"哪天要能借到府上的大师傅去烧个翅,请起客来就风光了。"赖夫人说道。

"那还不容易?我也乐得去白吃一餐呢!"窦夫人说,客人们都笑了起来。

"钱夫人,请用碗翅吧。"程参谋盛了一碗红烧鱼翅,加了一匙羹镇江醋,搁在钱夫人面前,然后又低声笑道:

"这道菜,是我们公馆里出了名的。"

钱夫人还没来得及尝鱼翅,窦夫人却从隔壁桌子走了过来,敬了一轮酒,特别又叫程参谋替她斟满了,走到钱夫人身边,按着她的肩膀笑道:

"五妹妹,我们俩儿好久没对过杯了。"

说完便和钱夫人碰了一下杯,一口喝尽,钱夫人也细细地干掉了。窦夫人离开时又对程参谋说道:

"程参谋,好好替我劝酒啊。你长官不在,你就在那一桌替他做主人吧。"

程参谋立起来，执了一把银酒壶，弯了身，笑吟吟便往钱夫人杯里筛酒，钱夫人忙阻止道：

"程参谋，你替别人斟吧，我的酒量有限得很。"

程参谋却站着不动，望着钱夫人笑道：

"夫人，花雕不比别的酒，最易发散。我知道夫人回头还要用嗓子，这个酒暖得正好，少喝点儿，不会伤喉咙的。"

"钱夫人是海量，不要饶过她！"

坐在钱夫人对面的蒋碧月却走了过来，也不用人让，自己先斟满了一杯，举到钱夫人面前笑道：

"五阿姊，我也好久没有和你喝过双盅儿了。"

钱夫人推开了蒋碧月的手，轻轻咳了一下说道：

"碧月，这样喝法要醉了。"

"到底是不赏妹子的脸，我喝双份儿好了，回头醉了，最多让他们抬回去就是啦。"

蒋碧月一仰头便干了一杯，程参谋连忙捧上另一杯，她也接过去一气干了，然后把个银酒杯倒过来，在钱夫人脸上一晃。客人们都鼓起掌来喝道：

"到底是蒋小姐豪兴！"

钱夫人只得举起了杯子，缓缓地将一杯花雕饮尽。酒倒是烫得暖暖的，一下喉，就像一股热流般，周身游荡起来了。可是台湾的花雕到底不及大陆的那么醇厚，饮下去终究有点割喉。虽说花雕容易发散，饮急了，后劲才凶呢。没想到真正从绍兴办来的那些陈年花雕也那么伤人。那晚到底中了她们的道儿！她们大伙儿都说，几杯花雕哪里就能把嗓子喝哑了？难得是桂枝香的好日子，姊妹们不知何日才能聚得齐，主人尚且不开怀，客人哪能尽兴呢？连月月红十七也夹在里面起哄：姊姊，我们姊妹俩儿也来干一杯，亲热亲热一下。月月红穿了一身大金大红的缎子旗袍，艳得像只鹦哥儿，一双眼睛，鹘伶伶地尽是水光。姊姊不赏脸，她说，姊姊到底不赏妹子的脸，她说道。逞够了强，捡够了便宜，还要赶着说风凉话。难怪桂枝香叹息：是亲妹子才专拣自己的姊姊往脚下踹呢。月月红——就算她年轻不懂事，可是他郑彦青就不该也跟了来胡闹了。他也捧了满满的一杯酒，咧着一口雪白的牙齿说道：夫人，我也来敬夫人一杯。他喝得两颧鲜红，眼睛烧得像两团黑火，一双带刺的马靴啪哒一声并在一起，弯着身腰柔柔地叫道：夫人——

"这下该轮到我了，夫人。"程参谋立起身，双手举起了酒杯，笑吟吟地说道。

"真的不行了，程参谋。"钱夫人微俯着首，喃喃说道。

"我先干三杯，表示敬意，夫人请随意好了。"

程参谋一连便喝了三杯，一片酒晕把他整张脸都盖了过去了。他的额头发出了亮光，鼻尖上也冒出几颗汗珠子来。钱夫人端起了酒杯，在唇边略略沾了一下。程参谋替钱夫人拈了一只贵妃鸡的肉翅,自己也夹了一个鸡头来过酒。

"嗳唷,你敬的是什么酒呀?"

对面蒋碧月站起来,伸头前去嗅了一下余参军长手里那杯酒,尖着嗓门叫了起来,余参军长正捧着一只与众不同的金色鸡缸杯在敬蒋碧月的酒。

"蒋小姐,这杯是'通宵酒'哪。"余参军长笑嘻嘻地说道,他那张黑红脸早已喝得像猪肝似的了。

"呀呀啐,何人与你们通宵哪!"蒋碧月把手一挥,操起戏白说道。

"蒋小姐,百花亭里还没摆起来,你先就'醉酒'了。"赖夫人隔着桌子笑着叫道,客人们又一声哄笑起来。窦夫人也站了起来对客人们说道:

"我们也该上场了,请各位到客厅那边宽坐去吧。"

客人们都立了起来,赖夫人带头,鱼贯而入进到客厅里,分别坐下。几位男票友却走到那档屏风面前几张红木椅子就了座,一边调弄起管弦来。六个人,除了胡琴外,一个拉二胡,一个弹月琴,一个管小鼓拍板,另外两个人立着,一个擎了一双铙钹,一个手里却吊了一面大铜锣。

"夫人,那位杨先生真是把好胡琴,他的笛子,台湾还找不出第二个人呢,回头你听他一吹,就知道了。"

程参谋指着那位操胡琴姓杨的票友,在钱夫人耳根下说道。钱夫人微微斜靠在一张单人沙发上,程参谋在她身旁一张皮垫矮圆凳上坐了下来。他又替钱夫人沏了一盅茉莉香片，钱夫人一面品着茶，一面顺着程参谋的手，朝那位姓杨的票友望去。那位姓杨的票友约莫五十上下，穿了一件古铜色起暗团花的熟罗长衫，面貌十分清癯，一双手指修长，洁白得像十管白玉一般，他将一柄胡琴从布袋子里面抽了出来，腿上垫上一块青搭布，将胡琴搁在上面，架上了弦弓，随便咿呀地调了一下，微微将头一垂，一扬手，猛地一声胡琴，便像抛线一般蹿了起来，一段《夜深沉》，奏得十分清脆嘹亮，一奏毕，余参军长头一个便跳了起来叫了声："好胡琴！"客人们便也都鼓起掌来。接着锣鼓齐鸣，奏出了一支《将军令》的上场牌子来。窦夫人也跟着满客厅一一去延请客人们上场演唱，正当客人们互相推让间，余参军长已经拥着蒋碧月走到胡琴那边，然后打起丑腔叫道：

"启娘娘，这便是百花亭了。"

蒋碧月双手捂着嘴，笑得前俯后仰，两只腕子上几个扭花金镯子，铮铮锵锵地抖响着。客人们都跟着喝彩，胡琴便奏出了《贵妃醉酒》里的四平调。蒋碧月身也不转，面朝了客人便唱了起来。唱到过门的时候，余参军长跑出去托了一个朱红茶盘进来，上面搁了那只金色的鸡缸杯，一手撩了袍子，在蒋碧月跟前做了个半跪的姿势，效那高力士叫道：

"启娘娘，奴婢敬酒。"

蒋碧月果然装了醉意，东歪西倒地做出了种种身段，一

个卧鱼弯下身去,用嘴将那只酒杯衔了起来,然后又把杯子当啷一声掷到地上,唱出了两句:

人生在世如春梦
且自开怀饮几盅

客人们早笑得滚做了一团,窦夫人笑得岔了气,沙着喉咙对赖夫人喊道:
"我看我们碧月今晚真的醉了!"
赖夫人笑得直用绢子揩眼泪,一面大声叫道:
"蒋小姐醉了倒不要紧,只要莫学那杨玉环又去喝一缸醋就行了。"
客人们正在闹着要蒋碧月唱下去,蒋碧月却摇摇摆摆地走了下来,把那位徐太太给抬了上去,然后对客人们宣布道:
"'赏心乐事'的昆曲台柱来给我们唱《游园》了,回头再请另一位昆曲皇后梅派正宗传人——钱夫人来接唱《惊梦》。"
钱夫人赶忙抬起了头来,将手里的茶杯搁到左边的矮几上,她看见徐太太已经站到了那档屏风前面,半背着身子,一只手却扶在插笙箫的那只乌木架上。她穿了一身净黑的丝绒旗袍,脑后松松地挽了一个贵妇髻,半面脸微微向外,莹白的耳垂露在发外,上面吊着一丸翠绿的坠子。客厅里几只喇叭形的座灯像数道注光,把徐太太那窈窕的身影,袅袅娜娜地推送到那档云母屏风上去。

"五阿姊,你仔细听听,看看徐太太的《游园》跟你唱的可有个高下。"

蒋碧月走了过来,一下子便坐到了程参谋的身边,伸过头来,一只手拍着钱夫人的肩,悄声笑着说道。

"夫人,今晚总算我有缘,能领教夫人的'昆腔'了。"

程参谋也转过头来,望着钱夫人笑道。钱夫人睇着蒋碧月手腕上那几只金光乱蹿的扭花镯子,她忽然感到一阵微微的晕眩,一股酒意涌上了她的脑门似的,刚才灌下去的那几杯花雕好像渐渐着力了,她觉得两眼发热,视线都有点朦胧起来。蒋碧月身上那袭红旗袍如同一团火焰,一下子明晃晃地烧到了程参谋的身上,程参谋衣领上那几枚金梅花,便像火星子般,跳跃了起来。蒋碧月的一对眼睛像两丸黑水银在她醉红的脸上溜转着,程参谋那双细长的眼睛却眯成了一条缝,射出了逼人的锐光,两张脸都向着她,一起咧着整齐的白牙,朝她微笑着,两张红得发油光的面靥渐渐地靠拢起来,凑在一块儿,咧着白牙,朝她笑着。笛子和洞箫都鸣了起来,笛音如同流水,把靡靡下沉的箫声又托了起来,送进《游园》的《皂罗袍》中去——

原来姹紫嫣红开遍

似这般都付与断井颓垣

良辰美景奈何天

便赏心乐事谁家院——

杜丽娘唱的这段"昆腔"便算是昆曲里的警句了。连吴声豪也说：钱夫人，您这段《皂罗袍》便是梅兰芳也不能过的。可是吴声豪的笛子却偏偏吹得那么高（吴师傅，今晚让她们灌多了，嗓子靠不住，你换枝调门低一点儿的笛子吧）。吴声豪说，练嗓子的人，第一要忌酒；然而月月红十七却端着那杯花雕过来说道：姊姊，我们姊妹俩儿也来干一杯。她穿得大金大红的，还要说：姊姊，你不赏脸。不是这样说，妹子，不是姊姊不赏脸，实在为着他是姊姊命中的冤孽。瞎子师娘不是说过：荣华富贵——蓝田玉，可惜你长错了一根骨头。冤孽呵。他可不就是姊姊命中招的冤孽了？懂吗？妹子，冤孽。然而他也捧着酒杯过来叫道：夫人。他笼着斜皮带，戴着金亮的领章，腰杆扎得挺细，一双带白铜刺的长筒马靴乌光水滑地啪哒一声靠在一起，眼皮都喝得泛了桃花，却叫道：夫人。谁不知道南京梅园新村的钱夫人呢？钱鹏公，钱将军的夫人啊。钱鹏志的夫人。钱鹏志的随从参谋。钱将军的夫人。钱将军的参谋。钱将军。难为你了，老五，钱鹏志说道，可怜你还那么年轻。然而年轻人哪里会有良心呢？瞎子师娘说，你们这种人，只有年纪大的才懂得疼惜啊。荣华富贵——只可惜长错了一根骨头。懂吗？妹子，他就是姊姊命中招的冤孽了。钱将军的夫人。钱将军的随从参谋。将军夫人。随从参谋。冤孽。我说。冤孽，我说。(吴师傅，换枝低一点的笛子吧，我的嗓子有点不行了。哎，这段《山坡羊》)

　　没乱里春情难遣

　　蓦地里怀人幽怨

　　则为俺生小婵娟

　　拣名门一例一例里神仙眷

　　甚良缘把青春抛的远

　　俺的睡情谁见——

　　那团红火焰又熊熊地冒了起来了，烧得那两道飞扬的眉毛，发出了青湿的汗光。两张醉红的脸又渐渐地靠拢在一处，一起咧着白牙，笑了起来。笛子上那几根玉管子似的手指，上下飞跃着。那袭袅娜的身影儿，在那档雪青的云母屏风上，随着灯光，仿仿佛佛地摇曳起来。笛子声愈来愈低沉，愈来愈凄咽，好像把杜丽娘满腔的怨情都吹了出来似的。杜丽娘快要入梦了，柳梦梅也该上场了。可是吴声豪却说，《惊梦》里幽会那一段，最是露骨不过的。(吴师傅，低一点儿吧，今晚我喝多了酒)然而他却偏捧着酒杯过来叫道：夫人。他那双乌光水滑的马靴啪哒一声靠在一处，一双白铜马刺扎得人的眼睛都发疼了。他喝得眼皮泛了桃花，还要那么叫道：夫人，我来扶你上马，夫人，他说道，他的马裤把两条修长的腿子绷得滚圆，夹在马肚子上，像一双钳子。他的马是白的，路也是白的，树干子也是白的，他那匹白马在猛烈的太阳底下照得发了亮。他们说：到中山陵的那条路上两旁种满了白桦树。他那匹白马在桦树林子里奔跑起来，活像一头麦秆丛中乱窜的白兔儿。太阳照在马背上，蒸出了一缕缕的白烟来。一匹白的，一匹黑的——两匹马都在淌着汗了。而他身上却沾满了触鼻的马汗。他的眉毛变得碧青，眼睛像两团烧着了的黑火，汗珠子一行行从他额上流到他鲜红的颧上来。太阳，我叫道。太阳照得人的眼睛都睁不开了。那些树干子，又白净，又细滑，一层层的树皮都卸掉了，露出里面赤裸裸的嫩肉来。他们说：那条路上种满了白桦树。太阳，我叫道，太阳直射到人的眼睛上来了。于是他便放柔了声音唤道：夫人。钱将军的夫人。钱将军的随从参谋。钱将军的——老五，钱鹏志叫道，他的喉咙已经咽住了。老五，他喑哑地喊道，你要珍重嚇。他的头发乱得像一丛枯白的茅草，他的眼睛坑出了两只黑窟窿，他从白床单下伸出他那只瘦黑的手来，说道，珍重嚇，老五。他抖索索地打开了那只描金的百宝匣儿，这是祖母绿，他取出了第一层抽屉。这是猫儿眼。这是翡翠叶子。珍重嚇，老五，他那乌青的嘴皮颤抖着，可怜你还这么年轻。荣华富贵——只可惜你长错了一根骨头。冤孽，妹子，他就是姊姊命中招的冤孽了。你听我说，妹子，冤孽呵。荣华富贵——可是我只活过那么一次。懂吗？妹子，他就是我的冤孽了。荣华富贵——只有那一次。荣华富贵——我只活过一次，懂吗？妹子，你听我说，妹子。姊姊不赏脸，月月红却端着酒过来说道，她的眼睛亮得剩了两泡水。姊姊到底不赏妹子的脸，她穿得一身大金大红的，像一团火一般，坐到了他的身边去。（吴师傅，我喝多了花雕）

迁延，这衷怀那处言
淹煎，泼残生除问天——

就是那一刻，泼残生——就在那一刻，她坐到他身边，一身大金大红的，就是那一刻，那两张醉红的面孔渐渐地凑拢在一起，就在那一刻，我看到了他们的眼睛：她的眼睛，他的眼睛。完了，我知道，就在那一刻，除问天——（吴师傅，我的嗓子）完了，我的喉咙，你摸摸我的喉咙，在发抖吗？完了，在发抖吗？天——（吴师傅，我唱不出来了）天——完了，荣华富贵——可是我只活过一次——冤孽、冤孽、冤孽——天——（吴师傅，我的嗓子）——就在那一刻，就在那一刻，哑掉了——天——天——天——

"五阿姊，该是你'惊梦'的时候了。"蒋碧月站了起来，走到钱夫人面前,伸出了她那一双戴满了扭花金丝镯的手臂,笑吟吟地说道。

"夫人——"程参谋也立了起来,站在钱夫人跟前,微微倾着身子,轻轻地叫道。

"五妹妹,请你上场吧。"窦夫人走了过来,一面向钱夫人伸出手说道。

锣鼓笙箫一起鸣了起来,奏出了一支《万年欢》的牌子。客人们都倏地离了座,钱夫人看见满客厅里都是些手臂在交挥拍击,把徐太太团团围在客厅中央。笙箫管笛愈吹愈急切,那面铜锣高高地举了起来,敲得金光乱闪。

"我不能唱了。"钱夫人望着蒋碧月,微微摇了摇两下头,喃喃说道。

"那可不行!"蒋碧月一把捉住了钱夫人的双手,"五阿姊,你这位名角儿今晚无论如何逃不掉的。"

"我的嗓子哑了。"钱夫人突然用力甩开了蒋碧月的双手,嘎声说道,她觉得全身的血液一下子都涌到头上来了似的,两腮滚热,喉头好像让刀片猛割了一下,一阵阵地刺痛起来,她听见窦夫人插进来说:

"五妹妹不唱算了——余参军长,我看今晚还是你这位黑头来压轴吧。"

"好呀,好呀,"那边赖夫人马上响应道,"我有好久没有领教余参军长的《霸王别姬》了。"

说着赖夫人便把余参军长推到了锣鼓那边。余参军长一站上去，便拱了手朝下面道了声"献丑"，客人们一阵哄笑，他便开始唱起《霸王别姬》中的几句诗来："力拔山兮气盖世，时不利兮骓不逝——"；一面唱着，一面又撩起了袍子，做了个上马的姿势，踏着马步便在客厅中央环走起来。他那张宽肥的醉脸涨得紫红，双眼圆睁，两道粗眉一齐竖起，几声呐喊，喑呜叱咤，把伴奏都压了下去。赖夫人笑得弯了腰，跑上去，跟在余参军长后头直拍着手，蒋碧月即刻上去加入了他们的行列，不停地尖起嗓子叫着："好黑头！好黑头！"另外几位女客也上去跟了她们喝彩，团团围走，于是客厅里的笑声便一阵比一阵暴涨了起来。余参军长一唱毕，几个着白衣黑裤的女佣已经端了一碗碗的红枣桂圆汤进来让客人们润喉了。

窦夫人引了客人们走到屋外露台上的时候，外面的空气里早充满了风露，客人们都穿上了大衣，窦夫人却围了一张白丝的大披肩，走到了台阶的下端去。钱夫人立在露台的石栏旁边，往天上望去，她看见那片秋月恰恰升到中天，把窦公馆花园里的树木路阶都照得镀了一层白霜，露台上那十几盆桂花，香气却比先前浓了许多，像一阵湿雾似的，一下子罩到了她的面上来。

"赖将军夫人的车子来了。"刘副官站在台阶下面，往上大声通报各家的汽车。头一辆开进来的,便是赖夫人那架黑色崭新的林肯,一个穿着制服的司机赶忙跳了下来,打开车门,弯了腰毕恭毕敬地候着。赖夫人走下台阶,和窦夫人道了别,把余参军长也带上了车,坐进去后,却伸出头来向窦夫人笑道:

"窦夫人,府上这一夜戏,就是当年梅兰芳和金少山也不能过的。"

"可是呢,"窦夫人笑着答道,"余参军长的黑头真是赛过金霸王了。"

立在台阶上的客人都笑了起来,一起向赖夫人挥手作别。第二辆开进来的,却是窦夫人自己的小轿车,把几位票友客人都送走了。接着程参谋自己开了一辆吉普军车进来,蒋碧月马上走了下去,捞起旗袍,跨上车子去,程参谋赶着过来,把她扶上了司机旁边的座位上,蒋碧月却歪出半个身子来笑道:

"这辆吉普车连门都没有,回头怕不把我甩出马路上去呢。"

"小心点开啊,程参谋。"窦夫人说道,又把程参谋叫了过去,附耳嘱咐了几句,程参谋直点着头笑应道:

"夫人请放心。"

然后他朝了钱夫人,立了正,深深地行了一个礼,抬起头来笑道:

"钱夫人,我先告辞了。"

说完便利落地跳上了车子,发了火,开动起来。

"三阿姊再见!五阿姊再见!"

蒋碧月从车门伸出手来,不停地招挥着,钱夫人看见她臂上那一串扭花镯子,在空中划了几个金圈圈。

"钱夫人的车子呢?"客人快走尽的时候,窦夫人站在台阶下问刘副官道。

"报告夫人,钱将军夫人是坐计程车来的。"刘副官立了正答道。

"三阿姊——"钱夫人站在露台上叫了一声。

"那么我的汽车回来,立刻传进来送钱夫人吧。"窦夫人马上接口道。

"是,夫人。"刘副官接了命令便退走了。

窦夫人回转身,便向着露台走了上来,钱夫人看见她身上那块白披肩,在月光下,像朵云似的簇拥着她。一阵风掠过去,周遭的椰树都沙沙地鸣了起来,把窦夫人身上那块大披肩吹得姗姗扬起,钱夫人赶忙用手把大衣领子锁了起来,连连打了两个寒噤,刚才滚热的面腮,吃这阵凉风一逼,汗毛都张开了。

"我们进去吧,五妹妹。"窦夫人伸出手来,搂着钱夫人的肩膀往屋内走去,"我叫人沏壶茶来,我们正好谈谈心——你这么久没来,可发觉台北变了些没有?"

钱夫人沉吟了半晌,侧过头来答道:

"变多喽。"

走到房子门口的时候,她又轻轻地加了一句:

"变得我都快不认识了——起了好多新的高楼大厦。"

冬 夜

台北的冬夜,经常是下着冷雨的。傍晚时分,一阵乍寒,雨,又淅淅沥沥开始落下来了。温州街那些巷子里,早已冒起寸把厚的积水来。余嵚磊教授走到巷子口去张望时,脚下套着一双木屐。他撑着一把油纸伞,纸伞破了一个大洞,雨点漏下来,打到余教授十分光秃的头上,冷得他不由得缩起脖子打了一个寒噤。他身上罩着的那袭又厚又重的旧棉袍,竟也敌不住台北冬夜那阵阴湿砭骨的寒意了。

巷子里灰濛濛的一片,一个人影也没有,四周沉静,只有雨点洒在远远近近那些矮屋的瓦檐上,发出一阵沙沙的微响。余教授在冷雨中,撑着他那把破纸伞,伫立了片刻,终于又踅回到他巷子里的家中去。他的右腿跛瘸,穿着木屐,走一步,拐一下,十分蹒跚。

余教授栖住的这栋房子,跟巷中其他那些大学宿舍一样,都是日据时代留下来的旧屋。年久失修，屋檐门窗早已残破不堪，客厅的地板，仍旧铺着榻榻米，积年的潮湿，席垫上一径散着一股腐草的霉味。客厅里的家具很简陋：一张书桌、一张茶几、一对褴褛的沙发，破得肚子统统暴出了棉絮来。桌上、椅上、榻榻米上，七横八竖，堆满了一本本旧洋装书，有的脱了线，有的发了毛，许多本却脱落得身首异处，还有几本租来的牛皮纸封面武侠小说，也掺杂其中。自从余教授对他太太着实发过一次脾气以后，他家里的人，再也不敢碰他客厅里那些堆积如山的书了。有一次，他太太替他晒书，把他夹在一本牛津版的《拜伦诗集》中的一叠笔记弄丢了——那些笔记，是他二十多年前，在北京大学教书时候，记下来的心得。

余教授走进客厅里，在一张破沙发上坐了下来，微微喘着气。他用手在他右腿的关节上，使劲地揉搓了几下。每逢这种阴湿天，他那只撞伤过的右腿，便隐隐作痛起来，下午他太太到隔壁萧教授家去打麻将以前，还嘱咐过他：

"别忘了，把于善堂那张膏药贴起来。"

"晚上早点回来好吗？"他要求他太太，"吴柱国要来。"

"吴柱国又有什么不得了？你一个人陪他还不够？"他太太用手绢子包起一扎钞票，说着便走出大门去了。那时他手中正捏着一张《中央日报》，他想阻止他太太，指给她看，报上登着吴柱国那张照片："我旅美学人，国际历史权威，吴柱国教授，昨在'中央研究院'，作学术演讲，与会学者名流共百余人。"可是他太太老早三脚两步，跑到隔壁去了。隔壁萧太太二四六的牌局，他太太从来没缺过席，他一讲她，她便封住他的嘴：别捣蛋，老头子，我去赢个百把块钱，买只鸡来炖给你吃。他对他太太又不能经济封锁，因为他太太总是赢的，自己有私房钱。他跟他太太商量，想接吴柱国到家里来吃餐便饭，一开口便让他太太否决了。他目送着他太太那肥胖硕大的背影，突然起了一阵无可奈何的惆怅。要是雅馨还在，晚上她一定会亲自下厨去做出一桌子吴柱国爱吃的菜来，替他接风了。那次在北平替吴柱国饯行，吴柱国吃得酒酣耳热，对雅馨说："雅馨，明年回国再来吃你做的挂炉鸭。"哪晓得第二年北平便陷落了，吴柱国一出国便是二十年。那天在松山机场见到他，许多政府官员、报社记者，还有一大群闲人，把吴柱国围得水泄不通，他自己却被人群摞在外面，连跟吴柱国打招呼的机会都没有。那天吴柱国穿着一件黑呢大衣，戴着一副银丝边的眼镜，一头头发白得雪亮，他手上持着烟斗，从容不迫，应对那些记者的访问。他那份恂恂儒雅，那份令人肃然起敬的学者风范，好像随着岁月，变得愈更醇厚了一般。后来还是吴柱国在人群中发现了他，才挤过来，执着他的手，在他耳边悄悄说道：

"还是过两天，我来看你吧。"

"钦磊——"

余教授猛然立起身来,蹭着迎过去,吴柱国已经走上玄关来了。

"我刚才还到巷子口去等你,怕你找不到。"余教授蹲下身去,在玄关的矮柜里摸索了一阵,才拿出一双草拖鞋来,给吴柱国换上,有一只却破得张开了口。

"台北这些巷子真像迷宫,"吴柱国笑道,"比北平那些胡同还要乱多了。"他的头发淋得湿透,眼镜上都是水珠。他脱下大衣,抖了两下,交给余教授,他里面却穿着一件中国丝绵短袄。他坐下来时,忙掏出手帕,把头上脸上揩拭了一番,他那一头雪白的银发,都让他揩得蓬松零乱起来。

"我早就想去接你来了,"余教授将自己使用的那只保暖杯拿出来泡了一杯龙井搁在吴柱国面前,他还记得吴柱国是不喝红茶的,"看你这几天那么忙,我也就不趁热闹了。"

"我们中国人还是那么喜欢应酬,"吴柱国摇着头笑道,"这几天,天天有人请吃酒席,十几道十几道的菜——"

"你再住下去,恐怕你的老胃病又要吃犯了呢。"余教授在吴柱国对面坐下来,笑道。

"可不是?我已经吃不消了!今晚邵子奇请客,我根本没有下箸——邵子奇告诉我,他也有好几年没见到你了。你们两人——"吴柱国望着余教授,余教授摸了一摸他那光秃的头,轻轻吁了一口气,笑道:

"他正在做官,又是个忙人。我们见了面,也没什么话说。我又不会讲虚套,何况对他呢?所以还是不见面的好。你是记得的:我们当年参加'励志社',头一条誓言是什么?"

吴柱国笑了一笑,答道:

"二十年不做官。"

"那天宣誓,还是邵子奇带头宣读的呢!当然,当然,二十年的期限,早已过了——"余教授和吴柱国同时都笑了起来。吴柱国捧起那盅龙井,吹开浮面的茶叶,啜了一口,茶水的热气,把他的眼镜子蒸得模糊了。他除下眼镜,一面擦着,一面觑起眼睛,若有所思地叹了一口气,说道:

"这次回来,'励志社'的老朋友,多半都不在了——"

"贾宜生是上个月去世的,"余教授答道,"他的结局很悲惨。"

"我在国外报上看到了,登得并不清楚。"

"很悲惨的——"余教授又喃喃地加了一句。

"他去世的前一天我还在学校看到他。他的脖子硬了,嘴巴也歪了——上半年他摔过一跤,摔破了血管——我看见他气色很不好,劝他回家休息,他只苦笑了一下。我知道,他的环境困得厉害,太太又病在医院里。那晚他还去兼夜课,到了学校门口,一跤滑在阴沟里,便完了——"余教授摊开双手,干笑了一声,"贾宜生,就这样完了。"

"真是的——"吴柱国含糊应道。

"我仿佛听说陆冲也亡故了,你在外国大概知道得清楚些。"

"陆冲的结局,我早料到了,"吴国柱叹道,"'反右运动',北大学生清算陆冲,说他那本《中国哲学史》为孔教作伥,要他写悔过书认错,陆冲的性格还受得了?当场在北大便跳了楼。"

"好!好!"余教授突然亢奋了起来,在大腿上猛拍了两下,"好个陆冲,我佩服他,他不愧是个弘毅之士!"

"只是人生的讽刺也未免太大了,"吴柱国唏嘘道,"当年陆冲还是个打倒'孔家店'的人物呢。"

"何尝不是?"余教授也莫奈何地笑了一下,"就拿这几个人来说:邵子奇、贾宜生、陆冲、你、我,还有我们那位给枪毙了的日本大汉奸陈雄——当年我们几个人在北大,一起说过些什么话?"

吴柱国掏出烟斗,点上烟,深深吸了一口,吁着烟,若有所思地沉默了片刻,突然他摇着头笑出了声音来,歪过身去对余教授说道:

"你知道,嵚磊,我在国外大学开课,大多止于唐宋,民国史我是从来不开的。上学期,我在加州大学开了一门'唐代政治制度'。这阵子,美国大学的学潮闹得厉害,加大的学生更不得了,他们把学校的房子也烧掉了,校长撵走了,教授也打跑了。他们那么胡闹,我实在看不惯。有一天下午,我在讲'唐初的科举制度',学校里,学生正在跟警察大打出手,到处放瓦斯,简直不像话!你想想,那种情形,我在讲第七世纪中国的考试制度,那些蓬头赤足,跃跃欲试的美国学生,怎么听得进去?他们坐在教室里,眼睛都瞅着窗外。我便放下了书,对他们说道:'你们这样就算闹学潮了吗?四十多年前,中国学生在北京闹学潮,比你们还要凶百十倍呢!'他们顿时动容起来,脸上一副半信半疑的神情,好像说:'中国学生也会闹学潮吗?'"吴柱国和余教授同时都笑了起来。

"于是我便对他们说道:'一九一九年五月四日,一群北京大学领头的学生,为了反日本,打到一个卖国求荣的政府官员家里,烧掉了他的房子,把躲在里面的一个驻日公使,揪了出来,痛揍一顿——'那些美国学生听得肃然起敬起来,他们口口声声反越战,到底还不敢去烧他们的五角大厦呢。'后来这批学生都下了狱,被关在北京大学的法学院内,一共有一千多人——'我看见他们听得全神贯注了,我才慢慢说道,'下监那群学生当中领头打驻日公使的,便是在下。'他们哄堂大笑起来,顿足的顿足,拍手的拍手,外面警察放枪他们也听不见了——"余教授笑得一颗光秃的头颅前后乱晃起来。

"他们都抢着问,我们当时怎样打赵家楼的,我跟他们说,我们是叠罗汉爬进曹汝霖家里去的。第一个爬进去的那个学生，把鞋子挤掉了。打着一双赤足，满院子乱跑，一边放火。'那个学生现在在哪里？'他们齐声问道。我说：'他在台湾一间大学教书，教拜伦。'那些美国学生一个个都笑得乐不可支起来——"

余教授那张皱纹满布的脸上，突然一红，绽开了一个近乎童稚的笑容来，他讪讪地咧着嘴，低头下去瞅了一下他那一双脚，他没有穿拖鞋，一双粗绒线袜，后跟打了两个黑布补丁，他不由得将一双脚合拢在一起，搓了两下。

"我告诉他们：我们关在学校里，有好多女学生来慰问，一个女师大的校花，还跟那位打赤足放火的朋友结成了姻缘，他们两人，是当时中国的罗密欧与朱丽叶——"

"柱国，你真会开玩笑。"余教授一面摸抚着他那光秃的头顶，不胜唏嘘地笑道。他看见吴柱国那杯茶已经凉了，便立起身，一拐一拐地，去拿了一只暖水壶来，替吴柱国斟上滚水，一面反问他：

"你为什么不告诉你学生，那天领队游行扛大旗的那个学生，跟警察打架，把眼镜也打掉了？"

吴柱国也讪讪地笑了起来。

"我倒是跟他们提起：贾宜生割开手指，在墙上写下了'还我青岛'的血书，陈雄却穿了丧服，举着'曹陆章遗臭万年'的挽联，在街上游行——"

"贾宜生——他倒是一直想做一番事业的——"余教授

坐下来，喟然叹道。

"不知他那本《中国思想史》写完了没有？"吴柱国关怀地问道。

"我正在替他校稿，才写到宋明理学，而且——"余教授皱起眉头说，"最后几章写得太潦草，他的思想大不如从前那样敏锐过人了，现在我还没找到人替他出版呢，连他的安葬费还是我们这几个老朋友拼凑的。"

"哦？"吴柱国惊异道，"他竟是这样的——"

余教授和吴柱国相对坐着，渐渐默然起来。吴柱国两只手伸到袖管里去，余教授却轻轻地在敲着他那只僵痛的右腿。

"柱国——"过了半晌，余教授抬起头来望着吴柱国说道，"我们这伙人，总算你最有成就。"

"我最有成就？"吴柱国惊愕地抬起头来。

"真的，柱国，"余教授的声音变得有点激动起来，"这些年，我一事无成。每次在报纸上看见你扬名国外的消息，我就不禁又感慨、又欣慰，至少还有你一个人在学术界替我们争一口气——"余教授说着禁不住伸过手去，捏了一下吴柱国的膀子。

"嶔磊——"吴柱国突然挣开余教授的手叫道，余教授发觉他的声音里竟充满了痛苦，"你这样说，更是叫我无地自容了！"

"柱国？"余教授缩回手，喃喃唤道。

"嵌磊，我告诉你一件事，你就懂得这些年我在国外的心情了，"吴柱国把烟斗搁在茶几上，卸下了他那副银丝边的眼镜，用手捏了一捏他那紧皱的眉心，"这些年，我都是在世界各地演讲开会度过去的，看起来热闹得很。上年东方历史学会在旧金山开会，我参加的那一组，有一个哈佛大学刚毕业的美国学生，宣读他一篇论文，题目是《五四运动的重新估价》。那个小伙子一上来便把'五四'批评得体无完肤，然后振振有词地结论道：这批狂热的中国知识青年，在一阵反传统，打倒偶像的运动中，将在中国实行了两千多年的孔制彻底推翻，这些青年，昧于中国国情，盲目崇拜西方文化，迷信西方民主科学，造成了中国思想界空前的大混乱。但是这批在父权中心社会成长的青年，既没有独立的思想体系，又没有坚定的意志力，当孔制传统一旦崩溃，他们顿时便失去了精神的依赖，于是彷徨、迷失，如同一群弑父的逆子——他们打倒了他们的精神之父，孔子——背负着重大的罪孽，开始了他们精神上的自我放逐，有的投入极权怀抱，有的重新回头拥抱他们早已残破不堪的传统，有的奔逃海外，做了明哲保身的隐士。他们的运动瓦解了、变质了。有些中国学者把'五四'比作中国的'文艺复兴'，我认为，这只能算是一个流产了的'文艺复兴'。他一念完，大家都很激动，尤其是几个中国教授和学生，目光一起投向我，以为我一定会起来发言。可是我一句话也没有说，默默地离开了会场——"

"噢，柱国——"

"那个小伙子有些立论是不难辩倒的，可是，钦磊——"吴柱国的声音都有些哽住了，他干笑了一声，"你想想看，我在国外做了几十年的逃兵，在那种场合，还有什么脸面挺身出来，为'五四'讲话呢？所以这些年在外国，我总不愿意讲民国史，那次在加大提到'五四'，还是看见他们学生学潮闹得热闹，引起我的话题来——也不过是逗着他们玩玩，当笑话讲罢了。我们过去的光荣，到底容易讲些，我可以毫不汗颜地对我的外国学生说：'李唐王朝，造就了当时世界上最强盛、文化最灿烂的大帝国。'——就是这样，我在外国喊了几十年，有时也不禁好笑，觉得自己真是像唐玄宗的白发宫女，拼命在向外国人吹嘘天宝遗事了——"

"可是柱国，你写了那么多的著作！"余教授几乎抗议地截断吴柱国的话。

"我写了好几本书：《唐代宰相的职权》、《唐宋藩镇制度》，我还写过一本小册子叫《唐明皇的梨园子弟》，一共几十万字——都是空话啊——"吴柱国摇着手喊道，然后他又冷笑了一声，"那些书堆在图书馆里，大概只有修博士的美国学生，才会去翻翻罢了。"

"柱国，你的茶凉了，我给你去换一杯来。"余教授立起身来，吴柱国一把执住他的手，抬起头望着他说道：

"嵚磊,我对你讲老实话:我写那些书,完全是为了应付美国大学,不出版著作,他们便要解聘,不能升级,所以隔两年,我便挤出一本来,如果不必出版著作,我是一本也不会写的了。"

"我给你去弄杯热茶来。"余教授喃喃地重复道,他看见吴柱国那张文雅的脸上,微微起着痉挛。他蹭到客厅一角的案边,将吴柱国那杯凉茶倒进痰盂里,重新沏上一杯龙井,他手捧着那只保暖杯,十分吃力地拐回到座位上去,他觉得他那只右腿,坐久了,愈来愈僵硬,一阵阵的麻痛,从骨节里渗出来。他坐下后,又禁不住用手去捏榨了一下。

"你的腿好像伤得不轻呢。"吴柱国接过热茶去,关注着余教授说道。

"那次给撞伤,总也没好过,还没残废,已是万幸了。"余教授解嘲一般笑道。

"你去彻底治疗过没有?"

"别提了,"余教授摆手道,"我在台大医院住了五个月。他们又给我开刀,又给我电疗,东搞西搞,愈搞愈糟,索性瘫掉了。我太太也不顾我反对,不知哪里弄了一个打针灸的郎中来,戳了几下,居然能下地走动了!"余教授说着,很无可奈何地摊开手笑了起来,"我看我们中国人的毛病,也特别古怪些,有时候,洋法子未必奏效,还得弄帖土药秘方来治一治,像打金针,乱戳一下,作兴还戳中了机关——"

说着，吴柱国也跟着摇摇头，很无奈地笑了起来，跟着他伸过手去，轻轻拍了一下余教授那条僵痛的右腿，说道：

"你不知道，嶔磊，我在国外，一想到你和贾宜生，就不禁觉得内愧。生活那么清苦，你们还能在台湾守在教育的岗位上，教导我们自己的青年——"吴柱国说着，声音都微微颤抖了，他又轻轻地拍了余教授一下。

"嶔磊，你真不容易——"

余教授默默地望着吴柱国，半晌没有作声，他搔了一搔他那光秃的头顶，笑道：

"现在我教的，都是女学生，上学期，一个男生也没有了。"

"你教'浪漫文学'，女孩子自然是喜欢的。"吴柱国笑着替余教授解说道。

"有一个女学生问我：'拜伦真的那样漂亮吗？'我告诉她：'拜伦是个跛子，恐怕跛得比我还要厉害哩。'那个女孩子顿时一脸痛苦不堪的样子，我只得安慰她：'拜伦的脸蛋儿还是十分英俊的'——"余教授和吴柱国同时笑了起来。"上学期大考，我出了一个题目要她们论'拜伦的浪漫精神'，有一个女孩子写下了一大堆拜伦情妇的名字，连他的妹妹Augusta也写上去了！"

"教教女学生也很有意思的。"吴柱国笑得低下头去，"你译的那部《拜伦诗集》，在这里一定很畅销了？"

"《拜伦诗集》我并没有译完。"

"哦——"

"其实只还差'Don Juan'最后几章,这七八年,我没译过一个字,就是把拜伦译出来,恐怕现在也不会有多少人看了——"余教授颇为落寞地叹了一口气,定定地注视着吴柱国,"柱国,这些年,我并没有你想象那样,并没有想'守住岗位',这些年,我一直在设法出国——"

"嶔磊——你——"

"我不但想出国,而且还用尽了手段去争取机会。每一年,我一打听到我们文学院有外国赠送的奖金,我总是抢先去申请。前五年,我好不容易争到了哈佛大学给的福特奖金,去研究两年,每年有九千多美金。出国手续全部我都办妥了,那天我去签证,领事还跟我握手道贺。哪晓得一出门口,一个台大学生骑着一辆机器脚踏车过来,一撞,便把我的腿撞断了。"

"哎,嶔磊。"吴柱国暧昧地叹道。

"我病在医院里,应该马上宣布放弃那项奖金的,可是我没有,我写信给哈佛,说我的腿只受了外伤,治愈后马上出去。我在医院里躺了五个月,哈佛便取消了那项奖金。要是我早让出来,也许贾宜生便得到了——"

"贾宜生吗?"吴柱国惊叹道。

"贾宜生也申请了的,所以他过世,我特别难过,觉得对不起他。要是他得到那项奖金,能到美国去,也许就不会病死了。他过世,我到处奔走替他去筹治丧费及抚恤金,他太太也病得很厉害。我写信给邵子奇,邵子奇派了一个人,只送了一千块台币来——"

"唉,唉。"吴柱国连声叹道。

"可是柱国,"余教授愀然望着吴柱国,"我自己实在也很需要那笔奖金。雅馨去世的时候,我的两个儿子都很小,雅馨临终要我答应,一定抚养他们成人,给他们受最好的教育。我的大儿子出国学工程,没有申请到奖学金,我替他筹了一笔钱,数目相当可观,我还了好几年都还不清。所以我那时想,要是我得到那笔奖金,在国外省用一点,就可以偿清我的债务了。没想到——"余教授耸一耸肩膀,干笑了两声。吴柱国举起手来,想说什么,可是他的嘴唇动了一下,又默然了。过了片刻,他才强笑道:

"雅馨——她真是一个叫人怀念的女人。"

窗外的雨声,飒飒娑娑,愈来愈大了,寒气不住地从门隙窗缝里钻了进来,一阵大门开阖的声音,一个青年男人从玄关走了上来。青年的身材颀长,披着一件深蓝的塑胶雨衣,一头墨浓的头发洒满了雨珠,他手中捧着一大叠书本,含笑点头,便要往房中走去。

"俊彦,你来见见吴伯伯。"余教授叫住那个青年。吴柱国朝那个眉目异常英爽的青年打量了一下,不由得笑出了声音来。

"嵚磊，你们两父子怎么——"吴柱国朝着俊彦又指了一下，笑道，"俊彦，要是我来你家，先看到你，一定还以为你父亲返老还童了呢！嵚磊，你在北大的时候，就是俊彦这个样子！"说着三个人都笑了起来。

"吴伯伯在加大教书，你不是想到加大去念书吗？可以向吴伯伯请教请教。"余教授对他儿子说道。

"吴伯伯，加大物理系容易申请奖学金吗？"俊彦很感兴趣地问道。

"这个——"吴柱国迟疑了一下，"我不太清楚，不过加大理工科的奖学金比文法科多多了。"

"我听说加大物理系做一个实验，常常要花上几十万美金呢！"俊彦年轻的脸上，现出一副惊羡的神情。

"美国实在是个富强的国家。"吴柱国叹道。俊彦立了一会儿，便告退了。余教授望着他儿子的背影，悄声说道：

"现在男孩子，都想到国外去学理工。"

"这也是大势所趋。"吴柱国应道。

"从前我们不是拼命提倡'赛先生'吗？现在'赛先生'差点把我们的饭碗都抢跑了。"余教授说着跟吴柱国两人都苦笑了起来。余教授立起身，又要去替吴柱国斟茶，吴柱国忙止住他，也站了起来说道：

"明天一早我还要到政治大学去演讲，我还是早点回去休息吧。"说着，他沉吟了一下，"后天我便要飞西德，去参加一个汉学会议,你不要来送我了,我这就算告辞了吧。"

余教授把吴柱国的大衣取来递给他,有点歉然地说道:

"真是的,你回来一趟,连便饭也没接你来吃。我现在这位太太——"余教授尴尬地笑了一下。

"嫂夫人哪里去了?我还忘了问你。"吴柱国马上接口道。

"她在隔壁,"余教授有点忸怩起来,"在打麻将。"

"哦,那么你便替我问候一声吧。"吴柱国说着便走向了大门去。余教授仍旧套上他的木屐,撑起他那把破油纸伞,跟了出去。

"不要出来了,你走路又不方便。"吴柱国止住余教授。

"你没戴帽子,我送你一程。"余教授将他那把破纸伞遮住了吴柱国的头顶,一只手揽在他的肩上,两个人向巷口走了出去。巷子里一片漆黑,雨点无边无尽地飘洒着。余教授和吴柱国两人依在一起,踏着巷子里的积水,一步一步,迟缓、蹒跚、蹭蹬着。快到巷口的时候,吴柱国幽幽地说道:

"钦磊,再过一阵子,也许我也要回台湾来了。"

"你要回来?"

"还有一年我便退休了。"

"是吗?"

"我现在一个人在那边,颖芬不在了,饮食很不方便,胃病常常犯,而且——我又没有儿女。"

"哦——"

218

"我看南港那一带还很幽静,'中央研究院'又在那里。"

"南港住家是不错的。"

雨点从纸伞的破洞漏了下来,打在余教授和吴柱国的脸上,两个人都冷得缩起了脖子。一辆计程车驶过巷口,余教授马上举手截下。计程车司机打开了门,余教授伸出手去跟吴柱国握手道别,他执住吴柱国的手,突然声音微微颤抖地说道:

"柱国,有一件事,我一直不好意思向你开口——"

"嗯?"

"你可不可以替我推荐一下,美国有什么大学要请人教书,我还是想出去教一两年。"

"可是——恐怕他们不会请中国人教英国文学哩。"

"当然,当然,"余教授咳了一下,干笑道,"我不会到美国去教拜伦了——我是说有学校需要教教中文什么的。"

"哦——"吴柱国迟疑了,说道,"好的,我替你去试试吧。"

吴柱国坐进车内,又伸出手来跟余教授紧紧握了一下。余教授趑回家中,他的长袍下摆都已经潮湿了,冷冰冰地贴在他的腿胫上,他右腿的关节,开始剧痛起来。他拐到厨房里,把暖在炉灶上那贴于善堂的膏药,取下来,热烘烘地便贴到了膝盖上去,他回到客厅中,发觉靠近书桌那扇窗户,让风吹开了,来回开阖,发出砰砰的响声,他赶忙蹭过去,将那扇窗拴上。他从窗缝中,看到他儿子房中的灯光仍然亮着,俊彦坐在窗前，低着头在看书，他那年轻英爽的侧影，映在窗框里。余教授微微吃了一惊，他好像骤然看到了自己年轻时的影子一般，他已经逐渐忘怀了他年轻时的模样了。他记得就是在俊彦那个年纪，二十岁，他那时认识雅馨的。那次他们在北海公园，雅馨刚剪掉辫子，一头秀发让风吹得飞了起来，她穿着一条深蓝的学生裙站在北海边，裙子飘飘的，西天的晚霞，把一湖的水照得火烧一般，把她的脸也染红了。他在《新潮》上投了一首新诗，就是献给雅馨的：

　　当你倚在碧波上
　　满天的红霞
　　便化做了朵朵莲花
　　托着你
　　随风飘去
　　馨馨
　　你是凌波仙子
　　——

　　余教授摇了一摇他那十分光秃的脑袋，有点不好意思地笑了起来。他发觉书桌上早飘进了雨水，把他堆在上面的书本都打湿了。他用他的衣袖在那些书本的封面上揩了一揩，随便拾起了一本《柳湖侠隐记》，又坐到沙发上去。在昏暗的灯光下，他翻了两页，眼睛便合上了，头垂下去，开始一点一点地，打起盹来，朦胧中，他听到隔壁隐约传来一阵阵洗牌的声音及女人的笑语。

台北的冬夜愈来愈深了，窗外的冷雨，却仍旧绵绵不绝地下着。

国 葬

一个十二月的清晨，天色阴霾，空气冷峭，寒风阵阵地吹掠着。台北市立殡仪馆门口，祭奠的花圈，白簇簇地排到了街上。两排三军仪队，头上戴着闪亮的钢盔，手里持着枪，分左右肃立在大门外。街上的交通已经断绝，偶尔有一两部黑色官家汽车，缓缓地驶了进来。这时一位老者，却拄着拐杖，步行到殡仪馆的大门口。老者一头白发如雪，连须眉都是全白的；他身上穿了一套旧的藏青哔叽中山装，脚上一双软底黑布鞋。他停在大门口的牌坊面前，仰起头，觑起眼睛，张望了一下，"李故陆军一级上将浩然灵堂"，牌坊上端挂着横额一块。老者伫立片刻，然后拄着拐杖，弯腰成了一把弓，颤巍巍地往灵堂里，蹭了进去。

灵堂门口，搁着一张写字桌，上面置了砚台、墨笔并摊着一本百折签名簿。老者走近来，守在桌后一位穿了新制服，侍从打扮的年轻执事,赶紧做了一个手势,请老者签名。

"我是秦义方,秦副官。"老者说道。

那位年轻侍从却很有礼貌地递过一支蘸饱了墨的毛笔来。

"我是李将军的老副官。"

秦义方板着脸严肃地说道,他的声音都有些颤抖了,说完,他也不待那位年轻侍从搭腔,径自拄着拐杖,一步一步,往灵堂里走去。灵堂内疏疏落落,只有几位提早前来吊唁的政府官员。四壁的挽联挂得满满的,许多副长得拖到地面,给风吹得飘浮了起来。堂中灵台的正中,悬着一幅李浩然将军穿军礼服满身佩挂勋章的遗像,左边却张着一幅绿色四星上将的将旗,台上供满了鲜花水果,香筒里的檀香,早已氤氲地升了起来了。灵台上端,一块匾额却题着"轸念勋猷"四个大字。秦义方走到灵台前端站定,勉强直起腰,做了一个立正的姿势。立在灵台右边的那位司仪,却举起了哀来,唱道:

"一鞠躬——"

秦义方也不按规矩,把拐杖撂在地上,挣扎着伏身便跪了下去,磕了几个响头,抖索索地撑着站起来,直喘气,他扶着拐杖,兀自立在那里,掏出手帕来,对着李将军的遗像,又擤鼻涕,又抹眼泪。他身后早立了几位官员,在等着致祭。一位年轻侍从赶忙走上来,扶着他的手膀,要引他下去。秦义方猛地挣脱那位年轻侍从的手,回头狠狠地瞪了那个小伙子一眼,才径自拄着拐杖,退到一旁去。他瞪着那几位在灵堂里穿来插去，收拾得头光脸净的侍从，一股怒气，像盆火似的，便煽上了心头来。长官直是让这些小野种害了的！他心中恨恨地咕噜着，这起吃屎不知香臭的小王八，哪里懂得照顾他？只有他秦义方，只有他跟了几十年，才摸清楚了他那一种拗脾气。你白问他一声："长官，你不舒服吗？"他马上就黑脸。他病了，你是不能问的，你只有在一旁悄悄留神守着。这起小王八羔子，他们哪里懂得？前年长官去花莲打野猪，爬山滑了一跤，把腿摔断了，他从台南赶上来看他。他腿上绑了石膏，一个人孤零零地靠在客厅里沙发上。"长官，你老人家也该保重些了。"他劝他道。他把眉头一竖，脸上有多少不耐烦的模样。这些年没有仗打了，他就去爬山、去打猎。七十多岁的人，还是不肯服老呢。

秦义方朝着李将军那幅遗像又瞅了一眼，他脸上还是一副倔强的样子！秦义方摇了一摇头，心中叹道，他称了一辈子的英雄，哪里肯随随便便就这样倒下去呢？可是怎么说他也不应该抛开他的，"秦义方，台南天气暖和，好养病。"他对他说。他倒嫌他老了？不中用了？得了哮喘病？主人已经开了口，他还有脸在公馆里赖下去吗？打北伐那年起，他背了暖水壶跟着他，从广州打到了山海关，几十年间，什么大风大险，都还不是他秦义方陪着他度过去的？服侍了他几十年，他却对他说："秦义方，这是为你好。"人家提一下："李浩然将军的副官。"他都觉得光彩得不得了。一个白发苍苍的老侍从喽，还要让自己长官这样撑出门去。想想看，是件很体面的事吗？住在荣民医院里，别人问起来，他睬都不睬，整天他都闭上眼睛装睡觉。那晚他分明看见他骑着他那匹"乌云盖雪"奔过来，向他喊道："秦副官，我的指挥刀不见了。"吓得他滚下床来，一身冷汗，他就知道："长官不好了！"莫看他军队带过上百万，自己连冷热还搞不清楚呢。夫人过世后这些年，冬天夜里，常常还是他爬起来，替他把被盖上的。这次要是他秦义方还在公馆里，他就不会出事了。他看得出他不舒服，他看得出他有病，他会守在他旁边。这批新人！这批小野种子！是很有良心的吗？听说那晚长官心脏病发，倒在地板上，跟前一个人都不在，连句话也没能留下来。

"三鞠躬——"

司仪唱道。一位披麻戴孝，架着一副眼镜的中年男人走了出来，也跪在灵台边，频频向吊唁的客人答谢。

"少爷——"

秦义方颤巍巍地赶着蹭了过去，走到中年男人面前，低声唤道。

"少爷，我是秦副官。"

秦义方那张皱成了一团的老脸上，突然绽开了一抹笑容来。他记得少爷小时候，他替他穿上一套军衣马裤，一双小军靴，还扣上一张小军披风。他拉着他的手，急急跑到操场上，长官正骑在他那匹大黑马上等着，大黑马身后却立着一匹小白驹,两父子倏地一下,便在操场上跑起马来。他看见他们两人一大一小,马背上起伏着,少爷的小披风吹得飞张起来。当少爷从军校装病退下来,跑到美国去,长官气得一脸铁青,指着少爷喝道:

"你以后不必再来见我的面!"

"长官——他——"

秦义方伸出手去,他想去拍拍中年男人的肩膀,他想告诉他:父子到底还是父子。他想告诉他:长官晚年,心境并不太好。他很想告诉他:夫人不在了,长官一个人在台湾,也是很寂寞的。可是秦义方却把手又缩了回来,中年男人抬起头来,瞅了他一眼,脸上漠然,好像不甚相识的模样。一位穿戴得很威风的主祭将官走了上来,顷刻间,灵堂里黑压压的早站满了人。秦义方赶忙退回到灵堂的一角,他看见人群里,一排一排,许多将级军官,凝神屏气地肃立在那里。主祭官把祭文高举在手里,操着嘹亮的江浙腔,很有节奏地颂读起来:

    桓桓上将　时维鹰扬
    致身革命　韬略堂堂
    北伐云从　帷幄疆场
    同仇抗日　筹笔赞襄——

祭文一念完,公祭便开始了。首先是陆军总司令部,由一位三星上将上来主祭献花圈,他后面立着三排将官,都是一式大礼服,佩戴得十分堂皇。秦义方觑起眼睛,仔细地瞅了一下,这些新升起来的将官们,他一位都不认识了,接着三军各部、政府各院,络绎不绝,纷纷上来致祭。秦义方跐起脚,昂着头,在人堆子里尽在寻找熟人,找了半天,他看见两个老人并排走了上来,那位身穿藏青缎袍,外罩马褂,白须白髯,身量硕大的,可不是章司令吗?秦义方往前走了一步,眼睛眯成了一条缝。他一直在香港隐居,竟也赶来了。他旁边那位抖索索、病恹恹,由一个老苍头扶着,直用手帕揩眼睛的,一定是叶副司令了。他在台北荣民医院住了这些年,居然还在人世!他们两人,北伐的时候,最是长官底下的红人了,人都叫他们"钢军司令"。两人在一块儿,直是焦赞孟良,做了多少年的老搭档。刚才他还看到他们两个人的挽联,一对儿并排挂在门口:

廊庙足千秋决腾运筹徒恨黄巾犹未灭
汉贼不两立孤忠大义岂容青史尽成灰

章健 敬挽

关河百战长留不朽勋名遽吹五丈秋风举世同悲真俊杰
邦国两分忍见无穷灾祸闻道霸陵夜猎何人愿起故将军

叶辉 敬挽

"我有三员猛将，"长官曾经举起三只手指十分得意地说过，"章健、叶辉、刘行奇。"可是这位满面悲容的老和尚又是谁呢？秦义方拄着拐杖又往前走了两步。老和尚身披玄色袈裟，足蹬芒鞋，脖子上挂着一串殷红念珠，站在灵台前端，合掌三拜，翻身便走了出去。

"副长官——"

秦义方脱口叫了出来，他一眼瞄见老和尚后颈上一块巴掌大的红疤。他记得清清楚楚，北伐龙潭打孙传芳那一仗，刘行奇的后颈受了炮伤，躺在南京疗养院，长官还特地派他去照顾他。那时刘行奇的气焰还了得？又年轻、又能干、又得宠，他的部队尽打胜仗，是长官手下头一个得意人，"铁军司令"——军队里提着都咋舌头，可是怎么又变成了这副打扮呢？秦义方赶忙三脚两步，拄着手杖，一颠一拐地，穿着人堆，追到灵堂外面去。

"副长官，我是秦义方。"

秦义方扶着手杖，弯着腰，上气不接下气，喘吁吁地向老和尚招呼道。老和尚止住了步，满面惊讶，朝着秦义方上下打量了半天，才迟疑地问道：

"是秦义方吗？"

"秦义方给副长官请安。"

秦义方跟老和尚作了一个揖，老和尚赶忙合掌还了礼，脸上又渐渐转为悲戚起来，半晌，他叹了一口气：

"秦义方——唉,你们长官——"

说着老和尚竟哽咽起来,掉下了几滴眼泪,他赶紧用袈裟的宽袖子,揾了一揾眼睛。秦义方也掏出手帕,狠狠擤了一下鼻子。他记得最后一次看到刘行奇,是好多年前了。刘行奇只身从广东逃到台湾,那时他刚被革除军籍,到公馆来,参拜长官。给八路俘虏了一年,刘行奇整个人都脱了形,一脸枯黑,毛发尽摧,身上瘦得还剩下一把骨头,一见到长官,颤抖抖地喊了一声:

"浩公——"便泣不成声了。

"行奇,辛苦你了——"长官红着眼睛,一直用手拍着刘行奇的肩膀。

"浩公——我非常惭愧。"刘行奇一行咽泣,一行摇头。

"这也是大势所趋,不能深怪你一个人。"长官深深地叹了一口气,两个人相对黯然,半天长官才幽幽说道:

"我以为退到广东,我们最后还可以背水一战。章健、叶辉跟你——这几个兵团都是我们的子弟兵,跟了我这些年,回到广东,保卫家乡,大家死拼一下,或许还能挽回颓势,没料到终于一败涂地——"长官的声音都哽住了,"十几万的广东子弟,尽丧敌手,说来——咳——真是教人痛心。"说着两行眼泪竟滚了下来。

"浩公——"刘行奇也满脸泪水,凄怜地叫道,"我跟随浩公三十年,从我们家乡开始出征,北伐抗日,我手下士卒立的功劳,也不算小。现在全军覆没,败军之将,罪该万死!还要受尽敌人的侮辱,浩公,我实在无颜再见江东父老——"刘行奇放声大恸起来。

大陆最后撤退,长官跟章司令、叶副司令三个人,在海南岛龙门港八桂号兵舰上,等了三天,等刘行奇和他的兵团从广东撤退出来。天天三个人都并立在甲板上,盼望着,直到下了开船令,长官犹自擎着望远镜,频频往广州湾那边瞭望。三天他连眼睛也没合过一下,一脸憔悴,骤然间好像苍老了十年。

"你们长官,他对我——咳——"

老和尚摇了一摇头,太息了一声,转身便要走了。

"副长官,保重了。"

秦义方往前赶了两步叫道,老和尚头也不回,一袭玄色袈裟,在寒风里飘飘曳曳,转瞬间,只剩下了一团黑影。灵堂里哀乐大奏,已是启灵的时分。殡仪馆门口的人潮陡地分开两边,陆军仪队刀枪齐举,李浩然将军的灵柩,由八位仪队军官扶持,从灵堂里移了出来,灵柩上覆着青天白日旗一面。一辆仪队吉普车老早开了出来,停在殡仪馆大门口,上面伫立一位撑旗兵,手举一面四星将旗领队,接着便是灵车,李浩然将军的遗像竖立车前。灵柩一扶上灵车,一些执绋送殡的官员们,都纷纷跨进了自己的轿车内,街上首尾相衔,排着一条长龙般的黑色官家汽车。维持交通的警察宪兵,都在街上吹着哨子指挥车辆。秦义方赶忙将一条白麻孝带胡乱系在腰上，用手拨开人群，拄着拐杖急急蹭到灵车那边，灵车后面停着一辆敞篷的十轮卡车，几位年轻侍从，早已跳到车上，站在那里了。秦义方趸到卡车后面，也想爬上扶梯去，一位宪兵马上过来把他拦住。

"我是李将军的老副官。"

秦义方急切地说道，又想往车上爬。

"这是侍卫车。"

宪兵说着，用手把秦义方拨了下来。

"你们这些人——"

秦义方倒退了几个踉跄，气得干噎，他把手杖在地上狠狠顿了两下，颤抖抖地便喊了起来：

"李将军生前，我跟随了他三十年，我最后送他一次，你们都不准吗？"

一位侍卫长赶过来，问明了原由，终于让秦义方上了车。秦义方吃力地爬上去，还没站稳，车子已经开动了。他东跌西撞乱晃了几下，一位年轻侍从赶紧揪住他，把他让到车边去。他一把抓住车栏杆上一根铁柱，佝着腰，喘了半天，才把一口气透了过来。迎面一阵冷风，把他吹得缩起了脖子。出殡的行列，一下子便转到了南京东路上，路口有一座用松枝扎成的高大牌楼，上面横着用白菊花缀成的"李故上将浩然之丧"几个大字。灵车穿过牌楼时，路旁有一支部队正在行军，部队长看见灵车驶过，马上发了一声口令。

"敬礼！"

整个部队士兵倏地都转过头去，朝着灵车行注目礼。秦义方站在车上，一听到这声口令，不自主地便把腰杆硬挺了起来，下巴颏扬起，他满面严肃，一头白发给风吹得根根倒竖。他突然记了起来，抗日胜利，还都南京那一年，长官到紫金山中山陵去谒陵，他从来没见过有那么多高级将领聚在一块儿，章司令、叶副司令、刘副长官，都到齐了。那天他充当长官的侍卫长，他穿了马靴，戴着白手套，宽皮带把腰杆子扎得挺挺的，一把擦得乌亮的左轮别在腰边。长官披着一袭军披风，一柄闪亮的指挥刀斜挂在腰际，他跟在长官身后，两个人的马靴子在大理石阶上踏得脆响。那些驻卫部队，都在陵前，排得整整齐齐地等候着，一看见他们走上来，轰雷般地便喊了起来：

"敬礼——"

一九七〇年冬于美加州

附录

白先勇的小说世界

《台北人》之主题探讨

欧阳子

白先勇的《台北人》，是一本深具复杂性的作品。此书由十四个短篇小说构成，写作技巧各篇不同，长短也相异，每篇都能独立存在，而称得上是一流的短篇小说。但这十四篇聚合在一起，串联成一体，则效果遽然增加：不但小说之幅面变广，使我们看到社会之"众生相"，更重要的，由于主题命意之一再重复，与互相陪衬辅佐，使我们能更进一步深入了解作品之含义，并使我们得以一窥隐藏在作品内的作者之人生观与宇宙观。

先就《台北人》的表面观之，我们发现这十四个短篇里，主要角色有两大共同点：

一、他们都出身中国大陆，都是……随着国民政府撤退来台湾这一小岛的。离开大陆时，他们或是年轻人，或是壮年人，而十五、二十年后在台湾，他们若非中年人，便是老年人。

二、他们都有过一段难忘的"过去",而这"过去"之重负,直接影响到他们目前的现实生活。这两个共同点,便是将十四篇串联在一起的表层锁链。

然而,除此二点相共外,《台北人》之人物,可以说囊括了台北都市社会之各阶层:从年迈挺拔的儒将朴公(《梁父吟》)到退休了的女仆顺恩嫂(《思旧赋》),从上流社会的窦夫人(《游园惊梦》)到下流社会的"总司令"(《孤恋花》)。有知识分子,如《冬夜》之余嵚磊教授;有商人,如《花桥荣记》之老板娘;有帮佣工人,如《那片血一般红的杜鹃花》之王雄;有军队里的人,如《岁除》之赖鸣升;有社交界名女,如尹雪艳;有低级舞女,如金大班。这些"大"人物、"中"人物与"小"人物,来自中国大陆不同的省籍或都市(上海、南京、四川、湖南、桂林、北平等),他们贫富悬殊,行业各异,但没有一个不背负着一段沉重的、斩不断的往事。而这份"过去",这份"记忆",或多或少与中华民国成立到大陆那段"忧患重重的时代",有直接的关系。

夏志清先生在《白先勇论》一文中提道:"《台北人》甚至可以说是部民国史,因为《梁父吟》中的主角在辛亥革命时就有一度显赫的历史。"说得不错,民国成立之后的重要历史事件,我们好像都可在《台北人》中找到:辛亥革命(《梁父吟》),五四运动(《冬夜》),北伐(《岁除》、《梁父吟》),抗日(《岁除》、《秋思》),国共内战(《一把青》)。而最后一篇《国葬》中之李浩然将军，则集中华民国之史迹于一身：

> 桓桓上将。时维鹰扬。致身革命。韬略堂堂。
> 北伐云从。帷幄疆场。同仇抗日。筹笔赞襄。

在此"祭文"中没提到，而我们从文中追叙之对话里得知的，是李将军最后与共军作战，退到广东，原拟背水一战，挽回颓势，不料一败涂地，而使十几万广东子弟尽丧敌手的无限悲痛。而他之不服老，对肉身不支的事实不肯降服的傲气，又是多么的令人心恸！

诚如颜元叔先生在《白先勇的语言》一文中提道，白先勇是一位时空意识、社会意识极强的作家，《台北人》确实以写实手法，捕捉了各阶级各行业的大陆人在来台后二十年间的生活面貌。但如果说《台北人》止于写实，止于众生相之嘲讽，而喻之为以改革社会为最终目的的维多利亚时期之小说，我觉得却是完全忽略了《台北人》的底意。

潜藏在《台北人》表层面下的义涵，即《台北人》之主题，是非常复杂的。企图探讨，并进一步窥测作者对人生对宇宙的看法，是件相当困难而冒险的工作。大概就因如此，虽然《台北人》出版已逾三年，印了将近十版，而白先勇也已被公认为当代中国极有才气与成就的短篇小说作家，却好像还没一个文学评论者，认真分析过这一问题。我说这项工作困难，是因《台北人》充满含义，充满意象，这里一闪，那里一烁，像满天里亮晶晶的星星，遗下遍处"印象"，却仿佛不能让人用文字捕捉。现在，我愿接受这项"挑衅"，尝试捕捉，探讨《台北人》的主题命意，并予以系统化，条理化。我拟在个人理解范围内，凭着《台北人》之内涵，尝试界定白先勇对人生的看法，并勾绘他视野中的世界之轮廓。

我愿将《台北人》的主题命意分三节来讨论，即"今昔之比"、"灵肉之争"与"生死之谜"。实际上，这种分法相当武断，不很恰当，因为这三个主题，互相关联，互相环抱，其实是一体，共同构成串联这十四个短篇的内层锁链。我这样划分，完全是为了讨论比较方便。

今昔之比

我们读《台北人》，不论一篇一篇抽出来看，或将十四篇视为一体来欣赏，我们必都感受到"今"与"昔"之强烈对比。白先勇在书前引录的刘禹锡《乌衣巷》（朱雀桥边野草花，乌衣巷口夕阳斜。旧时王谢堂前燕，飞入寻常百姓家），就点出了《台北人》这一主题，传达出作者不胜今昔之怆然感。事实上，我们几乎可以说，《台北人》一书只有两个主角，一个是"过去"，一个是"现在"。笼统而言，《台北人》中之"过去"，代表青春、纯洁、敏锐、秩序、传统、精神、爱情、灵魂、成功、荣耀、希望、美、理想与生命。而"现在"，代表年衰、腐朽、麻木、混乱、西化、物质、色欲、肉体、失败、委琐、绝望、丑、现实与死亡。

……

"过去"是中国旧式单纯、讲究秩序、以人情为主的农业社会;"现在"是复杂的,以利害关系为重的、追求物质享受的工商业社会。(作者之社会观)

"过去"是大气派的,辉煌灿烂的中国传统精神文化;"现在"是失去灵性,斤斤计较于物质得失的西洋机器文明。(作者之文化观)

"过去"是纯洁灵活的青春;"现在"是遭受时间污染腐蚀而趋于朽烂的肉身。(作者之个人观)

贯穿《台北人》各篇的今昔对比之主题,或多或少,或显或隐,都可从上列国家、社会、文化、个人这四观点来阐释。而潜流于这十四篇中的撼人心魂之失落感,则源于作者对国家兴衰、社会剧变之感慨,对面临危机的传统中国文化之乡愁,而最基本的,是作者对人类生命之"有限",对人类永远无法长葆青春、停止时间激流的万古怅恨。

难怪《台北人》之主要角色全是中年人或老年人。而他们光荣的或难忘的过去,不但与中华民国的历史有关,不但与传统社会文化有关,最根本的,与他们个人之青春年华有绝对不可分离的关系。曾经叱咤风云的人物,如朴公或李浩然将军,创立轰轰烈烈的史迹,固然在他们年轻时,或壮年时，其他小人物如卢先生(《花桥荣记》)或王雄(《那片血一般红的杜鹃花》)，所珍贵而不能摆脱的过去，亦与他们的"青春"攸关：卢先生少年时与罗家姑娘的恋爱，王雄对他年少时在湖南乡下订了亲的"小妹仔"之不自觉的怀念。(他们的悲剧，当然，在表面上，也是实际上，导源于民国之战乱)这些小人物的"过去"，异于朴公、李将军，在别人眼中，毫无历史价值，但对他们本人，却同样是生命的全部意义。

《台北人》中的许多人物，不但"不能"摆脱过去，更令人怜悯的，他们"不肯"放弃过去，他们死命攀住"现在仍是过去"的幻觉，企图在"抓回了过去"的自欺中，寻得生活的意义。如此，我们在《台北人》诸篇中，到处可以找到表面看似相同，但实质迥异的布设与场景，这种"外表"与"实质"之间的差异，是《台北人》一书中最主要的反讽(irony)，却也是白先勇最寄予同情，而使读者油然生起恻怜之心的所在。

首先，白先勇称这些中国大陆人为"台北人"，就是很有含义的。这些大陆人，撤退来台多年，客居台北，看起来像台北人，其实并不是。台北的花桥荣记，虽然同样是小食店，却非桂林水东门外花桥头的花桥荣记。金大班最后搂着跳舞的青年，虽然同样是个眉清目秀腼腆羞赧的男学生，却不是当年她痴恋过的月如。《一把青》的叙述者迁居台北后，所住眷属区"碰巧又叫做仁爱东村，可是和我在南京住的那个却毫不相干"。尹雪艳从来"不肯"把她公馆的势派降低于上海霞飞路的排场,但她的公馆明明在台北,而非上海。《岁除》的赖鸣升,在追忆往日国民军之光荣战绩时,听得"窗外一声划空的爆响,窗上闪了两下强烈的白光"。却不是"台儿庄"之炮火冲天!而是除夕夜人们戏放之孔明灯。《孤恋花》之娟娟,是五宝,又非五宝。《秋思》之华夫人,花园里种有几十株白茸茸的"一捧雪",却非抗日胜利那年秋天在她南京住宅园中盛开的百多株"一捧雪"。《冬夜》里余教授的儿子俊彦,长得和父亲年轻时一模一样,但他不是当年满怀浪漫精神的余嵚磊,却是个一心想去美国大学念物理的男学生。窦夫人的游园宴会,使钱夫人一时跃过时间的界限,回到自己在南京梅园新村公馆替桂枝香请三十岁生日酒的情景。但程参谋毕竟不是郑彦青,而她自己,年华已逝,身份下降,也不再是往日享尽荣华富贵的钱将军夫人。

白先勇对这些大陆人之"不肯"放弃过去,虽然有一点嘲讽的味道,但我认为却是同情远超过批评,怜悯远超过讥诮。所以,我觉得,颜元叔在《白先勇的语言》一文中,说白先勇"是一位嘲讽作家",容易引起误解;而他说白先勇"冷酷分析……一个已经枯萎腐蚀而不自知的社会",这"冷酷"二字,实在用词不当。当然,白先勇并不似颜先生所说,只处理上流社会(白先勇笔下的下流社会,真正"下流"得惊人)。但就是在处理上流社会时,他对其中人物之不能面对现实,怀着一种怜惜，一种同情，有时甚至一种敬仰之意。譬如《梁父吟》。我觉得，白先勇虽然刻画出朴公与现实脱节的生活面貌，他对朴公却是肃然起敬的。叶维廉先生在《激流怎能为倒影造像》一文中，论白先勇的小说，写道：

> 《梁父吟》里的革命元老，叱咤风云的朴公，现在已惺忪入暮年，他和雷委员对弈不到一个局就"垂着头，已经曚然睡去了"。不但是革命的元气完全消失了，而且还斤斤计较王孟养（另一革命元老）后事的礼俗，而且迷信；合于朴公那一代的格调已不知不觉地被淹没……

我细读《梁父吟》，却和叶维廉有些不同的感受。如果我没错解，我想白先勇主要想表达的，是朴公择善固执、坚持传统的孤傲与尊严。从一开头，白先勇描写朴公之外貌，戴紫貂方帽，穿黑缎长袍，"身材硕大，走动起来，胸前银髯，临风飘然……脸上的神色却是十分的庄凝"，就使我们看到朴公的高贵气质与凛然之威严。而朴公事实上之"脱离现实"，恰好给予这篇小说适度之反讽，却不伤害作者对主角的同情与敬意。朴公与雷委员对弈，"曚然睡去"之前，却先将雷委员的一角"打围起来，勒死了"。而他被唤醒后，知道身体不支，却不肯轻易放弃，他说：

也好，那么你把今天的谱子记住。改日你来，我们再收拾这盘残局吧。

此篇最末一段，白先勇描写朴公住宅院子里的景色："……兰花已经盛开过了，一些枯褐的茎梗上，只剩下三五朵残苞在幽幽地发着一丝冷香。可是那些叶子却一条条地发得十分苍碧。"盛开过的兰花与残苞，显然影射朴公老朽的肉身。而"一条条地发得十分苍碧"的叶子，应该就是朴公用以创建民国的那种不屈不挠、贯彻始终的精神吧！

《台北人》中之人物，我们大约可分为三类：

一、完全或几乎完全活在"过去"的人。

《台北人》之主要角色，多半属于这一型，明显的如尹雪艳、赖鸣升、顺恩嫂、朴公、卢先生、华夫人、"教主"、钱夫人、秦义方等人。不明显而以变型行态表征的，如《一把青》之朱青与《那片血一般红的杜鹃花》之王雄。这两人都"停滞"在他们的生活惨变（朱青之丧夫，王雄之被人截去打日本鬼）发生之前，于是朱青变得"爱吃'童子鸡'，专喜欢空军里的小伙子"；而王雄对丽儿之痴恋，却是他不自觉中对过去那好吃懒做、长得白白胖胖的湖南"小妹子"之追寻。

白先勇冷静刻画这些不能或不肯面对现实的人之与现世脱节，并明示或暗示他们必将败亡。但他对这类型的人，给予最多的同情与悲悯。

二、保持对"过去"之记忆,却能接受"现在"的人。

《台北人》角色中,能不完全放弃过去而接受现实的,有刘营长夫妇(《岁除》)、金大班,《一把青》之"师娘",《花桥荣记》之老板娘,《冬夜》之余嵚磊与吴国柱等。他们也各有一段难忘的过去,但被现实所逼,而放弃大部分过去、大部分理想,剩下的只是偶然的回忆。如此,负担既减轻,他们乃有余力挑起"现实"的担子,虽然有时绊脚,至少还能慢步在现实世界中前行。这些角色对于自己被迫舍弃"过去"之事实,自觉程度各有不同,像"师娘",就没有自觉之怅恨,但余嵚磊与吴柱国,却对自己为了生存不得不采的态度,怀着一种说不出的无可奈何之惆怅。这份无限的感伤,反映在《冬夜》之结语中:

> 台北的冬夜愈来愈深了,窗外的冷雨,却仍旧绵绵不绝地下着。

白先勇对于这类型的人,也是深具同情之心的。而且,他的笔触传达出发自他本人内心之无限感慨:要在我们现今世界活下去,我们最大的奢侈,大概也只是对"过去"的偶然回顾吧!

三、没有"过去",或完全斩断"过去"的人。

《台北人》中的这型人物,又可分二类,其一是年轻的一辈,也就是出生在台湾,或幼年时就来到台湾,而没有真正接触过或认识过中国大陆的外省青年男女。他们是没有"根"、没有"过去"的中国人。例如《冬夜》中的俊彦,《岁除》中的骊珠和俞欣,即属于此类,他们因为没能亲眼看到国家之兴衰,未曾亲身体验连带之个人悲欢,对于前一辈人的感触与行为,他们或漠然,或不解,或缺乏同情,永远隔一段不可逾越的距离。

另一类是"斩断过去"的人。例如《冬夜》中的邵子奇,《秋思》中之万吕如珠,《梁父吟》之王家骥,就属此类。他们之斩断过去,不是像朱青(《一把青》)那样,由于"回顾"过于痛苦(朱青其实没能真正斩断),却是因为他们的"理性"(rationality),促使他们全面接受现实,并为了加速脚步,赶上时代,毫不顾惜完全丢弃了"传统之包袱"。

唯独对于这种为了"今"而完全抛弃"昔"的人,白先勇有那么一点儿责备的味道。但是责备之中,又混杂着了解,好像不得不承认他们有道理:"当然,当然,分析起来,还是你对。"也可以说,白先勇的"头脑"赞成他们的作风。但他的"心",却显然与抱住"过去"的众生同在。

让我们比较一下《台北人》中两个都是从外国回来的中年人:《梁父吟》之王家骥,和《思旧赋》之李家少爷,前者显然是个很有理性、完全洋化、抛弃了中国传统的人。他的父亲王孟养（革命元老）去世，他从美国回来办丧事，却对中国人的人情礼俗非常不耐烦，也不了解，把治丧委员会的人和他商量的事情，"一件件都给驳了回来"。王家骥舍弃了传统，失去了中国人的精神，但在现实世界中，他却能成功，跟上时代潮流，不被淘汰。

李家少爷却正相反：他也是中国旧式贵族家庭出身，父亲当年也是轰轰烈烈的大将军。他出国后，显然因为突然离了"根"，不能适应外界环境，终于变成了一个白痴，我们不清楚他在国外，是否遇到什么特别事故，引发导致他的精神崩溃。但我们却知，他之退缩到痴癫世界，根本原因还是他不能接受现实，只肯回顾，不能前瞻。

一个作家，无论怎样客观地写小说，他对自己笔下人物所怀的态度（同情或不同情，喜欢或不喜欢），却都从他作品之"语气"（tone）泄露出来。我们读《思旧赋》，可从其"语气"感觉出白先勇对李少爷怀着无限怜惜之情。这使我联想起美国文豪威廉·福克纳（William Faulkner）。在其巨作《声音与愤怒》（*The Sound and the Fury*）中，他对坎普生家庭（the Compsons）的那个白痴男子宾居（Benjy），也寄予同样深厚的怜悯。事实上，虽然白先勇和福克纳的作品有很多不同处（譬如作品之"语气"，白先勇冷静，福克纳激昂），我却觉得此二作家有几点相似：一、他们都偏爱喜回顾，有"情"，但逃避现实的失败者，在《声音与愤怒》中，福克纳怜爱宾居，也怜惜蔑视肉体"贞操"的凯蒂（Caddy），更悲悯与死神恋爱、对妹妹怀着某种乱伦感情而最后自杀的宽丁（Quentin）。但他对坎普生家庭的兄弟姐妹中唯一神经正常、有理性、抱现实主义的杰生（Jason），不但不同情，而且极端鄙视（白先勇对王家骥，倒无鄙视之意）。二、他们都采用痴狂、堕落、死亡等现象，影射一个上流社会大家庭之崩溃，更进而影射一个文化之逐渐解体。福克纳所影射的，是美国南北战争之后衰微下去的"南方文化"（Southern Culture）。这"南方文化"之精神，颇有点像中国旧社会文化：农业的，尊重传统与荣誉的，讲究人情的，绅士派头的。福克纳对这被时代潮流所卷没的旧文化旧秩序，也满怀惦缅与乡愁。所不同的，美国南方文化，不过一二百年的历史，而白先勇所背负的，却是个五千年的重荷！

灵肉之争

灵肉之争，其实也就是今昔之争，因为在《台北人》世界中，"灵"与"昔"互相印证，"肉"与"今"互相认同。灵是爱情，理想，精神。肉是性欲，现实，肉体。而在白先勇的小说世界中，灵与肉之间的张力与扯力，极端强烈，两方彼此厮斗，全然没有妥协的余地。

《花桥荣记》之卢先生，来台多年，却紧抱"过去"，一心一意要和他少年时期在桂林恋爱过而留居大陆的"灵透灵透"的罗家姑娘成亲。这一理想是他生命的全部意义，有了它，他不在乎也看不见现实生活的艰辛痛苦，因为他的"灵"把他的"肉"踩压控制着。然而，当现实之重棒击碎了理想，使他再也没有寸步余地攀住他那梦幻，"灵"立刻败亡，"肉"立刻大胜，于是他搞上一个大奶大臀唯肉无灵的洗衣妇阿春，整日耽溺于性欲之发泄：既失去"过去"，就绝望地想抓住"现在"。但当他连丑陋的"现在"也抓不住时（阿春在卢先生房里偷人，他回去捉奸，反被阿春"连撕带扯"咬掉大半个耳朵），他马上整个崩溃，而死于"心脏麻痹"。他之死，他之"心脏麻痹"，可以说是他的灵肉冲突引致的悲剧。

《那片血一般红的杜鹃花》之王雄，和卢先生的故事旨意，基本上很相似。王雄是个男佣，显然没受过什么教育，对于自己的行为与感情，完全没有了解力、反省力，但我们可从白先勇几句轻描淡写的对话叙述中，窥知这男主角对丽儿如此痴恋的原因：他要在丽儿身上捕捉"过去"。丽儿之影像，与他少年时代湖南乡下订了亲的"小妹仔"合而为一，他今日对丽儿之迷恋，其实正是他对"过去"的迷恋。如此，在他不自觉中，"过去"之魅影统摄着他——"灵"的胜利。这期间，"肉"也起来反抗，企图将王雄拉往相反方向：那"肥壮""肉颤颤"的下女喜妹，就是王雄体内的"肉"之象征，但"灵"的力量太强，挤压"肉"于一角，"肉"完全抬不起头，却想伺机报复，这种灵与肉的对峙对敌，白先勇在几句叙述中点出：

> 舅妈说，王雄和喜妹的八字一定犯了冲，王雄一来便和她成了死对头，王雄每次一看见她就避得远远的，但是喜妹偏偏却又喜欢去撩拨他，每逢她逗得他红头赤脸的当儿，她就大乐起来。

然而时间不能永驻，丽儿必须长大。入中学后的丽儿之影像，就开始不再能符合凝滞于王雄心目中那十岁的"小妹子"之影像。而丽儿在实际生活上，开始脱离王雄，也是白先勇特意用外在现象，来投射王雄之内心现象。最后，当丽儿舍弃了王雄，也就是说，当"过去"舍弃了王雄，他的生活意义顿失，"灵"即衰萎。剩下的，只是空空的"现在"，只是肉体，只是喜妹。但他那被阉割了的"灵"，哪里肯就此罢休？他最后对喜妹之施暴，与自杀身亡，其实就是他的"灵"对"肉"之最后报复，最后胜利。可不是吗，他死后，灵魂岂非又回丽儿家里，天天夜里在园子里浇水，把那百多株杜鹃花，浇得很像喷出了鲜血，开放得"那样放肆，那样愤怒"！

过去是爱是灵，现在是欲是肉，这一主题含意，除了在上述二篇外，在《台北人》其他篇中，也时常出现。过去在南京，朱青（《一把青》）以全部心灵爱郭轸。现在，在台北，"朱小姐爱吃'童子鸡'，专喜欢空军里的小伙子"。过去，在上海百乐门，金大班曾把完整的爱给过一个名叫月如的男学生。现在，在台北夜巴黎，她为求得一个安适的肉身栖息处，即将下嫁老迈的富商陈发荣。"教主"（《满天里亮晶晶的星星》）以前在上海，对那具有"那股灵气"的姜青之同性恋，是爱情。现在，他与三水街小幺儿的勾搭，是肉欲。余嵚磊（《冬夜》）的前妻雅馨，是灵，是爱，是理想。他现在的妻子，是他为了维持"肉体生命"（吃饭睡觉），被迫接受的丑陋现实。

白先勇的小说世界中，"灵"与"肉"之不可能妥协，或"昔"与"今"之不可能妥协，归根究底，起源于一个自古以来人人皆知之事实：时间永不停驻。时间，不为任何一人，暂止流动，青春，不为任何一人，久留一刻。卢先生一直期待，一心一意要和罗家姑娘成亲，拾回"过去"。但谁能拾回过去？即使他住香港的表哥没有骗他，即使罗家姑娘真的由大陆来到台湾与他成亲，他怎能捡回失落的十五年岁月？单就"时间"的侵蚀这一点而言，她也已不可能再是相片中的模样："那一身的水秀，一双灵透灵透的凤眼，看着实在叫人疼怜。"而卢先生自己，"背有点佝……一头头发先花白了……眼角子两撮深深的皱纹"，怎能和当年那个"穿着一身学生装，清清秀秀，干干净净的，戴着一顶学生鸭嘴帽"的自己相比呢！如此，在白先勇的小说世界中，"爱情"与"青春"有不可分离的关系。人既不能长葆青春，爱情也只在凝固成一个记忆时，才能持久（所以白先勇小说里的爱情，必维系于生离或死别）。然而可怜的人类，却往往不甘于只保留一份记忆。他们要把这份凝固的过去，抓回移置现实中，以为这样就能和从前一样，却不想到流动的时间，无法载纳冻结之片刻。"过去"，永远不能变成"现在"。如此，白先勇那些台北人，所追寻的理想，并非反攻大陆就能实现，而是根本不能实现。

上面讨论"今昔之比"之主题时，我将《台北人》的人物分为三类，并指出白先勇对此三型人物之同情程度。现在我们亦可从灵肉观点，作同样之分析。白先勇给予最多悲悯的，是抱住"灵"而排斥"肉"的人，如卢先生和王雄（当然，我们亦可引申而包括所有活在"过去"中之角色）。但他显示出这些人必将败亡，因为太多的"灵"，太多"精神"，到底不是血肉之躯所能承受的。对于只有肉性而无灵性的人，如喜妹、阿春、余教授现在的太太，白先勇则不同情，而且鄙视。但他又十分同情那些被现实所逼，不得不接受"肉"，却保留"灵"之记忆而偶然回顾的人，如金大班、余嵚磊。白先勇好像满怀悲哀无可奈何地承认：人，要活下去，要不败亡，最多只能这样——偶然回顾。

在《台北人》世界中，对过去爱情或"灵"的记忆，代表一种对"堕落"，对"肉性现实"之赎救（redemption）。如此，现实俚俗的金大班，在想到自己与月如的爱情时，能够突然变得宽大同情，把钻石戒指卸下给朱凤和她肚里的"小孽种"。

"祭春教"的"教主",之所以异于一批比他资格老的"夜游神",而有"那么一点服众的气派",是因他过去曾有三年辉煌的艺术生命(灵),并曾全心全意恋爱过他那个"白马王子"。余嵚磊接受了现实,却还能保持人情与人性,是因他对前妻雅馨的爱情之记忆,以及他对自己参与五四运动的那种光辉的浪漫精神(灵)之偶然回顾。

生死之谜

而时间,无情的时间,永远不停,永远向前流去。不论你是叱咤风云的将军,或是未受教育的男工,不论你是风华绝代的仕女,或是下流社会的女娼,到头来都是一样,任时间将青春腐蚀,终于化成一堆骨灰。

一切伟大功绩,一切荣华富贵,只能暂留,终归灭迹。所有欢笑,所有眼泪,所有喜悦,所有痛苦,到头来全是虚空一片,因为人生有限。

人生是虚无。一场梦。一个记忆。

细读《台北人》,我感触到这种佛家"一切皆空"的思想,潜流于底层。白先勇把《永远的尹雪艳》列为第一篇,我觉得绝非偶然。这篇小说,固然也可解为社会众生相之嘲讽,但我认为"象征"之用意,远超过"写实"。尹雪艳,以象征含义来解,不是人,而是魔。她是幽灵,是死神。她超脱时间界限:"尹雪艳总也不老";也超脱空间界限:"绝不因外界的迁异，影响到她的均衡"。她是"万年青"，她有"自己的旋律……自己的拍子"。白先勇一再用"风"之意象，暗示她是幽灵："随风飘荡"，"像一阵三月的微风"，"像给这阵风熏中了一般"，"踏着风一般的步子"，"一阵风一般地闪了进来"。而她"像个通身银白的女祭司"，"一身白色的衣衫，双手合抱在胸前，像一尊观世音"，"踏着她那风一般的步子，轻盈盈地来回巡视着"，等等，明喻兼暗喻，数不胜数。加上任何与她结合的人都不免败亡之客观事实，作者要把她喻为幽灵的意向，是很明显的。

我之所以强调白先勇故意把尹雪艳喻为幽灵，即要证明《台北人》之底层，确实潜流着"一切皆空"的遁世思想。因为尹雪艳既是魔，既是幽灵，她说的话，她的动作，就超越一个现实人物的言语动作，而变成一种先知者之"预言"（prophecy），也就是一个高高在上的作者对人生的评语。其功效有点像希腊古典戏剧中的"合唱团"（Chorus），也类似莎士比亚《马克白》剧中出现的妖婆。

所以，当尹雪艳说：

宋家阿姊，"人无千日好，花无百日红"，谁又能保得住一辈子享荣华，受富贵呢？

这也就是高高在上的白先勇对人世之评言，而当"尹雪艳站在一旁，叼着金嘴子的三个九，徐徐地喷着烟圈，以悲天悯人的眼光看着她这一群得意的、失意的、老年的、壮年的、曾经叱咤风云的、曾经风华绝代的客人们，狂热地互相厮杀（表面意思指打麻将），互相宰割"，我们好像隐约听到发自黑暗古墓后面的白先勇的叹息："唉，可怜，真正可怜的人类！如此执迷不悟！却不知终归于死！"人，皆不免一死。死神，一如尹雪艳，耐性地，笑吟吟地，居高临下，俯视芸芸众生，看着他们互相厮杀，互相宰割。然后，不偏不袒，铁面无私，将他们一个一个纳入她冰冷的怀抱。

如此，《永远的尹雪艳》，除了表面上构成"社会众生相"之一图外，另又深具寓意，是作者隐形之"开场白"。这使我联想起《红楼梦》第一回中，亦有含义相差不远的"预言"。即"跛足道人"口里念着的：

> 世人都晓神仙好，唯有功名忘不了！
> 古今将相在何方？荒冢一堆草没了。
> 世人都晓神仙好，只有金银忘不了！
> 终朝只恨聚无多，及到多时眼闭了。
> 世人都晓神仙好，只有姣妻忘不了！
> 君生日日说恩情，君死又随人去了。
> 世人都晓神仙好，只有儿孙忘不了！
> 痴心父母古来多，孝顺子孙谁见了？

但曹雪芹的"预言"是"明说"。白先勇的"预言"是采用现代文学技巧的"暗喻"。

与尹雪艳同样深具含义的,是最后一篇《国葬》中,突然出现于灵堂的老和尚刘行奇。这和尚也不是"人"。他对着李浩然将军的灵柩,合掌三拜,走了出去,回了秦义方两句半话,掉了几滴眼泪,便"头也不回,一袭玄色袈裟,在寒风里飘飘曳曳,转瞬间,只剩下了一团黑影"。尹雪艳如果是幽灵,刘行奇便是个菩萨,他悲天悯人——由于亲身经历过极端痛苦,而超越解脱,而能对众生之痛苦,怀无限之悲悯。而老和尚那种因恸于世人之悲苦,连话都说不出来的胸怀,也正是《台北人》作者本人的胸怀。

不错——白先勇是尹雪艳,也是刘行奇。既冷眼旁观,又悲天悯人。是幽灵。是禅师。是魔。是仙。

另一方面,我觉得白先勇也抱一种"生即是死,死即是生"的类似道家哲学之思想。凭着常人的理性与逻辑,"过去"应该代表死亡,"现在"应该代表生命。但在白先勇视界中,"昔"象征生命,"今"象征死亡。这一特殊看法之根结,在于白先勇将"精神",或"灵",与生命认同,而将"肉体"与死亡印证。如此,当王雄自杀,毁了自己肉身,他就真正又活起来,摆脱了肉体的桎梏,回到丽儿花园里浇杜鹃花。郭轸与朱青的逝去了的爱情,是生命;但埋葬了"过去"的朱青，却只是行尸走肉。朱焰"只活了三年"，因为随着他"艺术生命"之死亡，他也同时死亡。

最后，我想借此讨论《台北人》生死主题之机会，同时探讨一下白先勇对人类命数的看法。我觉得他是个相当消极的宿命论者。也就是说，他显然不相信一个人的命运，操在自己手中。读《台北人》，我们常碰到"冤"、"孽"等字眼，以及"八字冲犯"等论调：会预卜凶吉的吴家阿婆，称尹雪艳为"妖孽"。金大班称朱凤肚里的胎儿"小孽种"。丽儿的母亲戏称她"小魔星"，又说王雄和喜妹的"八字一定犯了冲"。顺恩嫂得知李长官家庭没落情形，两次喊"造孽"，而罗伯娘解之为"他们家的祖坟，风水不好"。朴公关心王孟养"杀孽重"。娟娟唱歌像"诉冤一样"，"总司令"拿她的"生辰八字去批过几次，都说是犯了大凶"。朱焰第一眼就知道林萍是个"不祥之物"。蓝田玉"长错了一根骨头"，是"前世的冤孽"。

我必须赶快指出，我上面举的例子，若非出自作品中人物之对话，即是出自他们的意识，绝对不就代表白先勇本人的意思。事实上，这种谈话内容，或思想方式，完全符合白先勇客观描绘的中国旧式社会之实际情况。然而读《台北人》中的某些篇，如《那片血一般红的杜鹃花》，或，更明显的，如《孤恋花》，我们确切感觉出作者对"孽"之浓厚兴趣，或蛊惑。白先勇似乎相信，人之"孽"主要是祖先遗传而来，出生就已注定，根本无法摆脱。他好像也相信"再生"之说：前世之冤魂，会再回来，讨债报复。

《孤恋花》中的娟娟，身上载有遗传得来的疯癫，乱伦引致的罪孽；她"命"已注定，绝对逃不了悲惨结局。白先勇确实有意把娟娟写成五宝再世。五宝是此篇叙述者（总司令）在上海万春楼当酒家女时的"同事"，也是她同性恋爱的对象。五宝和"总司令"唱戏，"总爱配一出《再生缘》"。后来她被一个叫华三的流氓客，肉体虐待，自杀身死，死前口口声声说："我要变鬼去寻他！"十五年后，在台北五月花，"总司令"结识娟娟，长得酷似五宝，同样三角脸，短下巴，"两个人都长着那么一副飘落的薄命相"。她把她带回家里同居。后来娟娟结识柯老雄（与华三同样下流，皆有毒瘾），"魂魄都好像遭他摄走了一般"，任他万般施虐。然而，在"七月十五，中元节这天"，娟娟突然用一只黑铁熨斗，将柯老雄的头颅击碎，脑浆洒得满地。白先勇用非常灵活的"镜头急转"之技巧，混淆今昔，使娟娟与五宝的意象合而为一，传达出娟娟即五宝的鬼之旨意。娟娟杀死柯老雄后，完全疯掉，但她已报前世之冤孽，也仿佛一并拔袪了今世新招之孽根，虽只剩下一空壳，也好像没什么遗憾了似的。

白先勇小说人物之"冤孽"，常与性欲有关，而且也常牵涉暴力。但我觉得白先勇亦存心将他的冤孽观，引申而影射到一个社会、一个国家、一个文化。如果人的全部理性，都无法控制与生俱来的冤孽,那么,同样,一切人为之努力,皆无法左右命中注定的文化之盛衰,国家之兴亡,社会之宁乱。此种哲学理论固然成立,但毕竟太消极些,只能适用于"昔",不能合乎于"今"。然而这种基于实用社会学观点的价值判断,却绝对不能介入文学批评之范畴内。因为实用社会学所针对的,是终将成为"过去"的"现在",而文学艺术,唯有文学艺术,是不受时空限制,融汇"今""昔"的,我就至少知道一位诺贝尔文学奖金得主,威廉·福克纳,对人类命运的看法,与白先勇相差不远。在他作品中,doom(命、劫数)、curse(孽,天谴)等字,一次又一次地出现。

世纪性的文化乡愁

《台北人》出版二十年重新评价

余秋雨

今年正好是白先勇先生的短篇小说集《台北人》出版整二十年。这部小说集在台湾现代文学界乃至整个海外华语文学圈几乎已具有经典性质。记得已故作家三毛就曾说自己是看白先勇的小说长大的，长大后对白先勇笔下的那种无可奈何的凄艳之美仍然无法忘怀。有这种感觉的作家当远不止三毛一人。我在国外与各种华语作家漫谈的时候，座席间总很难离得开白先勇这个名字。世上有许多作品由于不同的原因可以哄传一时，但能够被公认对下一代作家有普遍的熏陶濡养意义，并长久被人们虔诚记忆的作品却是很少很少的，《台北人》显然已成为其中的一部。

《台北人》出版的时候，大陆文学界正深陷于"文革"的劫难之中，当然无从得知。浩劫过后，风气渐开，一些文学杂志陆续选刊了《台北人》中《永远的尹雪艳》、《花桥荣记》、《游园惊梦》、《思旧赋》等篇目，广西人民出版社还在一九八一年出版了一本《白先勇小说选》，由此，白先勇开始拥有了数量很大的大陆读者。后来，由于电影《玉卿嫂》、《最后的贵族》的上映，话剧《游园惊梦》的上演，知道白先勇的人就更多了。但是据我看来，我们至今对白先勇作品的接受还比较匆忙，对于他的作品所提供的有关当代中国文化呈现方式的启示还没有引起足够的重视。

这种阻隔的产生不是偶然的，有着某种深刻的观念和思潮方面的原因。是啊，按照我们长期习惯的社会功利主义的文学观，白先勇并没有在自己的作品中揭露什么触目惊心的社会真相，提出什么振聋发聩的社会问题，有时好像是了，但细看之下又并非如此。大家都知道他是国民党高级将领之后，总希望他在作品中传达出某种一鸣惊人的社会政治观念，但他却一径不紧不慢地描写着某种人生意味，精雕细刻，从容不迫。这情景，就像喝惯了好好孬孬割喉烫脸的烈性酒的人突然看到了小小一壶陈年花雕而觉得不够刺激一样。另一方面，二十世纪八十年代初的大陆文坛又经历着一场对二十世纪以来各种外国文艺思潮的浓缩性补习，一些年轻的作家在大胆引进、勇敢探索的过程中看到了白先勇的作品也不无疑惑：这么一位出身外文系、去过爱荷华、现又执教美国的作家，怎么并没有沾染多少西方现代文艺流派的时髦气息呢？写实的笔调，古典的意境，地道的民族语言，这与这些年轻作家正在追求的从生命到艺术的大释放相比不是显得有点拘谨吗？总之，不管哪方面都与白先勇的作品有点隔阂，在那多事的年月也来不及细想，都匆匆赶自己的路去了。磕磕绊绊走了好久，他们中有的人才停下步来，重新又想起了白先勇。

仅从《台北人》来看，我觉得白先勇的作品至少有以下四个方面的特色很值得当代中国作家注意。

直取人生真味

这是一个老生常谈的题目，泛泛说来也不会有什么人反对，但反观各种作品则会发现，作家要想塑造真正的人物形象发掘人生真味，会遇到许多不易逾越的障碍，而且这些障碍大多也是很有诱惑力的。例如对作品内容具体真实性的追寻，对题材重要性与否的等级划分，对事件和情节的迷醉，对现代哲学思潮的趋附，对新奇形式的仿摹，等等。白先勇从写小说之初就没有迷失，干净利落地几步就跨到了艺术堂奥最深致的部位，直奔人物形象，直取人生真味。

早在去美国之前他试写小说的阶段，尽管还存在着各方面的稚嫩，但主旨的格局则已定下，"不过是生老病死，一些人生基本的永恒现象"[1]。以后他愈来愈坚定地固守这一创作主旨，因为他发现，从莎士比亚到托尔斯泰，从唐宋诗词到《红楼梦》都是如此。在《台北人》中，他确实始终抓住书名中的这个"人"字做文章，让社交皇后尹雪艳、低级舞女金兆丽、空军遗孀朱青、退役老兵赖鸣升、帮佣工人王雄、老年女仆顺恩嫂、年迈将军朴公、疯痴的妓女娟娟、小学教师卢先生、落魄教授余嵚磊、将军夫人蓝田玉、退休副官秦义方等一系列形貌各别、栩栩如生的人物形象站在读者眼前。这些人物中有很大一部分牵连着曲折的故事、深刻的涵义，但白先勇无可置疑地把人物放在第一位，让他们先活起来，然后再把他们推入人生，经历事件，看能自然地扣发出什么意义来就是什么意义。有人曾问他写作小说的程序，他说：

> 多是先有人物。我觉得人物在小说里占非常重要的地位，人物比故事还要重要。就算有好的故事，却没有一个真实的人物，故事再好也没有用。因为人物推动故事，我是先想人物，然后编故事，编故事时，我想主题。……有了故事和主题，便考虑用什么的技巧，什么表达方法最有效。[2]

白先勇这段平实的自述深可玩味。他并不拒绝他的人物在成型以后承担应有的使命，但在他们的孕育和站立之初却不容有太多的杂质干扰他们自足的生命形态，以免使他们先天不足乃至畸形。不妨说，他所固守的是一种纯净的人物形象成型论。除了不允许故事和主题的超前干扰外，他还明确无误地划清了小说中人物形象的成型与种种史料性真实的界线，让小说中的人物成为一种独特的真实。例如有很多读者特别钟情于《台北人》中的《游园惊梦》，猜测白先勇能把这么一群经历坎坷的贵妇人写得如此细致、美丽和动人，一定会有某种真实依据，白先勇在回答这一问题时说："所有的小说都是假的，这是小说的第一个要素。……小说里的真实，就是教人看起来觉得真。"这样，他也就维护了对人物进行独立创造的权利，使他们不是作为历史政治的脚注[3]，而是回复到他们自身，磨研出一切人都能感应的有关人的意味。

白先勇在人物形象的塑造上有一个极为引人注目的特征，那就是把比较抽象和深奥的有关人和人性的命题化解为时空两度，于是也就化解成了活生生的人生命题，因为人性的时空形态也就是展开了的人生形态。《台北人》中的人物，在时间上几乎都有沉重的今昔之比、年华之叹，在空间上几乎都从大陆迁移而来，隔岸遥想，烟波浩淼。于是，时间上的沧桑感和空间上的漂泊感加在一起，组成了这群台北人的双重人生幅度，悠悠的厚味和深邃的哲思就从这双重人生幅度中渗发出来。有的作家也能排除"非人"[4]的干扰而逼视人的命题，却往往陷入一种玄学式的滞塞，白先勇打破了这种滞塞，把自己的人物推入背景开阔的人生长旅，于是全盘皆活。只有在人生长旅中，那些有关人的生命形态的盈缩消长、灵肉搏斗、两性觊觎、善恶互融、客我分离、辈分递嬗，乃至于带有终极性的生死宿命等等大题目才会以感性形式呈现得切实、丰富和强烈，让所有的读者都能毫无抵拒地投入品味。白先勇又不轻易地给这种品味以裁判性的引导，不让某种绝对标准来凌驾于"真实的人生"[5]之上，这又进一步保全了人的命题的恢宏度和无限的可能性，使文学的人可以用自己独特的面貌与哲学的人对峙并存。《台北人》就是这样，不是用哲学、社会学、政治学的方式，而是用地道的文学方式传达出了那种形之于过程的、说不清道不明却又具有广泛裹卷力和震颤力的人生真味。

隐含历史魂魄

如上所述，白先勇并不把史料般的真实性当作小说创作的主要依凭，但是，由于他极其重视人生的过程，那也就自然而然地和他的人物一起走进了历史的河床。这样一来，人生过程除了上文所说的一系列丰富复杂的主观性体验外，又增加了一层客观性的体验。白先勇可以不执著于客观性的历史真实，却很执著于客观性的历史体验，并把它与主观性的人生体验对应起来，使人生和历史魂魄与共。历史一旦成为有人生体验的历史，也就变得有血有肉有脉息；人生一旦融入历史体验，也就变得浩茫苍凉有厚度。《台北人》中这些篇幅不大的作品之所以一发表就被公认为气度不凡，有大家风貌，是与这种人生体验和历史体验的二位一体分不开的。

白先勇曾经指出，世界有些表现人生体验很出色的佳作，由于展现的幅度不够广袤，如珍·奥斯汀的小说，也就无法与真正第一流大师的作品相提并论[6]。一部作品气魄的大小，既不是看它所表现的事件和人物的重要与否，也不是看它切入的角度是否关及历史的枢纽点，而是看作者下笔前后是否有足够的历史悟性。历史知识远不等于历史悟性。有的历史小说言必有据、细致扎实，却没有历史悟性，相反，有的小说只写了现代生活中一些琐屑人物的平凡瞬间，却包含着深沉的历史感悟。良好的历史悟性，对一个作家来说会变成一种近乎本能的生命冲动，使笔下的一切绾接久远。当然不是所有优秀的作家都有这种冲动，但我以为，作为一个拥有五千年文明史的中国作家，作为一个深知自己的民族在二十世纪极其悲壮和怪异的经历的中国作家，没有历史悟性是非常可惜的，珍·奥斯汀他们且随它去吧。

夏志清先生曾经指出："《台北人》甚至可以说是部民国史，因为《梁父吟》中的主角在辛亥革命时就有一度显赫的历史。"[7]有的评论家还进一步指出《台北人》如何触及了中国近代史上几乎每一个大事件，而且对有些大事件还是十分写实的。我可能不很赞同从这样一个角度去理解《台北人》与历史的关系。如果说《台北人》是历史，那也是一部人格化的历史，一部让小说人物、作者、读者一起进入一种混沌感悟的历史，而不宜以历史学的眼光去精确索隐和还原。记得欧洲启蒙主义大师曾经说过，文学艺术家之所以会看中某个历史材料,是因为这个历史材料比任何虚构都要巧妙和强烈,那又何不向历史老人伸出手来借用一下呢。生在二十世纪中国的白先勇可能没有他们说的这样潇洒,对于辛亥革命以来有些历史事件,白先勇甚至可能会抱有他笔下的赖鸣升(《岁除》)差不多的心情:没有伤痕的人不是能够随便提得"台儿庄"三个字的——白先勇也是以历史伤痕感受者的身份来沉重落笔的,但总的说来,他不是感慨地在写历史,而是以历史来写感慨。

我想引用白先勇的一段自述来说明一种宏大的超岁月的历史感悟是如何产生于一位作家心底的。那是他二十五岁那年的圣诞节,初到美国,一个人住在密歇根湖边的小旅馆里:

> 有一天黄昏,我走到湖边,天上飘着雪,上下苍茫,湖上一片浩瀚,沿岸摩天大楼万家灯火,四周响着耶诞福音,到处都是残年急景。我立在堤岸上,心里突然起了一阵奇异的感动,那种感觉,似悲似喜,是一种天地悠悠之念,顷刻间,混沌的心景,竟澄明清澈起来,蓦然回首,二十五岁的那个自己,变成了一团模糊,逐渐消隐。我感到脱胎换骨,骤然间,心里增添了许多岁月。[8]

在这里他并没有提到历史,但这次顿悟使他自身实际经历的岁月变得模糊，未曾经历过的岁月却增添许多，直至扩充到天地悠悠之间，这便是一个作家的生命向历史的延伸，或者说是单个生命的历史化。从此开始，他就可以与历史喁喁私语，默然对晤，他谈起历史就会像谈起自己或家庭的履历，那样亲切又那样痛彻，他甚至可以凭直感判断历史的行止，哪怕拿不出多少史料证据。我一向非常重视作家、艺术家的这种顿悟关口，并认为这是真正的作家和文学匠人的重要分水岭。

从《台北人》看，白先勇用自己的心触摸到的历史魂魄大致是历史的苍凉感和无常感。他把刘禹锡的《乌衣巷》置于《台北人》卷首："朱雀桥边野草花，乌衣巷口夕阳斜。旧时王谢堂前燕，飞入寻常百姓家。"又把陈子昂的《登幽州台歌》置于他的另一本小说集《纽约客》的卷首："前不见古人，后不见来者，念天地之悠悠，独怆然而涕下。"这两首诗，很可作为他的历史感的代述，也可表明《台北人》的幅度是比辛亥革命远为深幽的。他曾比较完整地表述过对中国文学和历史感的关系的看法：

> 中国文学的一大特色，是对历代兴亡、感时伤怀的追悼，从屈原的《离骚》到杜甫的《秋兴八首》，其中所表现出人世沧桑的一种苍凉感，正是中国文学最高的境界，也就是《三国演义》中"青山依旧在，几度夕阳红"的历史感，以及《红楼梦·好了歌》中"古

今将相在何方，荒冢一堆草没了"的无常感。[9]

> ……现代中国文学作品的缺点，就是缺少历史感。"五四"以来，我们有一种反传统的后遗症，使我们与传统一刀切断。从前我们的文学作品很有历史感，但现在没有了……现在的作品缺少了历史感，内容便显得浅薄。[10]

由于他把这种历史感看做是"中国文学最高的境界"，结果他对人生的品味也常常以这种境界作为归结。他的许多小说的设境，常常使人感到历史在此处浓缩，岁月在今夜汇聚。即使不是如此，他小说中的主要人物也大多是背负着历史重担的，尽管也有人故作轻松地否认或真的忘记了重担的存在，但所有的读者都能感到。有的作品如《游园惊梦》甚至还设计出了从汤显祖开始的三重四叠的历史连环套。

白先勇一般并不对小说中的人物表示愤恨和赞扬，他对他们身上的道德印痕不太在意，而从历史的高度洞悉造成一切的原因并不在他们自身；他只是饶有兴趣，甚至聚精会神地注视着他们身上的历史印痕。能这样，确已到达了一个常人所不能及的境界。就我的见闻所及，在中国现代文学界，不染指历史题材而竟具备如此深重的历史感的，白先勇应名列前茅。

契入文化乡愁

历史使白先勇洒脱，但并没有使他完全超然。充满历史感的他依然激情洋溢，他情感的热源来自何处呢？他是如何在一种令人无奈的兴亡感和令人沮丧的无常感中获得精神自救的呢？

他在变幻的长流中寻找着恒定，寻找着意义，寻找着价值，终于他明白自己要寻找什么了。简言之，他要寻找逝去已久的传统文化价值，那儿有民族的青春、历史的骄傲、人种的尊严。对一个小说家来说，这一切又组合成凄楚的黄昏，遥远的梦，殷切的思念，悲怆的祭奠。

他把这一切说成是"文化乡愁"[11]，并解释道：

> 台北我是最熟的——真正熟悉的，你知道，我在这里上学长大的——可是，我不认为台北是我的家，桂林也不是——都不是。也许你不明白，在美国我想家想得厉害。那不是一个具体的"家"，一个房子，一个地方，或任何地方——而是这些地方，所有关于中国的记忆的总合，很难解释的，可是我真想得厉害。[12]

这种令人感动的情思，在社会学上可看作是爱国主义或民族主义情思，但在艺术学和美学上就复杂得多了。它会泛化、升腾、沉淀，变成一种弥漫处处的回顾性意象。

由于受到这种乡愁的神秘控制，《台北人》中的每篇作品几乎都构成了一种充满愁绪的比照，大抵属于"家乡"的记忆的部位，总是回漾着青春、志向、贞洁、纯净、爱情、奢华、馨香、人性、诚实、正常，而在失落"家乡"的部位则充斥着衰老、消沉、放荡、污浊、肉欲、萎败、枯黄、兽性、狡诈、荒诞，小说家毕竟是小说家，他把强烈的乡愁不知不觉地隐潜在作品内容中了，他没有用直捷的语言把自己的寻找写成一首诗，但读者们却能从他所有的小说背后读懂：他失落了一首真正的诗，现正驱赶着这一群各色各样的人物去呼唤。在我看来，这便是他写小说的动力源。

既然他的小说承担着这样宏大的历史性的美学命题，因而他就不能不适用象征。有限的场景和人物常常指向着意义大得多的范畴，而许多对话和叙述语言也常常包含着弦外之音。于是，当我们接触他笔下那些鲜活的人物形象时必须当心，他们一定具有不可忽略的象征意义，不然就算没有真正读懂。这种象征意义与我们惯常所熟悉的典型意义并不相同，例如我们不能说白先勇写了一个最典型的红舞女尹雪艳，而应该看到这个形象实际上是一种恒定、姣好却又从容地制造着死亡的历史象征体；她是一个能够让漂泊者们勾起乡愁并消解乡愁的对象，但由于她本身并不存在乡愁，所以只不过是扼杀别的乡愁客的麻木者；"天若有情天亦老"，尹雪艳就是"天"的化身，因无情而不老，白先勇也就借着她而抱怨"天"，既抱怨有情而老，又抱怨无情而不老。这一切，就不是任何典型化的理论所能解释的了。

欧阳子女士在《王谢堂前的燕子》一书中曾对《台北人》各篇作品的象征意象作了详尽的研析和索隐，用心之细，联想之妙，让人叹为观止。在钦佩之余，我所要补充的意见是，白先勇先生在写作这些小说时未必有意识地埋藏了这些象征，如果真是这样他就无法流畅地写作了。只是因为他心中始终有濛鸿的历史感和乡愁郁积着，一旦执笔描写具体人物时也就会有一种自然吸力把两者对应起来，对应得让白先勇先生自己也不太明白。这一切都是在潜意识的"黑箱"里完成的，某种程度上有点像做梦，梦有时也经得起解析，但人们绝不是先埋藏好了析梦密码再去做梦的。从心理学的意义上说，不自觉的对应比自觉的对应更深刻，因为前者已进入一般难于进入的本能层。白先勇曾说："我自己并没有意识到什么象征意义，后来欧阳子说，我愈想愈对，哈哈——"[13]由此可见，欧阳子也是了不起的。

总之，浓浓的文化乡愁，就是通过象征的途径渗透到了《台北人》的每篇作品中。宏大的历史感使这种乡愁也气势夺人、涵义深厚，因而可称之为世纪性的文化乡愁。是的，在二十世纪进入最后十年的时候，这种由文化乡愁所凝结成的美学品格，应该由中国小说界来确认它的独特魅力了。

回归艺术本位

最后还需要简略说一说白先勇在艺术技巧上的追求。除了上文已经提到的人物塑造、象征运用等也可纳入技巧范畴的问题外，白先勇的小说还特别注意视角的选择、对话的磨砺、作者干扰的排除、戏剧性场景的营造等。其全部定向，是为了使小说也成为精致的艺术品。

像许多杰出的小说家一样，白先勇坚信怎么表现甚至比表现什么还要重要，可惜中国"五四"以后的文学批评常常在怎么表现的问题上掉以轻心。他说：有人把情感的诚恳当作衡量作品的最高标准，其实天底下大多数人都有诚恳的情感，作家与他们不同的是有一种高能力、高技巧的表现方法[14]。说得更彻底一点，大作品的题材和主题总是带有永恒性，那也就是古已有之的，并且在数量上也非常有限，但小说之所以在今天和以后还会层出不穷，就在于表现方法和技巧不同[15]。因此小说讲究技巧是一种足以决定它存在合理性的基础课题，是小说对自身艺术本位的一种回归。

作为一种有力的印证，白先勇的小说确实在技巧上，匠心独具，致使黄维梁先生说青年人要学小说技巧可以把《台北人》作为主要借镜[16]，就白先勇自己非常重视的叙述视角(他一般称之为观点，Point of View) 来看，《台北人》实在可说是作了一次丰富性和准确性的实验。他总是设法借用一个最合适的旁观者的眼睛来观察事态，然后又用这个人的口气叙述出来。有时这个旁观者又兼当事人，有时旁观者变得虚化，出现了全方位视角（全知观点），但这个视角仍然带有借代性，并非作者自身，而且这个不知身份的叙述者还有自己独特的性情和评判方式，在一篇小说之内又常常转换方位，显得灵巧而透彻。这种技巧看来事小，实际上却是中国现代小说对那种单一的主观形态或单一的客观形态的摆脱，是对作者—小说人物—读者之间拙陋的直线关系的舍弃，是对同一事物有无数表现途径、而其中又必有最佳表现途径的承认，因此这在小说技巧论上具有入门性的意义。此着一活，全盘就有了生气勃勃的多种变幻的可能性。难怪白先勇一再把这个问题放在技巧问题的首位。

白先勇另一个用心良苦的技巧课题是语言。《台北人》中的人物，身份各异、方言各别，但令人惊奇的是白先勇在对他们语言的设定上总是那么真实和贴切，既可高雅到够分，也可下俗到骇人，而且运用几种方言也得心应手，但又不展览方言到别地读者难于接受的地步。在语言上，他一方面得力于优秀传统文学的陶冶而谙悉中国式的语气节奏和特殊表现力，一方面又得力于各种方言而增添了表达的丰富性和生动性，但最终他的语言法典只有一条："写对话绝对是真实生活里面的话。"[17]在这方面，他一再反对作者本身的干扰，更厌恶那种拉腔拉调的所谓"新文艺腔"。以对话为枢纽，他要求作品的整个语言系统都走向细致和扎实，能够精微地扣发出读者的真实感性机制，而且把这看成是写好小说的重要基础。这一些主张和实践，使白先勇在写实的领域身手不凡，但如前所述，他又有强烈的象征欲动，因而就达到了写实和象征相依为命、相得益彰的佳境。

他力求把写实和象征的并存关系在特定的场景中获得融化和消解，主张营造一个个充满情调和气氛的关键性情景，先用写实把那种氛围刻画出来，再让象征意味从这个氛围中散发出去。他的作品中经常出现这样的聚会：写实到极点，也象征到极点。明眼人一看便知，这是在中国传统文艺的"意境"中融入了西方现代文艺中的长处。由于以上种种追求，白先勇的作品也就自然而然地抵达了一种诗的境界，他是中国现代文学史上为数不多的诗化小说家。哪怕他在写那种俚俗社会毫无诗意可言的生活和人物，也会因他写实和象征并存的场景，以及象征背后所蕴藏着的历史感悟、人生沧桑、文化乡愁，而构成一种内在的苍凉的诗境。

我在叙述白先勇小说艺术各个方面的时候，故意避开了一个他本人从不肯放弃的话题：《红楼梦》。他在小说艺术上的种种追求，总会不由自主地与《红楼梦》对应起来，有时甚至以《红楼梦》作为出发点，又以《红楼梦》作为归结。无论是从他的主张还是从他的小说实践看，《红楼梦》确实对他产生着一种疏而不漏的强大控制力,这当然不能仅仅看成是他对某部古典文学名著的偏爱了。文学是一个永恒的事业,文学的历史上升起过一些为数不太多也不太少的永恒星座,这种星座所散发的光辉是不受时间局限的。尽管文学现象日新月异,但文学领域里一些最重要、最根本的问题,这些作品都已做了极好的,甚至是终极性的回答。因此,不管是哪个时代的文学事业的继承者,都应是这些永恒星座的忠诚卫护者和终身性的仰望者。我们前面说到了白先勇出现在文学领域里的种种精神装备,那么最后还必须加一句:这位现代中国作家的精神行箧中还醒目地放着一部《红楼梦》,而且永远也不会丢失。

一九九一年六月于病中

注
1.《蓦然回首》,尔雅丛书《蓦然回首》第73页。
2.《与白先勇论小说艺术》,尔雅丛书《蓦然回首》第139页。
3.《文学的主题及其表现》,皇冠丛书《明星咖啡馆》第118页。
4.《我看高全之的〈当代中国小说评论〉》,尔雅丛书《蓦然回首》第61页。
5.《与白先勇论小说艺术》,尔雅丛书《蓦然回首》第123页。
6.《谈小说批评的标准》,尔雅丛书《蓦然回首》第37页。
7.《白先勇论》,转引自欧阳子《王谢堂前的燕子》第6页。
8.《蓦然回首》,尔雅丛书《蓦然回首》第76—77页。

9.《社会意识与小说艺术》,皇冠丛书《明星咖啡馆》第 16 页。
10.《中国文学的前途》,皇冠丛书《明星咖啡馆》第 161 页。
11.《蓦然回首》,尔雅丛书《蓦然回首》第 78 页。
12.《白先勇回家》,尔雅丛书《蓦然回首》第 167—168 页。
13.《白先勇与青年朋友谈小说》,皇冠丛书《明星咖啡馆》第 269 页。
14.《与白先勇论小说艺术》,尔雅丛书《蓦然回首》第 151—152 页。
15.《与白先勇论小说艺术》,尔雅丛书《蓦然回首》第 138 页。
16.《写实如史,象征若诗》,华汉版《白先勇自选集》代序。
17.《与白先勇论小说艺术》,尔雅丛书《蓦然回首》第 143 页。

世界性的口语
《台北人》英译本编者序

乔志高 撰　黄碧端 译

这本短篇小说集里所收的故事是白先勇大约十五年前陆续在他和当时一群年轻作家所创办的《现代文学》上发表的。这些故事后来在一九七一年以《台北人》为书名结集出版。它们在发表后很快就使白先勇被公认是一个少有的兼具艺术感性、写作技巧以及深刻的道德意识的作家。刊行以来，这本书在港、台及世界各地的华人中始终拥有广大的读者群。最近中国大陆也开始容许刊行白先勇的作品，在那儿的渴望读到非"官方路线"作品的年轻人当中，白氏的小说深得少数有幸先睹为快者的喜爱[1]。

《台北人》的故事所以隔了这么久才出现在西方读者面前，部分原因在翻译上的困难[2]。单以书名来说，如果把它直译出来便可能造成误解。白先勇小说的内容无涉于政治或时事问题，他所处理的题材也不是所谓的"人民大众"；白先勇所作的，毋宁是借了故事中种种动人的情节，让我们对二十世纪五十年代自大陆撤离到台湾的一小群男男女女所承受经历的生活得到一种深刻了解。在这个意义下，也许把《台北人》译为 Taipei Characters（台北的人物）还更确当些。

这些故事里形形色色的角色的确是像美国人口语中通常所谓的 characters（"人物"）。其中有舞女、歌女和上流仕女；有把余年消磨在回忆自己早年英雄事迹的高级将领和官员；还有一边缅怀着自己学生时代参加爱国运动的往事，一边不是在国外教书就是希望能到国外教书的学者、身上挂着与日本鬼子打仗的伤疤的老兵、空军遗孀、老佣人、自负甚高的小饭店老板娘、年华老大的同性恋电影导演等等。白先勇把这些饱经战乱的角色罗列在我们面前，使他们所用的语言时而质朴无文、时而光芒闪烁、时而粗鄙、时而生动多彩，然而总是恰如其分地和各人的身份口吻相称。作者就像天际的一颗孤星，以坚冷如钻石的目光注视着下界光怪陆离的人世万象。

白先勇属于在台湾成长的一辈出色文艺创作家。这些作家中有许多在台湾受完大学教育后继续到美国深造，然后写出了他们的成熟作品。他们之中有台湾本地人也有大陆来台家庭的子弟，包括了写《尹县长》的陈若曦。陈若曦小说写作的年代及故事的背景都比较近，她那本书替一九六六到一九七六"文革"浩劫期间的十年大陆生活留下了记录。白先勇的《台北人》则为中国现代史的多事之秋补叙了较早而不无关联的另一章。

白先勇的个人背景提供了他许多观察周围人事的机会，也成为他日后写作的素材。他生于一九三七年，也就是卢沟桥事件、抗战军兴的那一年。父亲是北伐抗战的名将白崇禧。白将军在一九四九年携眷撤退到台湾。幼年的白先勇随着父母从原籍广西而南京而上海而香港，终于到了台北。他的故事当中有些隐约有点自传成分，而所有的故事都标示了他的敏锐的观察以及他在经验中捕捉到的生动印象。

对于他笔底下的人物——这些生活在自己同胞中间的谪客——白先勇尽管毫不畏缩、严密地观察，却并不表示任何指责或不满的态度。他对他们在巨变之后生活方式上的依然故我——或依然故乐——毋宁视之为生命的一种高度反讽；对他们的沉湎于往日的或真或幻的光荣（也可说过去的一切如影随形地跟踪着他们）也未尝不寄予深厚的同情。他所写的既非社会史也非政治史，而是福克纳所说的"人心的自我挣扎"的历史[3]。福氏所写的，也正是在另一个文化里被人剥夺而失去依凭的一群。

这个滋养了白先勇写作才华的熙熙攘攘的社会，值得我们在这儿褒扬一笔，因为"五四运动"后产生中国近代文学初期果实的，也正是同样的土壤。白先勇和他的同时期的作家们承继了二十世纪二十年代和三十年代西化的中国作家的精神。然而时移世易，比起早期的中国作家，白先勇已能够较健康地衡量中国文化的传统，也能以较严肃的态度来面对自己所投身的写作事业。

白先勇毕业于美国爱荷华大学著名的"作家工作坊"，想必也曾吸取了亨利·詹姆士、乔伊斯、福克纳和费滋杰罗等西方大家的写作经验。他的作品中一再出现的主题——在腐蚀中保存天真——可以为这点作证；他的故事里对耀眼的铺张、佳肴美酒的描写也使人不免要拿来和《大亨小传》里主角盖次璧的华筵相较。但是，不管故事背景是上流社会还是下流社会，使他笔下的人物具备了人道色彩的，是他们执著于追求一个美好、虚幻的理想。他们一生所抱的庸俗平凡的想望，是这样不断地被超乎自己所能控制的力量所摧毁。费滋杰罗为了他的建筑在垃圾堆上和一场浩劫中的"美国之梦"终于毁碎而写下的结语，在这儿也同样合用——"于是我们继续往前挣扎，像逆流中的扁舟，被浪头不断地向后推。"[4]

《台北人》集子里的小说大约有一半连同作者另两篇较早期作品曾在一九六八年编为一册出版，而以其中最重要的一篇故事《游园惊梦》为书名。《台北人》英译本的书名也借用这个富有诗意而引人深思的题目，因为它既表达了贯串全书的怀旧之情，也传递了一再触动我们的大梦初醒之感。

《游园惊梦》在许多方面都是白先勇风格的最佳代表。这篇小说既充溢着现代创作精神，又深深植根于传统的中国生活与文化。明剧汤显祖的《牡丹亭》在这里一方面是借为象征，另一方面又和这个动人的故事紧紧地穿错交织。《游园惊梦》的题目其实是后人从《牡丹亭》的第十出改编的昆曲曲目。白先勇自己曾指出中国小说中常见援用戏曲典故[5]，《红楼梦》便是一个著例。"红楼"里的林黛玉曾因偶然听到大观园里排演《牡丹亭》戏文而惊觉韶华易逝的感伤。白先勇把同一段戏文熔铸在他的故事里，使之成为更有机的整体。故事中，"新贵"窦夫人在她坐落台北近郊的富有园林之美的华厦开了一个盛筵，款待她的旧友新知。客人之一便是她的多年朋友钱夫人。钱夫人在南京时代曾以曲艺名噪一时。当客人们怂恿钱夫人清唱一曲时，伴奏的乐声和醉人的酒，勾起了钱夫人旧时的回忆和创伤，伤痛交叠，竟使她歌不成声。这一段戏文加上钱夫人内在意识里对往事的追忆，加上她对自己目前处境的感受交织而成高潮，也便是所有《台北人》故事的共同主题的焦点。

这种巧于用典的文笔对翻译者来说是个不寻常的挑战。西方流行小说以莫测高深的中国人为题材，长久以来喜欢玩一种花招，就是用一些装模作样、似是而非的语言，使向壁虚构的"杂碎"看起来"真像那么回事"。一个翻译中国小说的人可没法享受这个便利，因为他得对原文负责。不过，翻译时在字面上直译以求保全其本来面目，这并没有错，如果能这样做而不致产生可笑的后果则更可佩。问题在这种译法有时出现的是碍眼的做作——譬如说"牛肉"不译成 beef

而译为 cow's flesh，"民主"不叫 democracy 而译成 people-as-host 之类。要不然就是把显然独特的中文表达硬搬到另一个语言里，而它的意义并无法从上下文一目了然，只好用冗长的脚注来解释。还有一派人走的是另一个极端，他们认为全世界的人的思想和感受都差不多，所以每一个漂亮的中国成语都应该可以找到一个相衬的英文或美式英文成语来表达。问题是在这么努力两边配对的同时，可能已经减损了读者"读的是一个中国故事"的感觉。

许多中外学者都曾尝试翻译《台北人》的故事，从这点也可以证明这些故事的感人和吸引力[6]。在本书中，译者采取了既大胆又具弹性的译法来设法重现故事中生动鲜活的语言。他们尽可能保留中文里的惯用法，同时也采用美国口语，甚至俚语来传达原文的精神。譬如说，《金大班的最后一夜》里，那位俐口落舌的舞女大班讲的自然不该是"标准英语"，可是也不该硬给她套上美俚所谓"龙女"[7]的冒牌华人语气，同样的情形也见之于《一把青》故事的叙述人师娘和《花桥荣记》里妄想替人做媒的老板娘。如果我们要以英文作为这些角色的表达媒介，自然得让他们自由自在地使用英文里的惯用语和独特的表达方式。

在本书整个翻译工程中，编者所扮演的是仲裁人的角色。他得在语气和意象完全不同的情形下做调人，以便妥为保全故事的重心。他也得协助使译文在语气上和字面上不但自然而且精确，使它既是可读的英文又同时忠于原文。原文使人感动的地方译文照样得使人感动，原文不令人发笑的地方译文也不该逗笑。也就是说，偶尔有些粗糙的文字，他得相帮切磋琢磨一下；遇到某些可能产生不当效果的刺眼之处，也须设法消除——不管这些问题是因为过度忠于中文原文，还是因为太随便地借用了美国语言"大熔炉"里面丰富的词汇。

举例来说，金兆丽，这个世界任何语言中都会有的泼辣徐娘，表示不耐于久等情人揽了钱再来娶她："……再等五年——五年，我的娘——"这里若用"mamma mia!"来译中文里的"我的娘！"真是再传神没有了。但是我们不得不割爱，而另挑一个同样合用却比较喜剧性稍差的译法：Mother of Mercy。因为mamma mia一词，读起来其种族色彩和语意交错的效果实在太教读者眼花缭乱，莫所适从了[8]。

有时单是一个名字就已煞费周章。譬如说《满天里亮晶晶的星星》那个默片明星"朱焰"，我们是该把他名字意译为Crimson Flame（红色的火焰）呢？还是音译为两个毫无意义的章节——Chu Yen？我们采用的是一个折衷办法。一如在全书中我们对人名、地名有时仅采音译有时力求其生动和表达含义，也就是师法《红楼梦》英译的最佳传统。就朱焰来说，我们还可以认为一语双关，进一步解释为"朱颜"——中国几千年诗文中累积起来的"青春易逝"的象征。单这一个名字就需要一个双料的脚注来阐明作者的用心，更不必说其他还有一大堆对中国读者来说也是机关重重的名字了。在这种情形下译文只好先顾到可读性，而把其余的问题留给课堂上的老师或未来的博士候选人去伤脑筋了。

书中倒有一个特别的例子，在《思旧赋》中译者采用了一种确属创新的译法：他们用美国南方方言来译故事里两个老妇间的闲话家常，在这段对话中两人感叹她们所帮佣的一个显宦人家的衰落。我曾听对美国深为了解的中国朋友们谈到，美国南方很使他们想起自己旧时的生活方式，包括柔和的口音、多礼的态度，以及主仆关系之深，处处看得出一些古老文化的遗迹。了解了这点，我们就会觉得这样的翻译技巧——其实也可以说是文学的一种"戏法"——并不像乍听之下那么奇怪；因此我读这篇译文时，只需要拿掉几个乡土意味过重而不协调的字眼，其余的部分没有更动。因为译者所用的是一种我所称为的"世界性的白话"（universal vernacular），也就是放之四海而皆准的口语。如果不是有这种语言，这两位嬷嬷或任何其他《台北人》里的角色，恐怕都无法轻易而传神地在英文里面活现了。

> 本文为一九八二年美国印第安纳大学出版
> 《台北人》英文版之序文

注

1. 一九七八年以后中共的文艺尺度放宽，《台北人》里的故事因此有几篇得以在期刊上露面，但均未取得原作者的同意。他们刊布过的故事包括《永远的尹雪艳》（北京，《当代》）、《花桥荣记》（北京，《人民中国》）、《游园惊梦》（上海，《收获》）、《思旧赋》（广东，《作品》），《永远的尹雪艳》同时也收在一九八一年的《台湾小说选》中。一九八一年广西人民出版社出版了白先勇的选集，该书编者在序文中对作者的文学成就颇加颂扬（当然其中意味着一些"统战"的企图）。这本选集共收白氏作品二十篇《台北人》里的故事，除《满天里亮晶晶的星星》以外全部收在其中。

2. 夏志清是首先对白先勇的才华备至赞赏的批评家之一，他所编的《二十世纪中国小说选》（Twentieth Century Chinese Stories，一九七一年哥伦比亚大学出版）曾收入白氏早期所作的《谪仙记》。夏氏提到，当时白先勇决定不自《台北人》中选一篇作品，"因为就集中最好的作品来说，要在译文中重新掌握其丰富的语言已是困难，要使所用的微妙典故让英文读者了解也属不易"。刘绍铭在他颇有见地的论文"'Crowded Hours' Revisited: The Evocation of the Past in *Taipei Jen*"（刊于一九七五年美国《亚洲学报》，中译《回首话当年——浅论〈台北人〉》，见刘著《小说与戏剧》，一九七七年洪范版）中强调本国传统是白先勇的艺术力量的泉源，"没有一种翻译能够称职地迻译这么一个多样，富有象征、意象和典故的语言"。

3. 语出一九四九年福克纳（William Faulkner）在瑞典接受诺贝尔奖的演说词。

4. （译者注）原文引自 F. Scott Fitzgerald 的 *The Great Gatsby* 的结尾。译文为乔志高先生手笔（见今日世界版《大亨小传》）。这个故事的主人翁盖次璧是一个暴发富翁，但却在华筵盛会、走私贩毒的生活之外怀念和追求着一个理想化的纯洁爱情。故事终于盖次璧理想的破灭，自己也以身相殉。论者每以盖次璧的梦为典型的"美国之梦"的象征。

5. 一九八〇年六月在威斯康辛大学陌地生校区所举办的国际《红楼梦》大会中，白先勇曾谈到《红楼梦》对他的《游园惊梦》的影响，特别是两

者都引用的《牡丹亭》片段。(译者按：该大会中因而除"红学"之外，对"白学"也讨论殷切)
6. 其中收入已出版的书中的有《冬夜》和《花桥荣记》系朱立民所译，收在 An Anthology of Chinese Literature, Taiwan 1949—1974("国立编译馆"出版)。《冬夜》J. Kwan Terry 和 Stephen Lacey 所译，收在 Chinese Stories from Taiwan 1960—1970 (哥伦比亚大学出版)。
7. (译者注) Dragon Lady，系美国战后流行一时的连环漫画 Terry and the Pirates 中的中国女主角，代表西方人心目中典型的东方蛇蝎美女。
8. (译者注) mamma mia 虽为美国妇女常用的一种突梯滑稽的口语，但系源出意大利语。

《台北人》印第安纳版序

韩南（Patrick Hanan）撰　廖彦博 译

读者或许会因为这部小说集的作者白先勇旅居美国，而认为这部作品在某种程度上不算是"真正"的中国文学。此一看法并不确切。虽然白先勇的创作明显同时取法自西方和中国作家，但是根本上来说，他笔下写的还是中国的故事——以中文书写，在台湾出版，并且受到台湾、香港和世界各地读者的赞赏（这部小说集里的若干篇近来已在中国大陆出版）。白氏选择踏上旅居海外创作之路，他并不寂寞——才华秀异的小说家张爱玲便是一例，此外还有许多作家亦复如此。将白氏堪称当代最杰出中国短篇小说的作品，归类为某种边缘范畴，对白本人与中国文学皆不公允。这部小说集英译版收录的所有作品，都间接涉及了近代中国历史上最关键的大事：国共内战及其悲惨的余波。这部小说集题名为《台北人》，乃是一个具有讽刺意义的标题，因为小说里各篇故事的主角，都是随国民党撤退到台湾来的外省人。这些人物来自大江南北，他们有着各种各样的方言腔调、生活习惯，以及对于故国风土的眷恋，此种描写本身就极为突出；而他们更来自于社会的各个阶层：从大将军到行伍士兵，从舞厅大班、交际花到伙夫头与保姆奶妈。在这些角色当中，虽然少部分人付出泯灭人性的惨痛代价，斩断了过去的回忆，但是大多数的人还紧紧地抓附着过往的时光，甚至还生活在过去的幻梦里。这些过往回忆若合起来看，其实横跨了近代中国的大部分历史；因此也难怪这部小说被形容为"一部民国史"。白先勇的小说善于使用若干经常出现的仪式（比如生长、忌日和葬礼等），或者运用突如其来、难说分明的事件，以显示小说角色深处现实和梦幻的对比。相形之下，真正土生土长的"台北人"，却只不过是小说情节的背景罢了——此种背景元素经常严酷残忍，令人感到幻灭，与过往的回忆适成对照。

中国内战经常在文学作品中受到争议性的诠释，以至于读者往往顿起冲动，想要追问作者的立场谁属。在白先勇的小说里，这一质疑就不成问题。中国现代小说往往过于政治化，以至于打压了真实的人性与人性的意义，所幸白氏小说能够免于此一弊病。除了以不同方式写成的《永远的尹雪艳》里一众角色之外，白先勇小说里的人物大率都沉湎于往昔的幻梦、回忆之中，难以自拔。如今，这些人和他们生命里最重要的部分断绝，在流亡的城市中沉闷度日，当他们回首过往荣景，其情着实可悯。这样的今昔之比尽管不堪回首，却象征人类共通的情感体验；而这部分的体验，正是传统中国文学所关注之处。

翻译苦、翻译乐
《台北人》中英对照本的来龙去脉

白先勇

今年七月香港中文大学出版社出版了《台北人》的中英对照本，英译是采用一九八二年印第安纳大学出版的本子，重新做了修订，并且把书名也还了原：*Taipei People*。每本书的出版背后大概总有一段故事，《台北人》从英译本到中英对照本都是一项"团队工作"（teamwork），主编高克毅（乔志高）先生、合译者叶佩霞（Patia Yasin），以及原作者我自己三个人各就各位，群策群力，共同完成的一桩相当费时吃力的文字工程。印大的英译本从一九七六年开始，八一年完成。五年间，我们这个"翻译团队"由高先生领航掌舵，其间有挫折、有颠簸，但有更多的兴奋、喜悦，"团队"的士气一直很高，乘风破浪，终于安抵目的地。

出版《台北人》英译本最先是由于刘绍铭与李欧梵向印大推荐，因为印大出版社那时正好有出版一系列中国文学作品英译的计划。但在此之前,《台北人》有两篇小说,《永远的尹雪艳》、《岁除》已经译成英文刊载在《译丛》杂志一九七五年秋季号上。前者由余国藩教授及他的学生 Katherine Carlitz 合译,后一篇的译者为 Diana Granat。这两篇译文,我们后来稍加修改,也收入了《台北人》的英译本中。《译丛》(*Renditions*)是高克毅先生及宋淇先生于一九七三年创办的,属于香港中文大学翻译中心。这是一本高水准、以翻译为主的杂志,对香港翻译界以及英美的汉学界有巨大影响。中国文学作品的英译,由古至今,各种文类无所不包,而其选材之精,编排之活泼,有学术的严谨而无学院的枯燥,这也反映了两位创始人的学养及品味。一九七五《译丛》的秋季刊是高先生自己主编的,我也因《台北人》的英译,与高先生开始结下了长达二十多年的文字因缘。参加《台北人》英译,是我平生最受益最值得纪念的经验之一。

如果说我们这个"翻译团队"还做出一点成绩来,首要原因就是由于高先生肯出面担任主编。大家都知道高先生的英文"聒聒叫"——宋先生语,尤其是他的美式英语,是有通天本事的。莫说中国人,就是一般美国人对他们自己语言的来龙去脉,未必能像高先生那般精通。他那两本有关美式英语的书,《美语新诠》、《听其言也——美语新诠续集》,一直畅销,广为华人世界读者所喜爱,他与高克永先生合编的《最新通俗美语词典》更是叫人叹为观止。高先生诠释美语,深入浅出，每个词汇后面的故事，他都能说得兴趣盎然，读来引人入胜，不知不觉间，读者便学到了美语的巧妙，同时对美国社会文化也就有了更深一层的了解，因为高先生说的那些美语故事，其实反映了美国的社会史、文化史。高先生的英文能深能浅，雅俗之间，左右逢源。他那本 Cathay by the Bay（《湾区华夏》）把旧金山的唐人街写活了，那些旧金山伯的一言一行，都被他一手幽默生动的英文刻画得惟妙惟肖，不是美国通，写不出这样鲜龙活跳的英文。但他的英文又有深藏不露的一面，一九七八年《译丛》刊载了他那篇回忆老舍的文章 "Lao She in America—Arrival and Departure"（中文原文发表于《联合报》），这篇文章绵里藏针，分析老舍在美国的生活以及一九四九年离美回返中国前夕复杂矛盾的心情，冷静客观，随处暗下针砭，表面却不动声色，英文用字的分寸拿捏恰到好处，读来非常过瘾，这应该是研究老舍的一篇重要史料文献。光是英文好，并不一定能成为翻译大家，高先生的中文功夫也是一流的，读读他那些行云流水举重若轻的小品文就知道了，所以他中译的几本美国文学经典，费滋杰罗的《大亨小传》、奥尼尔的《长夜漫漫路迢迢》以及伍尔夫的《天使，望故乡》，译作本身也就成为了典范。尤其是《大亨小传》不容易译，这是费滋杰罗的扛鼎之作，也是美国小说中之翘楚，费滋杰罗文字之精美在这本小说中登峰造极，高先生译《大亨小传》，把原著的神髓全部抓住。

这就需要对美国文化的精粹有深刻体认才做得到。高先生曾长期居住纽约,那正是这本小说的背景。能够悠游于中英两种语文之间,从心所欲不逾矩的作家不多,高克毅先生是一个例外。

我们"翻译团队"的第二位要角是叶佩霞,佩霞是生长在纽约的犹太人,出身书香世家,父亲 Harold Rosenberg 是美国首屈一指的艺术评论家。佩霞从小耳濡目染,热爱文学音乐,她熟读莎士比亚,一段一段会背的,又因为长居曼哈顿,住在 East Village,街头巷尾的俚语俗话,耳熟能详,所以她的英文也能雅俗并兼。佩霞对东方文化悟性特高,她的博士专业是研究日本民俗音乐,她到日本留学,专访昭和时代遗留下来的老艺妓,跟她们学唱日本民歌。佩霞出师后,东瀛归来,手抱三味弦,轻拢慢捻,浅唱低吟,我的日本友人听后大为绝倒,以为有京都音。佩霞在我们加州大学圣芭芭拉分校音乐系教授民俗音乐,她常常来旁听我的中文课,也到过台湾进修中文。我力邀她参加我们的"翻译团队",佩霞欣然同意,而且从头到尾干劲十足,也是因为《台北人》英译的机缘,我与佩霞结下了二十多年的深厚友谊。

我自己中文英译的经验有限,只有在爱荷华大学"作家工作室"念书的时候,把自己的几篇小说译成英文,作为硕士论文。"作家工作室"规定,硕士论文须用创作,严格说来,那不算翻译,只能说我用英文把自己的小说重写一遍。后来我把《谪仙记》也译成英文，经夏志清先生精心修改后收入他编的那本《中国二十世纪短篇小说》选集中，由哥伦比亚大学出版。英文不是我的母语，用于创作就好像左手写字，有说不出的别扭。我知难而退，就再没有用英文创作的打算。参加《台北人》的"翻译团队"可以说完全是一种巧合。

因为有高先生做我们的靠山，我与佩霞心中相当笃定，我们知道有这位译界高手把场，我们的翻译不至于滑边。佩霞与我定下一个原则，翻译三律"信、达、雅"我们先求做到"信"，那就是不避难不取巧，把原文老老实实逐句译出来——这已是了不得的头一关。当初写《台北人》，随心所欲，哪里想得到有一天自己也要动手把里面的故事一篇篇原封不动译成外国文字？当时只求多变，希望每篇不同，后来写出来十四篇小说各自异调，这就给译者出了一个大难题。翻译文学作品我觉得语调（tone）准确地掌握是第一件要事，语调语气不对，译文容易荒腔走板，原著的韵味，丧失殆尽。语调牵涉用字的轻重，句子的节奏、长短、结构，这些虽然都是修辞学的基本功，但也是最难捉摸的东西。我和佩霞合译的第一篇，又偏偏选中了《游园惊梦》，这是《台北人》系列结构比较复杂、语调多变化的一篇，而且还涉及特殊的中国文化背景。我先花了一番工夫对佩霞讲解《游园惊梦》里那一群昆曲艺人的戏梦人生，幸亏佩霞的古典文学底子深，《史记》、杜诗、《红楼梦》的英译本她都看过，而且极为倾倒，

《游园惊梦》的世界她很轻易便进去了。为了制造气氛，我们一边译，一边听梅兰芳的昆曲《游园惊梦》，佩霞经过音乐训练的耳朵，听几遍《皂罗袍》也就会哼了。然而把这篇小说转换成另外一种文字，却也费了我们九牛二虎之力。我们逐字逐句地琢磨，有时候找不到合适的英文字句，翻遍字典，摘发顿足也于事无补，我们两人拿着放大镜查遍OED（牛津英语词典），偏偏就找不到 le mot juste（正确字眼）。《游园惊梦》里又引了几段《牡丹亭》的戏词，这几段戏词对整篇小说的主题颇为关键，《牡丹亭》早有白之（Cyril Brich）教授的英译本，白之的译文当然典雅，但佩霞觉得引用人家的译文到底不算本事，不如自己动手。她译出来的这几段戏文，颇有点伊丽莎白时代英语的味道，汤显祖的《牡丹亭》成于十六世纪，所以倒也不算时代错乱。

我们的初翻译稿只能算是一个相当粗糙的坯胎，这个粗坯要送到我们的主编高先生那里，仔细加工，上釉打彩，才能由达入雅。就在高先生修改润饰我们初稿的过程当中，我才深深体认到高先生英文的真功夫。他增删一字一句，往往点石成金，英文字在他手中，好像玩魔术，撒豆成兵，全变得活生生起来。改别人的译稿，最费工夫，改得太多，面目全非，失去改稿的初衷。高先生不仅是一位经验丰富而且也是最能体贴人心的编辑，他修改我们的稿子，虽然很细很严，但他总设法尽量保持原有架构，不使其失却原貌。我与佩霞每次接到高先生的修订稿，一面读一面赞叹，佩服得五体投地。佩霞多才多艺，对自己的文字功夫颇自负，要她服帖，并不容易，有时我们认为译得得意的地方，被高先生一笔勾销，不免心疼，再上诉一次，如果高先生觉得无伤大雅，也会让我们过关。宋淇先生在《鼠咀集》（乔志高著）的序文中对高先生有这样一段评语：

说起来奇怪，乔志高自己也许不知道，他本人就集中国人的德性于一身。同他接近的人都有一种如沐春风的感觉，来自他的和蔼性格，令人想起《论语》第一章的："夫子温、良、恭、俭、让以得之。"

这是知言，以高先生在翻译界名望之重，我们跟他一起工作，一点也不感到压力，真是如沐春风。他让我们任意驰骋，过了头的地方，自然会把我们兜转过来，但我们有一二创见，他也会替我们撑腰。例如《思旧赋》这篇小说，是以两个旧日官家老女佣的对话为主，我们最初是用普通英文，译出来调子完全不对。我对佩霞说，《思旧赋》里的罗伯娘，跟《飘》里的Mammy、福克纳《声音与愤怒》中的Dilsey这些美国南方黑人嬷嬷有几分类似，佩霞提议那何不用美国南方方言试试？果然，译出来生动得多，比较接近原文中对话的语气。从前美国南方一些世家的主仆关系，跟中国旧社会里大家庭的组织有相似之处,重人情讲义气,这两种文化有些地方是可以相通的。我们开始还有些担心高先生的想法,未料到高先生却认为可行,只删掉一些乡土气太重的词句。《台北人》十四篇译稿就这样一来一往,五年间,高先生为审订工作付出了惊人的心血与时间。他那些修正稿我都保存下来,捐给了我们学校的图书馆。日后如果有人对《台北人》的英译有兴趣研究,高先生的修正稿是重要参考。叶佩霞的执著精神也令人佩服,她后来不在我们学校教书了,却在圣芭芭拉多住下一年,就是为了要翻译这本书。那几年我自己正在写《孽子》,一边译《台北人》,创作、翻译同时进行,也不知道怎么磨蹭过来的。那时高先生住在华盛顿附近,我们各在美国东西两岸,只靠书信电话联络,可是我们三人小组却有一种团队的默契,我想那是由于高先生领导有方,他做事一丝不苟高效率的敬业态度,又是美国式的了。我们在翻译过程中,有摸索的艰苦,可是精神上却是其乐融融的,那是一次最愉快的合作。

我在这里随便举一两个例子,看看高先生的神来之笔。中文小说英译第一件令人头痛的事就是中文人名,作者替他小说中人物命名,总希望能对人物的个性、背景、命运等等有所提示,启发联想。张飞、诸葛亮、潘金莲、李瓶儿、贾宝玉、薛宝钗,这些人名取得好,涵意丰富,但译成英文用罗马拼音,那只剩下了音,失去了意,而且拼音不加四声连音也念不准。有些译者也把中文名字意译,那也不是每个中文名字都适合这样做的。王际真(C. C. Wang)的节译本《红楼梦》,王熙凤就直译为"Phoenix",西方文化中的凤凰虽然有很不同的象征意义,但张牙舞爪的泼悍形象倒适合了凤辣子的个性。霍克斯(David Hawkes)译全本《红楼梦》时,熙凤便变成了"Xi-feng"。霍克斯的译本当然是项了不起的成就,但我觉得他把凤姐的名字罗马拼音化却是个败笔,我宁取王际真的意译。我们译《台北人》的人名,伤透脑筋,何时意译,何时拼音,煞费思量。《金大班的最后一夜》中,金大班本名金兆丽,这个名字用上海话念起来刮拉松脆,拼音以后,便觉暗然。我与佩霞一时也想不出合适的意译名字,只好向高先生求救,高先生寄回来的答案是"Jolie"。佩霞与我看了拍案叫绝,这原是个法国名字,发音起来,与上海话"兆丽"很相近,又有"美丽"之意,音与意都相符,而且"夜巴黎"我们用法文"Nuits de Paris",因此"Jolie"又添了些舞厅里的巴黎味。高先生这一着棋,使得全盘皆活。《游园惊梦》里钱夫人的妹妹月月红也教人为难,月月红就是月季花,当然不能用拼音,但我们查遍了有关蔷薇科的辞典,也找不到一个相当的花名,原因在"月月红"有个重叠词在里面,英文里哪里去找?只好又把这个难题抛给了高先生。他一下子就解决了:月月红就译成"Red-red Rose"。英国诗人彭斯(Robert Burns)有一句常为人引用的名诗句"My love is like a red red, rose.",月月红的英译便有了出典,而且英文中也有个重叠词。月月红花呈粉红,随开随谢,原有几分浮花浪蕊,"Red-red Rose"念起来也很俏皮,十分相配。幸亏高先生想出这个英文名来,怎能不教人服气?

七十年代中,高先生答应出任《台北人》英译的主编后,跟我通过一次电话,电话里他谈到这本书,他说他看了《冬夜》那篇小说颇有所感,那一刻我觉得似乎能够了悟到高先生的感触。高克毅先生那一代的知识分子,身经抗日战争,都怀有书生报国的一腔热情,那时高先生正在美国留学,在哥伦比亚大学念国际关系并获硕士学位,哥大国际关系研究所以培养外交人才著名。高先生当时便进入了国民政府中宣部驻美机构任职,从事宣传抗日的工作,那时连领袖群伦的头号书生胡适博士也投入了抗战行列,出任驻美大使。美国是抗战时期外交战场的第一线,美国参战,援助国民政府,是抗战胜利的一大主因。高先生以及他们那一代的中国知识分子在美国宣传抗日是件很重要的工作。我读到高先生写的一些回忆抗日的文章,深为感动。然而抗战胜利,不旋踵国民政府却把江山也给丢了,当年投身抗日为国奔走的书生们,情何以堪,《冬夜》就是写那一代知识分子黯淡的心情。编审《台北人》英译稿是件非常费神的工作,我想若不是高先生对这本书有份特殊感情,不会轻易接过这件无价的"苦差"。

书译完,我们这个"翻译团队"当然也就解散了,佩霞回到她的纽约老家。自从译过《台北人》后,佩霞对语言、翻译的兴趣大增,她本来就会法文、意大利文这些拉丁语系,回去纽约,她不要教书了,到纽约大学去专攻语言,土耳其文、波斯文她都修过,一边又从事翻译工作,佩霞认为活到老学到老乐在其中。这些年每次到纽约我总找佩霞出来吃饭叙旧,我们喜欢到城中的 Russian Tea Room 去吃俄国大餐,佩霞的祖父辈是从俄国来的,所以对俄国文化倍感亲切,她也热爱杜斯妥也夫斯基的小说。我们在一起叙旧,总忘不了要提到当年翻译《台北人》的苦与乐,也常怀念高先生对待我们的长者之风。佩霞说《台北人》里她最能认同的人物是金大班,她喜欢摹仿金大班的满口粗话——用英文讲,那篇小说中美式英语的粗话译得很生动,她认为那是她的得意杰作。"翻译团队"解散了,但团队精神却一直维系着我们这个三人小组。

印第安纳大学出版的《台北人》英译本,主要对象是英美人士,多数是对中国文化文学有兴趣的美国大学生,对《台北人》中的人物身份不一定弄得清楚,为了避免误解,我们便选了其中一篇篇名作为书名:Wandering in the Garden, Waking from a Dream: Tales of Taipei Characters。译回中文应该是:《游园惊梦:台北人物志》。这本书在印大发行了十来年,后来绝版了。两年前,又因高先生的引荐,香港中文大学有意将《台北人》出中英对照版。隔了将近二十年,我们这个"翻译团队"一下子又忙碌起来,于是高先生、佩霞与我，三个人各在一方，电话、传真又开始来来往往，一瞬间的错觉竟好像重回到从前的时光，高先生与佩霞对这本书的热情丝毫未减，我们把整个本子从头过滤一遍，做了若干修正，因为是中英对照，两种文字并排印行，更是一点都大意不得，有什么错一眼就看出来了。我们的团队这次加入了一位生力军，中大出版社的黄小华女士，她是一位心细如发（高先生语）的一流编辑，给我们提出不少宝贵意见，制作这本中英对照版，黄小华功劳很大。最后剩下封面设计，我去向至交好友奚淞借来一幅红山茶，茶花已开到极盛，风华秾丽中不免有些凄怆，倒合乎书中的人物身世，这是奚淞"光阴系列"中的极品。我的第一版晨钟出版社印行的《台北人》，封面就是请奚淞设计的，画了一只翩翩展翅飞向那无处的凤凰，那是一九七一年，已近三十年前。

香港是华人地区英文程度最高的地方，大学里普遍设有翻译中心，台湾的大学近年来也纷纷成立翻译系所，可见翻译工作在华人地区愈来愈受到重视。《台北人》中英对照本的读者就不再限于美国大学生，而应扩及港台等地对翻译有兴趣的人士。可以想见，这个版本也一定会受到更严格的眼光来审视，往细节里挑挑，我相信必然也会挑出来一些可以改进的地方。文学作品的译本恐怕没有最后定稿这回事，世世代代都可能有新译本出现，不过有一定成绩的旧译本也必会在原作品的翻译史上占有一席之地。翻译对于文化交流的

影响毋须赘言，圣经英译、佛经中译可以改变整个文化。不知道曾否有人深入探讨二十世纪初期林纾那些西洋翻译小说对中国社会、中国读者产生过多大的冲击，我想可能不亚于后来居上的好莱坞电影。林琴南一句外文不识，与人合作用文言翻译，一面译，一面自由发挥，居然迻译出近两百种西洋小说，这不能说不是中国翻译史上一大奇迹。据说当年他译小仲马一本《茶花女遗事》就曾经赚取过多少中国读者的眼泪。我记得我在台大的法文教授黎烈文先生，他本身也是一位翻译名家，译过多本法国小说，就曾大大赞赏《茶花女遗事》的中译书名，说林琴南译得漂亮，如果"La Dame aux Camélias"译成"茶花太太"，岂不大煞风景。的确，翻译的巧妙就在这里，一个女字，尽得风流。

二〇〇〇年十二月三十一日— 二〇〇一年一月二日
《联合报》